Stefan Holl

Hotel Paradies

Roman

Herbig

Der Roman entstand nach der gleichnamigen ZDF-Serie
von Herbert Lichtenfeld

1. Auflage Januar 1990
2. Auflage März 1990

Umschlaggestaltung: Christel Aumann, München,
unter Verwendung eines Fotos der Bildagentur Mauritius
Satz: Filmsatz Schröter GmbH, München
Gesetzt aus 10/12 Palatino auf Linotronic 300
Druck: Jos. C. Huber KG, Dießen
Binden: R. Oldenbourg, München
Printed in Germany
ISBN 3-7766-1624-5

Stefan Holl

HOTEL PARADIES

Inhalt

1

Ein neues Leben

Es war das Lied, dieses verdammte wunderschöne Lied, unser Lied, weißt du noch? *Please release me.* – Bitte gib mich frei.
Das Lied drang in Renates Schlaf und weckte die Erinnerung an gute Tage und zärtliche Nächte, an Körper, die sich aneinander schmiegten. *Please release me,* klang die tiefe Männerstimme aus dem Radiowecker an Renates Bett, und sie erwachte von liebkosenden Händen, die über ihren Leib glitten, und merkte, daß es nicht die Hände von Klaus waren, sondern ihre eigenen Hände. Wie so oft in den vergangenen zwei Jahren faßte sie mit einer Hand nach dem leeren Bett an ihrer rechten Seite. Dann war sie ganz wach und dachte: Tote schlafen nicht bei ihren Frauen.
Es war dieses Lied, das in Renate verdrängte Wünsche wach werden ließ, und sie war überzeugt, daß jeder verstehen würde, daß es nun genug sein mußte mit der Trauer. Renate sprang aus dem Bett, nackt stand sie vor dem großen Spiegel am Kleiderschrank, die Junisonne warf den Schatten des Fensterkreuzes über ihren schmalen Rücken. Sie betrachtete sich im Spiegel: fünfunddreißig Jahre und der Körper noch immer wie damals mit zweiundzwanzig, schlank, kleine feste Brüste – doch ein Leib ohne Liebe ...
Es war nun genug.
Über dem kleinen Sessel in der Ecke hing das dunkle Kleid. Sie ließ es liegen. Bunte Sachen würde sie tragen, den kurzen Rock aus schwarzem Leder, der seit zwei Jahren unbenutzt im Schrank hing, dazu die rot-weiß

gestreifte Bluse von Nina Ricci, für 700 Mark zum siebten Hochzeitstag auf der Kö gekauft. Ja, selbst Klaus würde sie verstehen, der war nicht so. – *Please, release me.*

Bei »Mövenpick« in der Passage ließ sie sich ein Frühstück servieren: Beim frischen Orangensaft beobachtete sie durch ihre dunkle Sonnenbrille die Männer, die scheinbar unauffällig nach ihr sahen. Einer drehte sich mehrmals nach ihr um, während er vor dem goldgläsernen Aufzug wartete, und schaute dann während der Fahrt in den zweiten Stock durch die Glaswand herunter und winkte ihr zu. Sie winkte zurück und wußte plötzlich, was geschehen mußte. Sofort. Heute noch. Renate Feller wollte nicht länger ohne Mann leben. So einfach war das plötzlich.

So einfach? Ja.

»Mallorca?«

Das Mädchen im Reisebüro in einer Seitenstraße der Düsseldorfer Königsallee betrachtete Renate abschätzend und wiederholte dann: »Mallorca? Jetzt? Mitten in der Woche? Also, billig wird das aber nicht. Unsere Charterflüge gehen nur am Wochenende, und die Arrangements . . .«

Früher hatte Renate sich über solche Sprüche geärgert. Das war in der Zeit, als Klaus und sie überhaupt kein Geld hatten. Jetzt nahm sie es gelassen. Eine Viertelmillion auf der Bank, da brauchte man sich nicht aufzuregen über so eine dumme Gans.

»Geld spielt keine Rolle«, sagte sie. »Suchen Sie mir das Beste heraus.«

Sie lehnte sich über die Brüstung und folgte den flinken Fingern, die über die Tastatur des Computers flogen.

»Da haben Sie Glück«, sagte das Mädchen. »Hier ist noch was frei. HOTEL PARADIES, ein Haus unter deutscher Leitung. Erste Klasse. Unsere Kunden sind sehr zufrie-

den.« Sie drehte sich um. »Warten Sie, hier ist ein Prospekt.«
Renate Feller blätterte in der farbigen Broschüre. Ja, das gefiel ihr: das weiße spanische Haus, im Halbrund in die Felsenlandschaft von Mallorca gebaut, dicht am blauen Mittelmeer, im Garten ein riesiger Swimmingpool, rote Fensterläden – dies würde der Platz sein, von dem aus sie das ganz neue Leben beginnen konnte nach diesen zwei furchtbaren Jahren ohne Klaus. Und hier, vertrauenerweckend, ein Foto der ›deutschen Leitung‹, die Familie Lindemann: Vater, Mutter, zwei Söhne und gleich noch Opa und Oma dazu. Die würden einen guten Hintergrund geben für Renates Rückkehr ins Normale, wie immer das auch aussehen mochte. Sie war sich klar, daß es ein mühsamer Weg sein würde – mit all den Geheimnissen.
»Bitte buchen Sie das«, sagte sie zu dem Mädchen. »Auf unbestimmte Zeit. Vielleicht verbringe ich den ganzen Sommer dort. Oder buchen Sie für einen Monat, dann sehen wir weiter . . .«
Sich nicht mehr verstecken müssen. Endlich nicht mehr scheu um sich gucken, ob einen auch niemand verfolgt. Das würde nun alles aufhören. Je schneller sie Düsseldorf verließ, desto sicherer war der Weg. Die Linienmaschine der Lufthansa nach Barcelona ging um drei Uhr. Sie hatte gerade noch Zeit, bei der Bank vorbeizugehen. Und dann einen kleinen Koffer packen und den Taxifahrer zur Sicherheit ein paar Umwege fahren lassen – man konnte nie wissen. Bei der Bank gab es noch eine kleine Irritation, weil die freundliche Kassiererin ihr unbedingt Reiseschecks andrehen wollte: 20000 Mark in bar, das sei doch viel zu gefährlich bei einer Urlaubsreise nach Spanien. Aber Renate blieb hart. Sie sagte, sie wolle vielleicht auf Mallorca einen Ankauf machen, und da müsse man eben

schnell mit Bargeld winken können. Dann gab sie der Kassiererin die Adresse des Hotels, für die Bankpost. Und in dem Augenblick, als sie es tat, klopfte ihr Herz schneller, sie ahnte, daß sie einen Fehler gemacht hatte. Was würde Klaus dazu sagen, dachte Renate flüchtig. Aber nun war es nicht mehr zu ändern.

Als sie dann endlich im Flugzeug saß, holte sie aus einem Geheimfach ihres Portemonnaies eine kleine Visitenkarte heraus: AUTOVERMIETUNG HARALD KUHN, PALMA/MALLORCA, stand da drauf, und: Man spricht Deutsch.

Renate lächelte. Und dann sagte sie leise vor sich hin: »Klaus, ich komme.«

In den ersten Jahren nach dem Krieg war Albert Lindemann für die Einheimischen Señor Alberto gewesen, Herr Albert für die deutschen Gäste und Bert für seine Freunde. Das war in den Jahren, als seine Frau noch gelebt hatte. Mit der zusammen hatte er aus dem Ferienhaus auf Palma ein Hotel gemacht, hatte mit eigenen Händen ein Zimmer nach dem anderen an die kleine weiße Villa angebaut. Dazu hatte er keinen Architekten gebraucht, nur ein paar tüchtige spanische Arbeiter, die den weißen Kalkmörtel an die Wände klatschten und dazu sangen. Wenn er daran dachte, traten ihm manchmal die Tränen in die Augen – so schön war die Zeit gewesen. Jetzt war sein Haar eisgrau geworden, und sein Sohn Max hatte ihn aufs Altenteil verwiesen. Nun war er nicht nur für seine beiden Enkel Michael und Frank der Opa, sondern auch für die Gäste. Mit Entzücken verfolgte Albert Lindemann in den deutschen Zeitungen, wie sich in der Bundesrepublik die Grauen Panther entwickelten. So was würde er hier auch eines Tages einführen. Genug Alte gab es ja, da würden sich die jungen Leute mal wundern . . .

Er saß jetzt im Büro, und das Tickern des Fernschreibers störte ihn bei seinen schönen Gedanken.
Er riß die einzelnen Schreiben von der Rolle und ordnete die Bestellungen auf dem Schreibtisch. So konnte er sich doch noch nützlich machen. Hier: Renate Feller aus Düsseldorf, mindestens vier Wochen, gut so. Dann eine dringende Anfrage von der Versicherungsgesellschaft DEUTSCHE LEBEN für »unseren Herrn Axel Gerloff«. War wohl ein hohes Tier.
Und dann meldete ein Herr Carlos Riedmann aus Rom seine Ankunft mit dem Schiff um zwölf Uhr und schrieb darunter, er freue sich auf eine gute Zusammenarbeit. Seit wann arbeiten Gäste mit der Hoteldirektion zusammen? Was war das nun wieder? Da hatte man ihm – dem Opa – doch offenbar etwas verschwiegen. Mal nachfassen.
Von draußen hörte er Stimmen. Das war die übliche Kabbelei zwischen seinem Sohn Max und seiner Schwiegertochter Lisa. Max hatte wieder einmal den Abschied einer Ladung Gäste dazu benutzt, morgens um vier an der Bar zu hängen, und die vernünftige Lisa entlarvte seine Motive.
»Gästebindung, Freundschaft, Abschiedsschmerz – da kann ich doch nur dreimal trocken lachen. Ha, ha, ha. Saufen willst du bis zum Gehtnichtmehr, und dazu brauchst du diese lahmen Entschuldigungen. Aber jetzt jammere wenigstens nicht, wenn du einen dicken Kopf hast.«
»Wozu ist man verheiratet, wenn man nicht jammern darf?«
»Mistkerl«, sagte sie lachend und stieß ihn durch die Tür ins Büro hinein.
Opa Lindemann sah von seinen Bestellungen auf. »Es hat sich nichts geändert – aber vielleicht könntet ihr diese reizenden Dialoge so halten, daß die Gäste nichts hören?«

»Die sind alle am Strand«, sagte Max Lindemann. Er war achtundvierzig Jahre, hatte das Gesicht eines guterhaltenen Boxers und breite Schultern, die eine Last tragen konnten. Und so ein Hotel war manchmal eine Last.

»Und was treibst du hier, lieber Vater?«

»Spar dir deine Ironie.«

Albert Lindemann blickte hilfesuchend seine Schwiegertochter an. Noch immer war er ein bißchen neidisch auf seinen Sohn. Diesen blonden Wirbelwind hatte der Bursche vor mehr als fünfundzwanzig Jahren erobert, hatte Lisa seinem Vater weggeschnappt. Für Señor Alberto war es damals ein wunderbarer Altersflirt gewesen, doch der Jüngere hatte gesiegt.

»Lisa«, sagte er, »kannst du mir erklären, was dieser Carlos Riedmann«, er tippte auf das Fernschreiben, »für eine Funktion hat?«

Lisa errötete leicht, als habe er sie erwischt. »Weißt du, Vater, das Geschäft hat sich so erweitert, daß wir einfach eine Hilfe brauchen . . .«

»Ich kann immer helfen.«

Max Lindemann trommelte nervös mit den Fingern auf die Schreibtischplatte. »Das wissen wir ja. Aber du hattest damals zwanzig Zimmer, wir haben siebzig, das kann man nicht miteinander vergleichen. Jetzt sind wir dran, und wir müssen die Dinge regeln. Deshalb hat Lisa einen Hotelmanager mit Erfahrung engagiert.«

»Es war deine Idee«, sagte Lisa scharf.

»Na ja, meine Idee. Ich hatte an eine Hilfskraft fürs Büro gedacht, und du hast diesen Superman ausgesucht. Einen Mann, der ein Hotel in Rom geleitet hat und sonderbarerweise von seiner letzten Stellung kein Zeugnis vorweisen kann. Ich habe mit dem Besitzer des Hotels MIRAFIORI in Rom telefoniert: Er war sehr zurückhaltend. Keine Auskunft. Und wenn ich mir das Bild von diesem Mann anschaue«, er warf ein Foto auf den Tisch, das er aus einem Aktenordner genommen hatte, »dann wette ich: Dem hat in Rom eine Frauengeschichte das Genick gebrochen.«

»Ach du lieber Himmel«, sagte Lisa, »jetzt wird der Max auch noch eifersüchtig. Was soll *ich* denn sagen? Wie du manche Gäste anhimmelst . . .«

»Reiner Service«, sagte Max.

Albert Lindemann schlug auf den Tisch. »Wenn ihr zwei euch weiter so streitet, dann muß ich den Laden wohl wieder selbst übernehmen. Kostet auch weniger als ein sogenannter Hotelmanager. Ich bin immer ohne so was Teures ausgekommen.«

Die Bemerkung war deutlich scherzhaft gemeint, aber sie traf den wunden Punkt von Max Lindemann. Er hob seine Stimme: »Vater, du hast deine Zeit gehabt. Jetzt sind wir dran, so war es ausgemacht, und so bleibt es. Die Zeiten haben sich geändert im Hotelgewerbe, das dürfte dir nicht entgangen sein. Deinen kleinen Privatbetrieb können wir uns heute nicht mehr leisten. Wir müssen mit den großen Reisebüros zusammenarbeiten und das Ganze planen wir wie einen Krieg. Apropos Krieg: Ich bin gespannt, was Kroll uns heute wieder für ein Ei gelegt hat.«

Kroll war der große Konkurrent der Lindemanns. Ein Deutscher, der sein Geld mit undurchsichtigen Ölgeschäften gemacht und sich hier mit einem Riesenhotel angesiedelt hatte – auf der Flucht vor der deutschen Steuerfahndung. Kroll, der kleine dicke Mann mit der Halbglatze, stellte sich persönlich an den Hafen und lockte Lindemann-Gäste mit Preisbrecher-Angeboten in sein Haus: Er machte das Hotel Paradies schlecht und ließ sich allerhand andere Schikanen einfallen. Man mußte vor ihm auf der Hut sein.

»Nichts für ungut, Vater«, sagte Max Lindemann, »aber du mußt verstehen, daß es nicht zwei Kapitäne auf einem Schiff geben kann. Und im übrigen möchte ich dich herzlich bitten, nicht in abgeschabten Sachen morgens vor dem Hotel zu kehren. Die Leute denken ja, daß wir dich schlecht behandeln.«
»Behandelt ihr mich vielleicht gut? Na ja, ich will nichts gesagt haben.« Er lachte versöhnlich. Dann tätschelte er Lisa die Wange. »Paß auf deinen Sturkopf auf, Lisa. Der will immer mit dem Kopf durch die Wand. Ich kenne ihn besser als du – und vor allem länger.«
Lisa lachte zurück und verließ das kleine Büro. Auf dem Gang begegnete ihr Michael, ihr Ältester. Er wollte sich schnell an ihr vorbeidrücken, aber sie packte ihn am Arm.
»Wieso bist du nicht am Strandkiosk? Nun aber mal dalli. Du weißt genau, daß wir gerade am Anfang der Saison jede Pesete brauchen. Die Banken wollen gefüttert werden.«
»Ich geh ja schon«, sagte er brummig.

Das Zwölf-Uhr-Boot pflügte sich durch ein tiefblaues Mittelmeer. Keine Wolke am Himmel, und an Bord des weißen Dampfers lauter fröhliche Menschen, die ihren ersten Urlaubstag genossen. An der Reling stand Axel Gerloff, ein Mann von vierzig Jahren, braungebranntes Gesicht, das sich abhob von seinem weißen Lacoste-Hemd – er wollte aussehen wie alle Urlauber. Belustigt beobachtete er die Fische, die ab und zu aus dem Wasser sprangen, folgte mit den Augen den flotten Segeljachten und behielt trotzdem unauffällig die junge Frau im Blickfeld, die sich angeregt mit ihrem Nachbarn unterhielt. Diese Blondine in ihrem Sommerfähnchen, bunt wie ein Blumenteppich, war Renate Feller. Feller, ein Name, der sich Gerloff eingeprägt hatte, seit er vor zwei Jahren zum erstenmal mit ihm konfrontiert worden war. Er kannte sie, er kannte ihre Gewohnheiten, er hätte sie malen können, wenn er begabt fürs Malen gewesen wäre. Vorsichtig holte er ein Foto aus der Tasche und betrachtete das Bild eines Mannes: Konnte dies da der Mann sein, den er seit 24 Monaten suchte?

Es war möglich, alles war von jetzt an möglich.

Während er sich langsam dem Paar näherte, ließ er die letzten Stunden Revue passieren. Ein bißchen stolz durfte er auf sich schon sein. Wie er das alles eingefädelt hatte, das war saubere Detektivarbeit – fand er selber. Vor zwei Jahren hatte Axel Gerloff die Akte Klaus Feller zum erstenmal auf den Tisch bekommen. Der Mann, fünfunddreißig Jahre alt, war bei einer Segeltour im Sturm der Biskaya über Bord gegangen. Seine Frau Renate als einzige Zeugin. Ein Versicherungsfall: Klaus Feller war für 125000 Mark bei der DEUTSCHE LEBEN versichert, bei Unfall das Doppelte. Merkwürdig war, daß er erst kurz vor seiner Segeltour die Versicherung abgeschlossen hatte, noch merkwürdiger, daß die Leiche an keiner Küste angeschwemmt worden war. Axel Gerloff hatte seiner Versicherung geraten, die Todeserklärung nicht anzufechten, keine Schwierigkeiten zu machen. »Zahlen Sie – und wenn da was faul ist, hole ich das Geld persönlich zurück.« Verdeckt hatte er ermittelt: die Wege der Renate Feller, die Spuren, die sie hinterließ, die Briefe, die sie empfing und versandte – er hatte vieles gesehen, nicht immer legal, aber instinktiv. Und wie lange hatte es gedauert, bis er den Filialleiter der Bank soweit hatte, daß der Mann bereit war, seine Schweigepflicht zu brechen (»Aber niemand erfährt je ... Natürlich nicht!«). Gestern nachmittag war es soweit gewesen. Ein Anruf: Bewegung auf dem Konto Feller. Eine Adresse sogar: HOTEL PARADIES, Mallorca. Und dann war nur noch eine kleine Runde

durch die Reisebüros fällig, bis er sogar die Flugnummer ermittelt hatte.
Und jetzt war er auf dem gleichen Boot wie Renate Feller – und wartete darauf, daß der Mann endlich auftauchte, der Mann, den er suchte. Den lebendigen Toten.
Er fühlte sich wie ein Jagdhund auf heißer Spur. Wenn sein Verdacht stimmte, dann würde sie ihren Mann jetzt treffen. 20000 Mark in bar – das tat niemand, der nur einen netten Urlaub auf Mallorca verbringen wollte.
Nun stand Axel Gerloff neben dem Paar.
»Wo werden Sie auf der Insel wohnen?« Das war die Stimme des Mannes.
»Im Hotel Paradies.«
»Ich auch.«
»Oh, dann haben wir ja dasselbe Ziel.«
Der Mann lächelte Renate Feller an. »Nur mit einem Unterschied. Sie machen Urlaub im Hotel, ich muß arbeiten.«
»Wieso das?«
»Ich bin der neue Hotelmanager. Heute trete ich meinen Dienst an. Darf ich mich vorstellen?«
Er erhob sich förmlich und reichte Renate die Hand. »Mein Name ist Carlos Riedmann.«
»Renate Feller«, sagte sie.
»Hiermit, Frau Feller«, sagte Carlos Riedmann, »ernenne ich Sie zu meinem ersten Ehrengast. Ich werde mich ganz besonders um Sie kümmern.«
Beide lachten sich an, und Axel Gerloff dachte: Das war wohl nichts. Dieser ist es nicht. Aber vielleicht konnte er ihm nützlich sein, Hoteldirektoren verletzen manchmal auch ihre Schweigepflicht. Wenn man sie nur zum Freund hatte.
Unten schob sich eine Segeljacht mit deutscher Flagge am Heck vorbei. Auf dem Vordeck lag eine junge Frau in

einem Hauch von Bikini in der heißen Mittelmeersonne, am Steuer ein braungebrannter Mann in Boxershorts. Die beiden winkten hinauf zum Schiff, und die Gäste an der Reling winkten zurück.

Eva Hartmann ließ die winkende Hand entmutigt sinken. Wie gerne wäre sie jetzt bei diesen singenden und lachenden Menschen. Wahrscheinlich aber beneideten diese Menschen sie, weil sie auf einer so schicken Segeljacht allein mit einem so schicken jungen Mann auf dem azurblauen Meer herumsegelte. Wenn die wüßten!

Eva, eine schlanke junge Frau, achtundzwanzig Jahre alt, schüttelte ihr langes braunes Haar und drehte sich nach dem Mann am Steuer um. Der stellte gerade den Außenbordmotor ab und fuhr mit dem Finger auf einer Seekarte entlang. Ingo. Für Eva hatte er keinen Blick. Auch nicht, als er rief: »Hier ist es, Eva – wirf den Anker raus.«

»Muß das sein?« fragte sie.

»Ja, das muß sein. Verdammt noch mal, mach uns das Leben doch nicht noch schwerer.«

Sie erhob sich. »Jawohl, Käpt'n Boyd. Wenn ich es nicht mache, wirst du mich wahrscheinlich an den Mast fesseln und auspeitschen.«

»Manchmal hätte ich Lust dazu.«

»Das kann ich mir denken. Aber daraus wird nichts.«

Eva sah ihn feindselig an. In solchen Augenblicken frage sie sich, was sie eigentlich jemals an diesem Mann gefunden hatte. Da war doch mal etwas gewesen wie Liebe, Leidenschaft, Vertrauen. Jetzt bekam sie eine Gänsehaut, wenn sie nur seinen blonden kurzgeschorenen Kopf sah und sein Gesicht mit dem modischen Dreitagebart. Nach fünf Jahren Ehe eine Versöhnungsfahrt nach Mallorca. Hatte er sich so gedacht. Noch ein-

mal probieren. Nein. Wenn die Liebe erloschen war, dann hatte das alles keinen Sinn mehr.
Sie warf den Anker aus. Er fiel platschend ins Wasser, die Leine spannte sich, und das Boot drehte sich sacht im Kreise, wie ein Hund, der sich gegen die Kette sperrt.
»Danke«, sagte Ingo. »Kann man mit dir noch reden?«
Eva hatte sich schon wieder auf das Vordeck gesetzt und blickte ihren Mann nicht an.
»Kommt drauf an. Von versunkenen Schätzen und alten Schiffsrouten und Seeräubermärchen kann ich nichts mehr hören.«
»Du wußtest genau, daß Tauchen und Segeln meine Hobbys sind. Damals hat es dich nicht gestört.«
»Damals«, sagte sie träumerisch und drehte sich nach ihm um. »Damals war ich dir wichtiger als die Schatzsuche. Da hast du bei mir manchmal nach einem Schatz gesucht. Ich erinnere mich dunkel daran.«
Ingo sah von seiner Seekarte hoch. »Es gibt schließlich Wichtigeres als Sex ...«
»Sagte der Eunuch«, ergänzte Eva.
Ingo schlug mit der flachen Hand auf die Seekarte. »Verdammt noch mal, du hast mir versprochen, daß du Frieden halten willst, solange wir an Bord sind. Heute abend gehen wir an Land, und dann kannst du machen, was du willst.«
»Worauf du dich verlassen kannst.«
Schweigend stieg Ingo in seinen Taucheranzug, band sich die Sauerstoffflasche um und ließ sich rückwärts ins Wasser platschen. Mißmutig beobachtete Eva die Luftblasen, die aus der Tiefe aufstiegen. Dann ging sie in die Kajüte, trank ein Glas schales Sodawasser, spuckte es aus, öffnete eine Konservendose, schnitt sich am scharfen Rand der Dose in den Finger, und während sie ein Pflaster suchte, überlegte sie fieberhaft: Was muß ich tun, damit er eine

andere Frau für sein Boot findet, eine Frau, die an Bord bleibt, während er da unten nach seinen märchenhaften Schätzen sucht – ein Besessener. Da mußte sich doch jemand finden lassen ...

Oben an Bord blickte sie über die Küstenlinie von Mallorca, sah die Fischerhütten und Ferienpaläste, ahnte schicke Restaurants und tolle Discos und dachte: Ich will leben, das kann nicht alles gewesen sein. Nicht alles.

Prustend kam Ingo wieder hoch, riß sich die Tauchermaske vom Gesicht und klammerte sich am Bootsrand fest. In der einen Hand hielt er eine kleine alte Münze.

»Hier, die Position stimmt. Da unten liegt ein morscher Frachter.«

Widerwillig gab Eva ihrem Mann eine Hand und zog ihn über die Reling. »Aha, der mit den Goldbarren vermutlich. Sind wir jetzt reich?«

»Deine Ironie kannst du dir sparen. Hier, die Münze hab ich gefunden.«

Eva nahm die Münze in die Hand und wendete sie hin und her.

»Dafür«, sagte sie abschätzig, »kannst du dir auf dem Markt nicht mal eine Banane kaufen.«

»Für mich hat diese Münze symbolischen Wert. Sie bringt mir Glück. Na, was ist, willst du nicht mal mit runter?«

»Nein. Ich will nicht tauchen. Ich will ein warmes, weiches Hotelbett und eine heiße Zarzuela und viel spanischen Wein. Kein schales Wasser mehr und keine Dosen, an denen man sich die Finger aufschneidet. Und keine Abenteuerreisen mehr. So.«

Sie drehte sich um und ging in die Kajüte. Dann hörte sie wieder das Platschen. Nach einer Weile tauchte Ingo auf. Er schwärmte von dem alten Frachter und summte Eva die Ohren voll von Silberdollars und Goldbarren, diesen Märchen aus alten Zeiten. Wie ein kleiner Junge, der sich

Traumschlösser baut. Als Eva nur spöttisch reagierte, gab Ingo auf.

»Na gut, wir steuern den Hafen an und suchen uns ein Hotelzimmer.«

»Eins?« fragte sie bitter.

»Okay, zwei. Ich hab schon begriffen. Ich hab kapiert, daß zwischen uns nichts mehr läuft. Wann kapierst *du* endlich, daß *ich* kapiert habe?«

Eva schwieg. Sie war sich nicht sicher, ob er wirklich verstanden hatte. Männer waren oft so schwer von Begriff. Sie erkennen die Signale nicht, die eine Frau aussendet, sie mißverstehen diese Signale auch bewußt, sie geben nicht auf, auch wenn man ihnen noch so deutlich zu verstehen gibt: Es ist aus, ich will nichts mehr von dir.

Ingo ließ den Motor an, und gemächlich tuckerten sie auf den kleinen Jachthafen vor dem HOTEL PARADIES zu.

Ungefähr dreihundert Meter vor dem Hafen sahen sie eine Frau, die auf den Strand zu schwomm. Sie machte einen erschöpften Eindruck.

»Hallo«, rief Ingo. »Soll ich Sie an Bord nehmen?«

Die junge Frau wendete den Kopf, sie prustete. »Nein, nein, es geht schon noch . . .«

»Na kommen Sie schon«, sagte Ingo. Er stoppte den Motor und fuhr Kreise. Gemeinsam hievten sie die junge Frau ins Boot. Sie ließ sich auf die kleine Bank neben dem Ruder führen. Tropfen auf ihrer Haut. Eva sah den Blick von Ingo, mit dem er ihren schlanken Körper umschmeichelte. Den Blick kannte sie.

»Ich heiße Ingo Hartmann«, sagte er und gab der jungen Frau die Hand und hielt ihre Hand ein bißchen zu lange fest.

»Renate Feller«, sagte sie. Ihr Blick wanderte fragend zu Eva. Ingo sah es. Er machte ein weitausholende Geste

zu Eva hin wie ein Haushofmeister, der die Gäste einführt.
»Und dies hier«, sagte er, »ist Eva.« Er legte eine kleine Pause ein und fügte dann erklärend hinzu: »Meine zukünftige Exfrau.«
Als Eva Renate die Hand gab, dachte sie: Du kannst ihn haben, wenn du willst.

Dies war einer der Tage, an denen Lisa Lindemann ihr Schicksal als Hotelbesitzerin verfluchte. Alles lief frei nach dem Gesetz von Murphy, das lautet: Alles was schiefgehen *kann*, *wird* auch schiefgehen. Die Ankunft von zwanzig angemeldeten und ein paar unangemeldeten Gästen; ein Zimmermädchen war krank, die Zimmer waren noch nicht fertig. Ihr lieber Sohn Michael – genannt Manni – verhielt sich mal wieder total unerwachsen und fuhr mit seinem Motorrad rum, anstatt ihr beim Empfang zu helfen. Der spanische Koch Nuntio war heulend vom Markt zurückgekommen, weil ein Wahnsinniger alle guten Fische weggekauft und der Fleischpreis sich verdoppelt hatte. Also mußte Lisas Mann Max mit dem Koch zum Markt, um die Sache zu regeln. Eben war Opa Lindemann hereingestürzt mit der Hiobsbotschaft, daß eines der Badezimmer überschwemmt war, er wolle das selber reparieren, weil kein Installateur zu kriegen war – und sie erinnerte sich voller Schrecken an die Folgen, als Opa die Schwimmbadpumpe repariert hatte: Das Öl aus der Pumpe war ins Schwimmbad gelaufen, weil Opa ein Ventil falsch angeschlossen hatte.
So stand sie allein am Empfang. Hinter ihr an der Telefonzentrale saß ihr jüngster Sohn Frank und stöpselte die Anschlüsse, weil natürlich alle Gäste zuerst mal telefonieren wollten, um ihre glückliche Ankunft im PARADIES zu melden. Ach nein, dies war heute kein Paradies.

»Einen Augenblick, Herr Gerloff«, sagte Frank, »ich verbinde Sie jetzt mit der DEUTSCHE LEBEN in Düsseldorf...«
Lisa wandte sich um.
Immer wenn sie diesen zwanzigjährigen Jungen mit seiner Thomas-Gottschalk-Frisur in seinem Rollstuhl sah, mußte sie die Tränen bezwingen. Er war so früh erwachsen geworden, so ernst und auf seine Arbeit konzentriert. Und noch immer fühlte Lisa sich schuldig, obwohl ihr nie jemand einen Vorwurf gemacht hatte in diesen sechs Jahren. Niemand, auch Frank nicht. Doch in ihr Gedächtnis war der Tag unauslöschlich eingebrannt, an dem es passiert war: ein sonniger Tag im Januar, die Ruhe vor der Saison, nur ein paar alte Leute zum Überwintern im Hotel. Lisa hatte sich ganz plötzlich entschlossen, das Schwimmbad auslaufen zu lassen und die Wände zu scheuern. Das hatte den halben Vormittag gedauert, und dann hatte sie das Wasser wieder eingelassen. Sie hatte unten im Schwimmbadkeller gestanden und beobachtet, wie das Wasser langsam stieg. Es war inzwischen Mittag geworden, und sie hätte ahnen, nein, wissen müssen, was passieren konnte, wenn die Jungen aus der Schule kamen. Wie durch einen Nebel hatte sie plötzlich an der Tür den Jungen gesehen: Frank, in seiner blauen Badehose, den schmalen Körper gestreckt zum Anlauf. Lisa hatte einen Schrei ausgestoßen, oder hatte sie das nur geglaubt? Nein! hatte sie gerufen. Nein, nicht... Aber Frank war schon losgelaufen, unaufhaltsam näherte er sich in Bruchteilen von Sekunden dem Schwimmbadrand, seine Beine hatten sich abgehoben zum Kopfsprung – Lisas Arme waren wie gelähmt, eine Mutter, die ihr Kind auffangen will und es nicht kann, wie in einem Alptraum. Ja, das war der Tag gewesen. Lisa schüttelte sich und wandte sich wieder den Gästen zu.
Da stand einer, den sie zu kennen glaubte. Ein eleganter

schlanker Mann mit ganz leicht angegrauten Schläfen, seinen blauen Marineblazer trug er wie einen Smoking.
»Ich bin Carlos Riedmann.«
»Ich weiß«, sagte Lisa.
Sie hatte ein gutes warmes Gefühl. Der Mann strahlte eine große Sicherheit aus, als würde er von seiner Höhe von 1,90 alles überblicken und sich zutrauen, schnell Ordnung in das Lindemann-Chaos zu bringen. Denn das mußte sie zugeben, ein bißchen Chaos war bei ihnen immer, meist liebenswert und von den Gästen toleriert – aber doch . . .
»Entschuldigen Sie das Chaos hier«, sagte Lisa.
»Das ist doch normal bei der Ankunft der Gäste«, sagte Riedmann, und sie hörte aus diesem Satz heraus: Aber danach auch nicht mehr.
Ein kleiner Junge von zehn Jahren, Billy, trommelte auf das Pult. Er war gerade mit seinen Eltern angekommen und langweilte sich schon.
»Wo kann man denn hier spielen?«
»Geh doch erst mal rauf zu deinen Eltern.«
»Das sind nicht meine Eltern«, sagte er patzig. »Das ist mein Vater mit seiner . . . seiner Freundin.« Das Wort Freundin sprach er aus wie ein Schimpfwort.
Lisa blickte den neuen Manager verständnisheischend an. »Moderne Verhältnisse, na ja.« Sie drehte sich zu ihrem Sohn um. »Kümmere dich doch mal um den Kleinen, Frank. Schick ihn ins Schwimmbad oder was . . .«
Als sie mit Carlos Riedmann zur Bar ging, hörte sie hinter sich den eifrig plappernden Billy, wie er sich erkundigte, ob der Rollstuhl auch einen Rückwärtsgang habe und weshalb Frank eigentlich in so einem Ding sitze. Lisa wußte, daß Frank mit solchen Fragen umgehen konnte. Das Leiden hatte ihn früh reif gemacht.
In der Bar war es kühl und dunkel. Lisa mochte das sanfte Licht in diesem Raum. Sie bot Carlos Riedmann einen

Drink an, und er wählte ein Schweppes auf Eis, keinen Alkohol.
»Wie vernünftig«, sagte Lisa und nahm sich das gleiche. Sie stießen an.
»Also, auf gute Zusammenarbeit. Es wird Ihnen hier gefallen. Die Insel ist faszinierend, das Klima angenehm. Da haben alle Gäste gute Laune, und das erleichtert gewöhnlich die Arbeit.«
Riedmann lächelte sie an. (Er hat graue Augen, ausgerechnet, dachte Lisa.) »Es wird sich bestimmt alles fügen...«
»Mein Mann und ich, also, wir haben uns gefragt, wieso dieses Angebot für Sie interessant war. Sie haben große Häuser geleitet – und jetzt...«
»Gnädige Frau, die Größe eines Hauses und die Höhe eines Gehalts sind nicht alles. Ich freue mich, mit einer so zauberhaften Chefin zusammenzuarbeiten.« Ganz kurz legte er seine Hand auf Lisas Hand, nicht mehr als eine galante Geste, und doch...
Lisa zog die Hand weg. »Ah, da kommt ja mein Mann.«
Max Lindemann stand am Eingang der Bar und blinzelte in das Halbdunkel.
»Da seid ihr ja – oho, unser neuer Manager, wenn ich nicht irre? Offenbar haben Sie mit dem eigentlichen Chef des Hauses schon gute Bekanntschaft geschlossen.«
Lisa liebte diesen Ton nicht. Wenn Max so sprach, dann war etwas im Busch. Sie erinnerte sich an unendlich viele kleine Eifersuchtsszenen, die immer so begonnen hatten. Ein bißchen stolz machte es sie schon, daß sie nach all den Jahren immer noch solche Gefühle bei Max hervorzaubern konnte, aber ein bißchen lächerlich war es auch.
»Ich hätte mich am liebsten gleich in den Betrieb gestürzt«, sagte Carlos Riedmann und gab Max die Hand. »Aber Ihre Frau hat mich daran gehindert...«

Max stand neben ihm an der Bar. Sein Gesicht war gerötet, er funkelte vor Zorn. »Mein lieber Herr Riedmann, Sie kommen gerade richtig. Hier ist der Teufel los. Wir müssen unseren ganzen Speisezettel ändern, weil mein böser Konkurrent Kroll alle frischen Fische aufgekauft hat und die Fleischpreise diktiert. Das ist nicht zu bezahlen.«

»Was hat er denn gegen Sie?«

»Am liebsten würde er mich ruinieren, weil ich nicht bereit bin, ein Stück Land zu verkaufen, auf dem er sein Hotel erweitern will. Sie hätten sehen müssen, wie schadenfroh der kleine dicke Mann eben meine Versuche verfolgt hat, ein bißchen Fleisch aufzutreiben. – Wir werden gemeinsam einen Schlachtplan gegen Kroll entwikkeln, Herr Riedmann.«

»Mit welchem Ziel?« fragte Riedmann höflich.

»Na ja – ich will ihn kaputtmachen.«

»Sie wollen also das gleiche wie er?« Carlos Riedmann fragte dies mit einer sanften und leisen Stimme.

»Was meinen Sie damit?«

»Sie wollen ihn ruinieren.«

Max war irritiert. »Lassen Sie uns später darüber reden. Ich muß jetzt in die Küche.«

Lisa stand hinter der Bar, das Glas mit den klingenden Eisstücken in der Hand, und dachte: O je, wenn das nur gutgeht.

Außerhalb von Porto Cristo Nuevo an der Straße nach Palma schlängelt sich ein kleiner Schotterweg mitten in das unwirtliche Gelände, das die Leute von Mallorca »die Prärie« nennen. Nur ein paar grüne Sträucher wachsen zwischen den Felsbrocken. An diesem kleinen Weg stand eine Wellblechbaracke, daneben ein kleines weißes Wohnhaus, aus Lehm gebaut, mit schiefen Fenstern. Und darüber ein selbstgefertigtes Schild in deutscher Sprache: AUTOVERMIETUNG UND AUTOREPARATUR HARALD KUHN. Draußen im Staub fummelten zwei Männer in Overalls an einem Auto herum, dem man schon von ferne ansah, daß es bessere Tage gesehen hatte. Die Motorhaube war geöffnet, und die beiden Männer beugten sich ins Innere des Motorraums.

Der ältere der beiden, ein Mann von Mitte Dreißig, deutete auf ein loses Kabel. »Wenn das festsitzt, müßte er laufen, stimmt's, Rex?«

Rex fingerte an dem Kabel. »Stimmt, Boß.«

»Sag nicht immer Boß zu mir.«

»Okay, Boß – Harald.«

Sie lachten, und Rex ließ den Motor an. Harald Kuhn tätschelte die Motorhaube: »Das ist dann unser fünfter. Das Geschäft blüht. Aber ich wüßte nicht, was ich ohne dich und deine Schwester machen sollte. Die wird übrigens von Tag zu Tag hübscher . . .«

»Verdreh der Bianca nicht den Kopf, wenn du keine ernsten Absichten hast. Die ist sehr gefühlvoll, die Bianca.«

In der Tür der Wohnbaracke erschien Bianca, eine zierliche dunkelhaarige Person von zwanzig Jahren. Sie rief zu den Männern hinüber: »Harald, du wirst am Telefon verlangt.«

Harald Kuhn säuberte sich die Hände an einem öligen Lappen, während er über den Hof zum Telefon ging. Er liebte es nicht sehr, wenn man ihn persönlich verlangte. Das konnte immer schiefgehen und konnte immer etwas bedeuten. In solchen Momenten stellte sich die Angst wieder ein, die er so gern verdrängen wollte. Über Tag, während der Arbeit an den Autos und wenn das Vermietgeschäft lief, dann dachte er nicht an das andere, das frühere Leben. Damals in Düsseldorf die kleine Compu-

terfirma, die er zusammen mit seiner Frau Renate geführt hatte, bis zu dem Tag, als die Schulden riesig und der Konkurs unvermeidlich geworden waren; und dann der kühne Plan, der Unfall, die Gesichtsoperation, ein neues Leben. Ein neues Leben?
Harald Kuhn nahm den Hörer, der zwischen Rechnungen und Vorbestellungen auf einem schmuddeligen Schreibtisch lag.
»Auto Kuhn . . .«
»Klaus, endlich. Wie gut, daß du deine Stimme nicht auch hast operieren lassen. Ich weiß ja gar nicht, wie du aussiehst.«
»Harald heiß' ich, Renate. Harald Kuhn. Merk dir das, und versprich dich nie wieder – nie wieder, hörst du?«
»Sei nicht so streng mit mir, ich freue mich doch so, daß ich dich endlich wiedersehe . . .«
»Haben sie das Geld ausgezahlt?«
»Ja. Ich hab 20000 mit. Wann soll ich sie bringen?«
Harald Kuhn sah nach draußen. Da stand Bianca, so süß, so jung, so zärtlich. Er dachte an den gestrigen Abend, als sie nackt an einer stillen Stelle am Strand gelegen hatte, die Sterne über sich. Biancas kleine festen Brüste hatten sein Gesicht gestreichelt, und dann war sie mit ihrem Mund tiefer geglitten und hatte träumerisch gesagt: »Ich kenne das alles so gut, es gefällt mir, es ist so wunderbar groß und klopft so schön.« –
»Renate, hör zu – ist dir jemand gefolgt?«
»Nein, bestimmt nicht. Das ist überhaupt nicht möglich. Ich bin ganz überraschend abgehauen.«
»Trotzdem«, sagte er und strich über die kleinen Narben an seinem Hals, die immer juckten, wenn er aufgeregt war, »wir müssen noch warten, sonst geht alles baden. Amüsier dich und tu, als wenn du endlich einen neuen Mann suchtest.«

»Ach, Ha . . . Klaus . . .«
»Harald«, sagte er scharf. »Zum letzten Mal, Harald. Melde dich in ein paar Tagen wieder.«
Er legte den Hörer auf die Gabel und blieb minutenlang stehen, bis Bianca reinkam und fragte: »Wer war es denn, ein neuer Kunde?«
»Nein«, sagte er, »eine alte Bekannte.«
Sie sah ihn traurig an.
Wieso wußten die Weiber nur immer, wenn ein Mann log?

Renate Feller saß auf dem Bettrand, den Hörer immer noch in der Hand. Das war es also nach zwei Jahren. Das war es. Aber so konnte es nicht sein. Sofort suchte sie nach Entschuldigungen für das barsche Verhalten ihres Mannes. Angst. Unsicherheit. Überraschung. Na ja, er mußte sich erst an den Gedanken gewöhnen, daß sie so plötzlich in sein neues, geheimes Leben einbrach.
Langsam stand sie auf und ging auf den Balkon vor ihrem kleinen Zimmer. Drunten am Schwimmbad tummelten sich fröhliche Menschen, spielten Wasserball, schwammen in dem blauen Wasser. Ein paar Teenager bespritzten sich mit Schläuchen, und dort unten stand der Mann, den sie erst im Flugzeug, dann auf dem Boot und schließlich in dem kleinen Hafen gesehen hatte, als sie an Bord von Ingos Segeljacht eingefahren war.
Jetzt starrte er zu ihrem Zimmer hoch.
Als er ihren Blick sah, drehte er sich abrupt um, wie ein ertappter Voyeur. Männer, dachte Renate, Männer . . .
»Hallo, Nachbarin . . .«
Das war Ingo auf dem Nachbarbalkon.
»Was für ein Zufall«, sagte Renate. »Wo ist denn Ihre Frau?«
»Gut versorgt in einem anderen Zimmer. Das hoffe ich

jedenfalls. Einvernehmliche Trennung nennt man so was. Sind Sie allein hier?«

Renate mußte lachen. »Wieso? Soll ich hopplahopp die Nachfolgerin von Eva werden?«

Ingo sah ihr in die Augen. »Eins nach dem anderen. Erstmal brauche ich einen Matrosen für mein Boot, weil Eva endgültig abgeheuert hat. Haben Sie Lust, Renate?«

Such dir einen anderen Mann, hatte Klaus, Verzeihung »Harald«, gesagt. Einen anderen Mann. So einen wie diesen Ingo, sportlich, ungefährlich. Warum eigentlich nicht? Das würde ihr zumindest die Zeit vertreiben.

»Warum nicht?« sagte sie.

»Dann bin ich der Ingo, und du bist die Renate.« Ingo gab ihr die Hand über das Balkongitter hinweg. »An Bord duzt man sich. Was dagegen?«

»Solange man nicht küssen muß ...«

»Kapitäne küßt man nicht«, sagte er. »Kapitäne küssen selber ...«

Und er beugte sich blitzschnell vor und küßte sie auf den Mund. Es war ein angenehmes Gefühl.

Alex Gerloff litt. Sein Gesicht wurde immer röter und brannte wie Feuer von der ungewohnten Sonne. Er fühlte sich wie ein typischer Tourist mit der umgehängten Kamera und dem Fernglas vor der Brust. Damit beobachtete er vom Hafen aus die Abfahrt von Ingo und Renate, sah, wie sie draußen einen Taucheranzug anzog und mit Ingo zusammen in die Tiefe tauchte, und er überlegte zum hundertstenmal, ob Ingo nicht der gesuchte Klaus Feller sein könnte. Nein, doch nicht. Der frischgebackene Hotelmanager konnte es auch nicht sein, der war viel älter – aber vielleicht waren das alles Mittelsmänner? Immer wieder verglich er die Männer, die seinen Weg kreuzten, mit dem Foto von Klaus Feller. Er wanderte langsam an den Klippen entlang auf das Hotel zu. Es war sehr unwahrscheinlich, daß Renate Feller drunten zwischen den Fischen ihren Mann traf, oder vielleicht gerade? Weil er vielleicht hier in der Gegend bei den Fischen ruhte? Bei dem Gedanken mußte er lachen, so makaber die Idee auch war.

Etwas abseits des Weges kurz vor dem Hotel stand Lisa Lindemann vor einer Staffelei. Sie malte ein Bild, ein Stück felsiger Küste, das Meer und ein Segelboot. Alex Gerloff beobachtete die Hotelchefin schweigend beim Malen.

Dann tauchte plötzlich Carlos Riedmann auf.

»Frau Lindemann, wir haben ein Problem. Zimmer 28 ist doppelt belegt. Was sollen wir machen?«

»Schicken Sie die Leute zum Hotel Kroll. Aber sagen Sie meinem Mann nichts davon.«

Die haben also schon Geheimnisse miteinander, dachte Gerloff. Er begleitete Riedmann zum Hotel zurück.

»Sie könnten mir einen großen Gefallen tun«, sagte er.

»Aber natürlich. Für unsere Gäste . . .«

»Hören Sie erst mal. Ich habe ein kleines Problem. Ich bin ein bißchen verliebt in Frau Feller. Sie weicht mir aus. Unter uns Männern: Wissen Sie zufällig, mit wem sie gestern telefoniert hat? Dann wüßte ich wenigstens, wer mein Konkurrent ist.«

Riedmann schüttelte den Kopf. »Tut mir leid, aber solche Informationen geben wir nicht weiter, das müssen Sie verstehen.«

Aber als Alex ein wenig unruhig vor dem Empfang stehenblieb, sah Riedmann nach und legte eine Telefonnummer auf den Tisch.

»Das ist ja wohl kein großes Geheimnis. Das darf ich verraten. Es ist die Autovermietung Kuhn. Mit denen arbeiten wir zusammen.«

Zehn Minuten später saß Alex Gerloff in einem der klapprigen Insel-Taxis und ärgerte sich über den Chauffeur, der immer zu spät schaltete. Er hatte keine Augen für die Schönheit der Landschaft, für all die fröhlichen Urlauber. Draußen vor dem Wellblechschuppen sah er ein wunderschönes Mädchen.

»Sprechen Sie Deutsch?«

»Ja«, sagte Bianca. »Wollen Sie ein Auto mieten?«

»Das auch, aber hauptsächlich möchte ich den Chef sprechen.«

Er zog ein Foto aus der Tasche und zeigte ihr das Bild von Klaus und Renate Feller. Das Hochzeitsfoto. Renate im weißen Spitzenkleid; der Bräutigam sah aus, als würde er es jetzt schon bereuen. »Kennen Sie diesen Mann?«

Bianca betrachtete das Foto aufmerksam. Sie zögerte. Dann sagte sie: »Nein, nie gesehen.«

»Wenn Sie ihn sehen, sagen Sie mir bitte Bescheid. Gerloff, ich wohne im PARADIES. Und jetzt möchte ich zu Herrn Kuhn . . .«

Während Kuhn die Papiere für das Auto fertig machte, musterte er immer wieder die Gesichtszüge dieses Mannes. Vom Alter und der Figur her paßte er genau. Aber das Gesicht war ihm fremd.

»Ist das da draußen Ihre Frau?«

»Noch nicht«, sagte Kuhn, »aber sie wird es bald.«

»Gratuliere«, sagte Gerloff. »Das große Los in der Lotterie. Übrigens«, er holte das Foto wieder aus der Tasche, »wenn Sie diesem Mann begegnen, rufen Sie mich bitte an. Haben Sie ihn schon mal gesehen, oder die Frau?«

»Nein«, sagte Kuhn, »und ich merke mir Gesichter. Gehört zum Job. Sind Sie von der deutschen Kripo?«

»Nein, ich bin Versicherungsdetektiv.«

»Na denn . . . Viel Spaß mit dem Wagen.«

Minutenlang stand Harald Kuhn still vor seinem Schreibtisch und hielt sich an der Kante fest. Sein Herz klopfte heftig, und er fühlte seine Beine kaum noch. Und dann die große Erleichterung: Der Mann hatte ihn nicht erkannt. Er war sicher, es war geglückt. Er würde dem Chirurgen in Barcelona einen großen Blumenstrauß schicken. Wenn dieser Detektiv ihn nicht erkannte, der extra auf ihn angesetzt war, dann würde niemand ihn als Klaus Feller identifizieren, niemand auf der Welt. Und gleich schoß auch die Wut wieder in ihm hoch: Wie dumm war doch Renate, daß sie in diese Falle getappt war, daß sie nicht gemerkt hatte, daß ein Mann ihr folgte, der so offensichtlich ein Schnüffler war. Auf jeden Fall mußten sie noch lange vermeiden, miteinander gesehen zu werden . . .

»Harald.« Bianca stand im Türrahmen. Ihre Augen waren vor Schreck geweitet.

»Bianca«, sagte er und begriff noch nichts, »heute abend feiern wir. Ich lade dich zum größten Hummer der Insel ein. Und Champagner wird es geben. Wir werden uns zusammen richtig einen antrinken und dann . . .« Er drückte sie an sich und ließ sie spüren, daß er ein Mann war, und wunderte sich, daß sie so steif in seinen Armen lag. »Und dann«, sagte er, »werden wir in ein Hotel gehen und mit viel Spiegeln Liebe machen, stundenlang . . .«

Sie entwand sich seinen Armen.

»Harald«, sagte sie fast tonlos. »Harald, der Mann auf dem Foto bist du. Ich hab's an den Augen gesehen. Um Himmels willen, Harald, wer bist du?«

2

Die Traumfrau

Für den Polizeihauptwachtmeister Eberhard Wiesner war dies einer der schönsten Tage seines Lebens. An seinem dreißigsten Geburtstag stand er an der Reling eines Schiffes, dessen Fahrt durch das Mittelmeer ging. In der Ferne sah Wiesner die Silhouette von Mallorca, zum ersten Mal. In der Tasche bewahrte er sorgfältig das Schreiben des Polizeipräsidenten der Stadt Berlin, in dem ihm einen Tag vor seinem Urlaub mitgeteilt wurde, daß man ihn zur Kriminalpolizei versetzt hatte. Endlich.

Er knöpfte seine schwarze Lederjacke zu, Schutz gegen den Wind, und fuhr sich mit der Hand durch seinen wilden blonden Lockenkopf. Jetzt fühlte er sich ein bißchen wie Schimanski. Er hätte dies alles gern mit jemandem gefeiert, aber er war allein.

Und dann sah er die junge Frau, die ein paar Schritte weiter auch an der Reling stand. Sie fütterte Möwen.

Nein, diese Frau war nicht schön – sie war wunderbar! Sie mochte etwas über dreißig sein, sie war schlank in ihren hautengen Jeans, die Bluse etwas geöffnet, so daß er den Brustansatz sah. Ihre vollen Lippen lockten, kurz – dies war die Frau, von der er immer geträumt hatte.

Gerade wollte Eberhard Wiesner seine Verlegenheit überwinden und zu der jungen Frau gehen (»Traumwetter heute, nicht wahr?«), da stellte sich eine gewisse Frau Koschreuth neben Eberhards Traumfrau und begann ein Gespräch. Diese Frau Koschreuth, sicher zwei Zentner Fleisch eingehüllt in ein Geblümtes, das Karl Lagerfeld für eine edlere und schlankere Dame entworfen haben mochte, diese Frau Koschreuth mit einem ganzen Juwelierladen an Hals, Armen und Ohren, war Eberhard schon im Flughafen auf die Nerven gefallen. Sie hatte sich an ihn rangemacht, als wäre er ein Gigolo, den man sich zum Vergnügen kaufen konnte. Die war also zu meiden, selbst wenn man dadurch die Frau seines Lebens erst später kennenlernen würde. Und dazu noch der Hund von Frau Koschreuth: ein unerträglich hoch kläffender, ebenfalls zu dicker, verwöhnter Pekinese, der allen Männern an die Hosenbeine ging.

Nach einer Weile verschwanden die beiden Damen im Inneren des Schiffes. An der Bar entdeckte Eberhard Wiesner sie wieder. Einträchtig saßen sie nebeneinander und tranken Champagner.

Unter dem Barhocker süffelte der Pekinese ebenfalls Champagner, aus einer Untertasse.

Eberhard Wiesner warf der jungen Frau einen Blick zu. Sie lächelte ihn an, als akzeptiere sie, daß er sich gemeinsam mit ihr über die dicke alte Dame lustig machen wollte. Das war doch ein Anfang. Aber als er sich ihr mit einem Glas in der Hand nähern wollte, stand sie auf und verschwand in der Damentoilette.

Unauffällig beobachtete er die Tür, um seine Angebetete dann abzufangen.

Nach fünf Minuten trat eine alte, leicht gehbehinderte Dame aus der Tür. Sie hinkte, stützte sich auf einen Stock mit silbernem Knauf, ihr Gesicht war von einem Schleier bedeckt – und das Ganze wirkte wie eine zerbrechliche Miniatur in Schwarz. Eberhard Wiesner beachtete sie weiter nicht.

Doch dann legte das Schiff an, die Passagiere verließen das Boot – und Eberhards Traumfrau befand sich offenbar immer noch in der Toilette.

Vielleicht war ihr schlecht geworden.

Eberhard Wiesner wollte nachsehen.

Aber die Klofrau, eine spanische Matrone, bedeutete ihm wortreich und für ihn unverständlich, daß niemand mehr drin war. Das blieb ein Rätsel. War er einen Augenblick lang unaufmerksam gewesen? Vielleicht würde er doch kein guter Kripomann werden.

Im Hotel Paradies war die Hölle los. Max Lindemann hatte einen Brief in der Hand und betrachtete ihn besorgt. Seine Gesichtszüge verrieten auch seiner Frau Lisa, daß etwas nicht stimmen konnte.
»Was ist los, Max?« fragte sie.
Er starrte sie verbittert an. »Ich verstehe nicht, wieso die Bank den Kredit nicht verlängern will. Ganz plötzlich und ohne Vorankündigung. Haben die Leute vielleicht mit dir gesprochen?«
»Nein.« Sie schüttelte den Kopf, und ihre blonden Haare flogen. »Aber denk mal daran, daß Kroll seit letzter Woche im Aufsichtsrat sitzt . . .«
»Wieder Kroll. Kroll morgens und abends, das macht mich noch verrückt. Aber vielleicht hast du recht. Ich werde der Sache nachgehen.«
»Fahr doch bitte erst zum Schiff, da kommt eine alte Dame an, die gehbehindert ist. Eine Frau Findeisen. Monika Findeisen.«
Max stand auf. Er sah durchs Fenster auf die blumengeschmückte Terrasse. Das Leben könnte so schön sein, dachte er, wenn es nicht solche Feinde wie Kroll gäbe. Draußen lag das Land, das er liebte, diese köstliche Insel mit der ewigen Sonne, draußen saßen die Gäste, um die er sich bemühte und die ihn mochten, das wußte er. Die ihn manchmal sogar liebten, weil er immer ein offenes Ohr für ihre Sorgen und Nöte hatte. Gelegentlich eine offene Brieftasche für junge Gäste, die zu viel Peseten für zuviel feurigen Rioja ausgegeben hatten.

Aber jetzt hatte Max zuviel Geld ausgegeben, hatte zuviel investiert in das neue Schwimmbad und die Bäder in den Zimmern; der Anbau hatte viel mehr gekostet als geplant.
»Sollen wir die Zimmerpreise erhöhen?« fragte Lisa.
»Dann spielen die Reisebüros nicht mehr mit.«
Natürlich mußte sich jetzt Opa Albert einmischen. Er kam im Bademantel – blauer Frottee mit einem goldenen Wappen auf der Brust – ins Büro, die weißen Haare naß angeklatscht, so daß er mit seinem kleinen Schnurrbart aussah wie ein Seehund. Nach seinem morgendlichen Bad im Meer war er der Siebzigjährige immer aufgekratzt.
»Aha, mein Sohn, wieder mal Geldschwierigkeiten. Ich habe dich immer gewarnt. Man darf nicht mehr ausgeben, als man hat.« Und als Max ihn gereizt ansah: »Ich habe immer ein Plus in der Kasse gehabt, nie ein Minus. Hättste eben nicht soviel Land kaufen dürfen, und dann die teuren Umbauten! Also zu meiner Zeit war dieser Luxus nicht nötig, und die Gäste haben sich auch wohl gefühlt. Und weshalb hast du Kroll nicht die Ecke Land verkauft – das wären doch zwei Fliegen mit einer Klappe gewesen: Geld in der Kasse und keinen Feind im Dorf . . .«
Max beachtete seinen Vater gar nicht, er wandte sich an seine Frau, höhnisch: »Aha, Opa erzählt mal wieder vom Krieg. Das war in der Zeit, weißt du, Lisa, als die Gäste noch in Nachttöppe gepinkelt haben . . .«
Eine Tür knallte, und Opa war verschwunden.
»Dem hab ich's gegeben, dem ollen Klugscheißer.«
»Du solltest deinen Vater nicht so behandeln. Schließlich hat er das Hotel aufgebaut. Geh am besten zu Mauritius – der hat Einfluß bei der Bank, und vielleicht kann er uns auch aushelfen . . . Und jetzt hol Frau Findeisen und Frau Koschreuth ab.«
»Die wandelnde Schmuckschatulle?«
»So ist es«, sagte Lisa.

Es waren schöne, erfüllte Tage unter der Sonne von Mallorca, Renate Feller hatte sie genossen. Tauchen, Segeln, ein netter Mann an ihrer Seite – ja, es hätte Urlaubsglück sein können, wie es im Buche steht.
Ingo Hartmann war offenbar wirklich entschlossen, sich von seiner Frau zu trennen. Er hatte einen Ferienflirt mit Renate angefangen, man kennt das – ab und zu eine kleine, wie zufällige Berührung der nackten Haut, wenn er ihr half, die Taucherausrüstung anzulegen, eine Hand, die ein bißchen länger als nötig auf ihrer Schulter lag.
Aber da war der andere, der lebende Tote, ihr Mann Klaus, der sich jetzt Harald nannte und absolut nichts von sich hören ließ. Und da war dieser Gerloff, der hinter ihr herlief wie ein Hündchen und niemals sagte, weshalb.
Auch jetzt wieder, an diesem strahlenden Morgen, als Renate mit Ingo das Hotel verließ und in Ingos Mietwagen stieg, um zum Hafen zu fahren.
»Renate, ich glaube, der Motor vom Boot ist nicht in Ordnung. Bring mich doch zum Hafen und fahr dann zum Autoverleih. Die Miete ist abgelaufen und muß verlängert werden.«
Ingo drückte ihr ein paar zerknitterte Tausendpesetenscheine in die Hand.
Renates Herz klopfte im Hals.
Jetzt würde sie Klaus wiedersehen, zum erstenmal nach zwei Jahren. Endlich dieses neue Gesicht entdecken.
Gerloff folgte ihnen zum Hafen, stieg aus, lief über den Steg zu einem kleinen Motorboot und stieg ein. Das war die Gelegenheit. Rasch lief Renate zum Wagen zurück und kurvte weg – den ratlosen Gerloff hinter sich lassend. So, den war sie los . . .
Am Ende der Schotterstrecke sah Renate die Wellblechhütte mit dem Schild AUTOVERMIETUNG. Neben der Hütte stand ein kleiner blauer Fiat, und neben dem Fiat stand ein

Mann, der sich nun umdrehte und auf sie zukam. Es war ein fremder Mann mit fremdem Gesicht, und nur an seinem leicht vornübergeneigten Gang erkannte sie ihn – da hatte sie ihn doch immer ermahnt, aufrecht zu gehen, den Rücken gerade, Klaus, sonst wirkst du wie ein alter Mann, und er hatte immer gesagt: »Das geht dich nichts an.« Damals hätte ihr vielleicht klar werden sollen, daß sie beide gar nicht so viel verband, wie sie immer glaubte. Und das war also Klaus, der sich jetzt Harald nannte und so gar keine Eile hatte, wieder mit seiner Frau zusammenzukommen. Merkwürdig.

Harald Kuhn reinigte seine Hände, und das deutlich als Entschuldigung dafür, daß er seine Frau nach zwei Jahren jetzt nicht umarmte. Sie aber sah ihm Hintergrund die kleine dunkelhaarige Bianca und ahnte, daß da mehr war als ein Paar schmutzige Hände.

»Hallo, Klaus ...«

»Harald, verdammt ... Was willst du hier?«

»Ich will den Wagen verlängern.« Und plötzlich wurde sie wütend: »Ein bißchen freundlicher könntest du mich schon begrüßen. Ohne mich wäre das doch alles nicht gelaufen.«

»Pst!« zischte Harald. »Man könnte dich hören, und niemand darf wissen ...«

Zusammen betraten sie das kleine verwahrloste Büro. Wortlos legte Renate einen Umschlag auf den Tisch. Harald nahm den Umschlag in die Hand und blätterte in den deutschen Scheinen.

»Muß ich ja wohl nicht nachzählen. Eigentlich brauche ich das Geld jetzt überhaupt nicht – der Laden läuft. So, und wie kommst du zu dem Wagen?«

»Von einem Hotelgast, mit dem ich ab und zu zusammen bin. Netter Typ, der Ingo.«

Harald Kuhn beachtete diese Bemerkung überhaupt

nicht. »Dieser Gerloff, der auch im PARADIES wohnt, war übrigens hier. Er hat mir unser Hochzeitsfoto gezeigt und mich gefragt, ob ich den Typ kenne. Er hat mich also nicht erkannt.« Er lachte, lachte dieses helle Lachen, in das sich Renate einmal verliebt hatte. Aber es klang jetzt höhnisch, arrogant. »Ich soll ihn anrufen, wenn der Kerl hier auftaucht, damit er seiner Versicherungsgesellschaft einen großen Fang melden kann. Zum Schießen, oder?«

Das ist es also, dachte Renate. Darum läßt er mich nicht aus den Augen. »Ich finde das nicht zum Lachen«, sagte sie. »Was soll jetzt werden?«

»Geduld«, sagte er, »nur Geduld.«

»Wieso bist du so geduldig? Mit dem Geld, mit mir, mit unserem neuen Leben, das du uns versprochen hast?«

»Was das Geld angeht, habe ich Geduld, weil ich dir vertraue. Und mit dir, na ja, weil der Zeitpunkt noch nicht gekommen ist, an dem wir einfach unter neuem Namen ein neues Leben anfangen können. Erst muß Gras über die Sache gewachsen sein.«

Noch immer hatte Harald (jetzt nannte sie ihn schon in Gedanken Harald, so schnell ging das) sie nicht *einmal* berührt, ihr nicht die Hand gegeben, als fürchte er, angesteckt zu werden, wenn er Kontakt mit ihr hätte.

Sie stand da wie ein Schulmädchen vor dem Lehrer und haßte dieses Gefühl. »Und wann bitte kommt dieser Zeitpunkt, deiner Ansicht nach?«

»In ein, zwei Jahren.« Er rieb sich die Operationsnarben am Hals, und Renate bemerkte die Geste der Nervosität. Sie kannte diesen Mann gut, vielleicht zu gut.

»So«, sagte sie. »Und wie denkst du diese Jahre zu gestalten?«

»Du hast dich ja offenbar schnell getröstet mit diesem Ingo Hartmann. Ist doch ein flotter Typ.«

Renate knallte ihm das Formular auf den Tisch. Aus einer

anderen Tasche holte sie die schmuddeligen Tausendpesetenscheine heraus und legte sie neben den Mietvertrag.
»Wir wollen um eine Woche verlängern, geht das?«
»Natürlich«, sagte Harald Kuhn. »Kein Problem.« Er sagte es kühl wie gegenüber irgendeiner Kundin.
Erst als Renate mit dem Wagen wieder unterwegs war, zwischen den Hügeln und Felsen, zwischen den Kakteen und Blumen, fiel ihr auf, daß sie zum erstenmal *wir* gesagt hatte, als sie von sich und Ingo Hartmann sprach. Das war ein sonderbares Gefühl, und sie fragte sich, ob es etwas zu bedeuten hatte.

An solchen Tagen wie heute spürte Lisa Lindemann die ganze Last der Verantwortung auf ihren Schultern. Carlos Riedmann, der neue Manager, stand an ihrer Seite hinter dem Empfang und fragte ihr Löcher in den Bauch. Das war nötig, aber es machte sie auch nervös.
Sie sorgte sich um Max, der sich auf die Suche nach einer neuen Geldquelle gemacht hatte. Wie sollten sie bloß mit den großen Schulden über die Saison kommen und dabei die Gäste niemals merken oder fühlen lassen, daß sie knapp kalkulieren mußten? Dazu der tägliche »Hofjungenärger« ... Die wandelnde Schmuckschatulle Frau Koschreuth – Witwe eines Juweliers – war nicht zu überzeugen, daß sie ihre Klunker in den Hotelsafe legen mußte. »Wozu hab' ich das Zeug, wenn ich es nicht tragen kann?«
Das konnte noch Ärger geben.
Die leicht gehbehinderte alte Dame Monika Findeisen wollte nicht einsehen, daß ein Zimmer im Parterre für sie günstiger wäre als ein Zimmer auf dem gleichen Stockwerk wie Frau Koschreuth. »Ich lasse mir das nicht bieten«, hatte sie protestiert. »Nur weil die Dame offenbar

mehr Geld hat als so eine alte Frau wie ich, kriegt sie ein Zimmer mit Balkon und bester Aussicht. Ich zahle auch, verstehen Sie?«

Dann kam Lisas Sohn Frank mit seinem Rollstuhl vom Strand zurück, etwas depressiv, weil ein paar Mädchen ihn geneckt hatten, als er am Strand saß und einen Ball nicht zurückwerfen konnte. Sie wußten nicht, daß seine Beine gelähmt waren. Und wenn Frank auch noch so gelassen tat, es schmerzte ihn doch – und was Frank schmerzte, das schmerzte auch seine Mutter. Außerdem meldete Frank nebenbei, daß sein lockerer Bruder Michael den Strandkiosk verlassen hatte und wieder einmal »wie ein brünstiger Hirsch« (Originalton Frank) hinter irgendeiner halbnackten langbeinigen Blondine hergelaufen war. Der Strandkiosk wurde inzwischen von einem Hotelgast bedient, der keine Ahnung hatte. Und sie brauchten doch auch dieses Kleingeld so dringend.

Hotelalltag.

Dazu lief in der Halle dieser junge Mann herum – Eberhard Wiesner, hatte er sich förmlich vorgestellt –, der kein Gast war, aber Lisa mit der Frage nach einer gewissen jungen Dame in hautengen Jeans und mit so schönen rehbraunen Augen nervte. Lisa hatte ihm deutlich gemacht, daß solche Mädchen hier zuhauf rumliefen, das Hotel Paradies allerdings heute keinen solchen Zuwachs bekommen hatte, sondern nur zwei ältere Damen, die eine leicht gehbehindert.

»Ach ja, die habe ich auf dem Schiff gesehen«, sagte der junge Mann und glaubte ihr nicht.

Monika Findeisen ließ sich vom Hausdiener in ihr Zimmer geleiten. Sie humpelte hinter ihm her, als er ihr das Badezimmer zeigte, nestelte dann an ihrer kleinen schwarzen Handtasche und fingerte mühsam ein Geldstück aus der Börse. Sie übergab ihm das viel zu geringe Trinkgeld wie ein Gnadengeschenk einer alten Fürstin. Doch kaum hatte er das Zimmer verlassen, schloß sie die Tür hinter ihm ab, zog die Gardinen zu, machte ein paar fröhliche Tanzschritte und unterdrückte mühsam einen Jubelschrei. Dann warf sie ihre schwarzen Kleider ab, ließ ein Bad ein und wusch sich die Maske vom Gesicht. Nackt betrachtete sie sich im Spiegel: Sie war schlank und gerade, mit schmalen Hüften und schönen Brüsten, eine junge Frau von dreißig Jahren, sie war jetzt wieder Monika Mantiano, die arbeitslose Schauspielerin und Maskenbildnerin, die es allen Leuten zeigte, wie sehr zu Unrecht sie arbeitslos war – sie hatte schließlich alle getäuscht: den komischen verliebten jungen Mann auf dem Schiff, die alte Frau Koschreuth (die würde ihren Schmuck nicht mehr lange ihr eigen nennen) und die ganze Hoteliersfamilie Lindemann. Monika Mantiano-Findeisen trocknete sich ab und schlüpfte in ein schwarzes Trikot, zog die Turnschuhe mit den griffigen Sohlen an, die sie schon über so viele Fassaden und Balkone geführt hatten, und rieb sich die Hände in Erwartung künftiger Beute. Sie ließ sich so leicht von niemandem erwischen ...

Wie so oft in seinem Leben war Harald Kuhn wieder einmal in großen Schwierigkeiten. Das hatte bei ihm als Schüler Klaus Feller schon ganz früh angefangen: die kleinen Lügereien gegenüber dem Lehrer, die gefälschten Unterschriften des Vaters bei schlechten Arbeiten, die Diebstähle aus dem Portemonnaie der Mutter, weil er seinen Mitschülern imponieren wollte mit großen Geschenken – ach, es war eine Plage, und immer war es schiefgegangen, weil irgendwann all die Lügen auf den Tisch kamen und sich gegen ihn kehrten.
Wer einmal auf der schiefen Bahn ist ...

Kaum war Renate mit dem Wagen weggefahren, hatte Kuhns Monteur und Freund Rex ihm auf den Zahn gefühlt. Der hatte gemerkt, daß das kein normales Gespräch mit einer Kundin gewesen war. Lügen, Lügen: »Du kennst mich doch, Rex, ein kleiner Flirt mit diesen Urlaubsbienen nützt dem Geschäft. Die wollen hier doch nicht nur faul am Strand liegen, sondern auch denken, daß die Männer auf sie fliegen. Weiber!«

»Ich wollte nur sagen«, hatte Rex ein bißchen drohend eingeworfen, »daß du mit meiner Schwester nicht rumspielen sollst. Ich breche dir alle Knochen im Leib, auch wenn du mein Freund bist – die Bianca ist kein Spielzeug. Wenn du also andere Eisen im Feuer hast, dann sag's ehrlich, und die Sache ist klar.«

»Nein, nein, glaub mir doch.«

Aber Bianca selber war nicht so leicht zu überzeugen. Nach dem Besuch des Detektivs Alex Gerloff hatte er ihr eine verschwommene Geschichte von einem Unfall erzählt, der sein Gesicht verunstaltet hatte, weshalb diese kosmetische Operation notwendig gewesen war. Er wolle, hatte er erklärt, auch nicht erkannt werden, weil seine frühere Frau, die auf dem Foto, Ansprüche gegen ihn habe – wegen des Unfalls, und der Detektiv ...

Nun ja, es war eines dieser Lügenlabyrinthe mit tausend Eingängen und Ausgängen, so daß niemand zum Schluß herausfand, er selber am wenigsten. Aber man konnte bei einer neuen Lüge ertappt, von Mißverständnissen reden. Mehr als dreißig Jahre Erfahrung – ihn legte so leicht keiner aufs Kreuz.

Bianca hatte dem Auto mit Renate nachgesehen. Ihre dunklen Augen waren traurig.

Jetzt drehte sie sich um zu Harald.

»Das war deine Frau. Ich hab' sie erkannt. Ich geh weg, Harald, wenn es *so* ist ...«

Harald Kuhn nahm sie bei der Hand. »Setz dich. Und sei nicht bockig wie ein kleines Kind. Man kann über alles reden.«
»Dann rede doch.« Sie zog eine Schnute. Offenbar kämpfte sie gegen die Tränen an.
Nebeneinander saßen sie auf der Bank vor der Garage. Harald schwieg; er hatte gelernt, daß es immer besser war, den anderen den ersten Zug tun zu lassen. Das schaffte Zeit.
»*Du* mußt reden«, sagte Bianca, »du hast eine Frau, *ich* hab keinen anderen Mann.«
Kuhn holte tief Luft. »Also schön, das war nicht meine Exfrau, sondern meine Frau. Ich habe dir ja schon gesagt, wie schwierig die ganze Situation ist. Ich bin also noch verheiratet, aber das dauert nicht mehr lange. Ich habe eben mit Renate alles besprochen. Wir leiten die Scheidung ein.«
»Und was ist mit der Polizei?«
»Ich habe dir doch gesagt, daß es sich nicht um die Polizei handelt. Hast du das vergessen? Es war ein Detektiv von einer Versicherungsgesellschaft.«
»Und was will er wirklich von dir?«
»Glaubst du mir vielleicht nicht? Ich hab dir doch alles erzählt . . .«
»Du hast mir auch gesagt, daß du geschieden bist, Harald. Ich will dir ja glauben. Du bist das Beste, was mir bisher im Leben passiert ist. Du kannst mir alles sagen, du brauchst bei mir nicht zu lügen. Auch das Schlimmste kann ich ertragen, wenn ich nur weiß, du liebst mich und bleibst bei mir.«
»Ich kann es dir trotzdem erst sagen, wenn die Zeit reif ist. Inzwischen mußt du mir versprechen, zu keinem Menschen ein Wort zu sagen. Auch nicht zu Rex. Abgemacht?«

Harald streichelte ihren Hals, und sie schmiegte sich an ihn, bis sie wie ein Vögelchen ihren Kopf in seiner Armbeuge hatte. Er küßte sie flüchtig aufs Haar und sah dabei über ihren Kopf hinweg zu Rex und zwinkerte ihm zu.
Rex winkte zu ihm herüber.

Sanft blähten sich die Segel im Sommerwind vor der Insel. Ingo Hartmann kreuzte eine Weile im untiefen Wasser nahe an der Küste, dann strebte er dem offenen Meer zu – näher an ›seine Stelle‹ heran, dort, wo der verlockende alte Frachter lag.
Sein Blick wurde immer wieder abgelenkt durch Renate.
Sie saß mit dem Rücken gegen den Vormast gelehnt; sie trug nur ein winziges Bikinihöschen, und wenn sie sich zu ihm umwandte, dann sah er ihre kleinen festen Brüste mit den reizenden rotbraunen Knospen. Am liebsten hätte er sofort Anker geworfen.
Doch dann sah er das Motorboot mit dem sonderbaren Herrn Gerloff in der Nähe auftauchen. Der Mann starrte mit einem Fernglas zu ihnen herüber. Ein Voyeur offenbar – nun ja, seiner Renate konnte er nichts weggucken, das war alles gut angewachsen.
Lachend warf er den Anker aus und ging dann nach vorne zu Renate. Er setzt sich neben sie und lächelte sie an.
Renate erwiderte sein Lächeln nicht. Sie wirkte traurig.
»Wollen wir mal?« fragte er. Mit einer Hand griff er nach ihrem Taucheranzug, der neben ihr lag, und reichte ihn rüber.
»Ach, Ingo«, seufzte sie, »tauch heut mal allein, ich habe keine Lust.«
»Na gut, dann habe ich auch keine Lust. Soweit ist es mit mir schon gekommen. Da unten liegen die Goldbarren, und ich bleibe lieber bei dir.«
Während er sprach, glitten seine Hände über ihren Hals

und ihre Schultern, berührten die Finger leicht ihre Haut. Dann näherte er sich mit dem Mund und fuhr mit einem leichten Zungenschlag über ihren Hals und über die Brust bis zu den Warzen. Er spürte die Erregung – seine eigene und die der jungen Frau. Sie wurde weich unter seiner Zunge – und fuhr plötzlich zurück.
»Bitte, bitte, laß das. Hör auf, ich halte das nicht aus.«
»Dann gib doch nach.«
»Ich kann nicht«, sagte Renate, »bitte versteh das doch. Mehr kann ich nicht geben. Mach jetzt nichts kaputt.«
»Was ist denn bloß mit dir los? Du magst mich, ich mag dich – und trotzdem zuckst du immer wieder zurück wie ein ungeküßtes Dornröschen.«
Einen Augenblick lang dachte Renate nach, dann sprudelte es aus ihr heraus: »Ingo – ich bin verheiratet, das ist alles.«
»Fest verheiratet?«
»Nein, nicht mehr. Aber es ist noch zu früh . . . Versteh doch, bitte. Laß mir Zeit.«
Er schlüpfte in seinen Taucheranzug, schnallte sich die Sauerstoffflasche um und setzte die Brille auf. Er antwortete ihr nicht. Vielleicht war es besser so. Mit seiner Frau war er immer zu hastig gewesen, das wußte er. Er hatte sie überredet, nicht überzeugt. Jetzt war sie ihm davongelaufen, und er sah sie mit irgendwelchen Männern am Strand, an der Bar, im Restaurant – mit Männern, bei denen er sich immer fragte: Wie kann sie nach mir mit so einem Typ rumlaufen? Na ja.
Rücklings ließ er sich ins Wasser fallen . . .

Max Lindemann versuchte seinen Söhnen immer zu erklären, daß der einzige Unterschied zwischen Reichen und Normalbürgern der sei, daß Reiche eben mehr Geld hätten. Dabei wußte er genau, daß das nicht stimmte. Und als er jetzt mit seinem grauen Jeep die Serpentinenstraße zu dem Haus hoch oben auf dem Berg fuhr, fiel ihm die Fadenscheinigkeit seines Spruchs wieder auf. Die weiße Villa im maurischen Stil dort oben wurde von einem Mann bewohnt, der anders war als er. Wachen mit Gewehren beschützten den Millionenbesitz von Mauritius – Mauritius, der einfach so hieß, keinen anderen Namen zu haben schien, jedermann nannte ihn so; und der unermeßlich reich war. Sein Haus war ausgestattet mit modernsten elektronischen Geräten, die es ihm ermöglichten, ständig mit den Börsen der Welt Kontakt zu halten. Mauritius nannte sich Freund, war manchmal wirklich ein Freund, aber auch ein *Reicher*. Er hätte mit einem Federstrich Maxens augenblickliche Sorgen – Schulden von 75000 Mark – wegwischen können, aber Reiche dachten eben anders... Wahrscheinlich waren sie deshalb so reich.

Der Butler im weißen Dinnerjackett brachte Sherry in alten Gläsern, die Mauritius für 500 Dollar pro Stück auf einer Versteigerung in Bogotá gekauft hatte – was er niemals zu erwähnen vergaß.

Der schlanke Mittfünfziger mit den eisgrauen Haaren las den Brief der Bank.

»Ich bin nicht die Bank, Max«, sagte er und ließ den Brief achtlos auf einen Glastisch gleiten.

»Aber du hast Einfluß bei der Bank.«

»Ich will dir gern helfen, Max, aber ich mache dich darauf aufmerksam, daß ich gewöhnlich meinen Vorteil im Auge habe. Ein Prinzip.« Er lächelte geschmeidig.

»Ich frage auch nur, ob du mir helfen willst. Du verlierst doch nichts.«

»Gut, ich will sehen, was ich tun kann. Nächste Woche fliege ich nach New York, vielleicht kann ich vorher etwas regeln.«

»Könntest du nicht eine Bankgarantie . . .«
Mauritius lehnte mit einer großen Geste ab. »Auch dies, mein lieber Freund, aus Prinzip nie. Du wirst es schon alleine schaffen, und unter Freunden . . .«
Wenn man solche Freunde hat, dachte Max, braucht man keine Feinde. Aber er sagte es nicht.
Sie gingen zusammen durch den riesigen Park, vorbei an blühenden Kakteen und Forsythien, Springbrunnen und antiken Statuen wunderschöner nackter Frauen. Plötzlich donnerte ein Motorrad durch die Oleanderallee. Vorne, wie immer ohne Sturzhelm, Manni, der älteste Sohn von Max, auf dem Rücksitz ein blondes Mädchen mit wehendem Haar, einer viel zu kleinen Bluse und langen nackten Beinen unter einer zerrissenen kurzen Jeanshose.
Mauritius schaute befremdet auf das Paar. Die beiden stiegen neben dem Jeep von Max vom Motorrad, sie lachten laut und unterhielten sich scherzend, dann küßte Manni das Mädchen, gab ihr einen Klaps auf den Po, und das Mädchen lief auf Max und Mauritius zu.
»Hallo, Onkel Gregor, ich bin wieder da.«
»Wie man sieht«, sagte er grimmig. »Und was für ein Zufall, daß du ausgerechnet mit Michael Lindemann gekommen bist.« Er blickte fast strafend seinen Freund Max an.
Der sagte: »Es ist *wirklich* ein Zufall, Mauritius. Ich wußte nicht, daß du eine Nichte hast, schon gar nicht, daß die beiden sich kennen.«
»Und du wußtest auch nicht, daß Michael gerade jetzt hier auftauchen würde.« Er sah Max kühl an. »Also dann . . . Grüß deine Frau. Ich werde sehen, was sich machen läßt.«
Max war entlassen wie ein lästiger Bittsteller. Seine Hoffnung schwand. Auf dem Rückweg nahm er die Kurven

viel zu scharf, beinahe wäre der Jeep in den Abgrund gestürzt. Am Fuß des Berges holte er Manni ein. Er stoppte vor ihm und stieg aus dem Wagen.
»Komm bitte sofort ins Büro. Ich habe mit dir zu sprechen.«
»O weh, dicke Luft.«
»Ein Gewitter«, sagte Max. »Dies war nur der Blitz, der Donner folgt später.«
Wütend startete er den Jeep.

Als Max und Manni das Büro betraten, saß Frank in seinem Rollstuhl vor dem Computer und tippte Rechnungen und Belege ein. Max legte dem Jungen die Hand auf die Schulter und lobte ihn. »Du machst das prima, Frank. Ich weiß nicht, wie wir das ohne dich schaffen sollten.«
Manni begriff diese Geste sofort. »Jetzt ist es mal wieder gesagt, Vater: die Ameise und die Grille. Kain und Abel. Der Fleißige und der Taugenichts.«
Max fuhr herum. Er packte Manni am Arm. »Kannst du nicht mal vernünftig sein – wenigstens aus Rücksicht auf die Familie? Wenn du die Nichte von Mauritius auf deine Abschußliste setzt, machst du meine Geschäfte kaputt. Und du lebst schließlich auch davon. Mauritius sieht das nicht gern, wie du vielleicht bemerkt hast.«
»Ich hatte keine Ahnung.«
»Ja, das ist typisch. Ahnungslos in jede Falle tappen – nur weil du hinter jedem Rock herlaufen mußt.«
»Hose«, sagte Manni heiter. Nichts konnt er ernst nehmen, der Lümmel.
»Also laß die Finger von dem Mädchen.«
»Sag mal, du schließt wohl ganz aus, daß Mauritius von mir und meiner Schwäche für Eileen so entzückt ist, daß es für deine Geschäftsinteressen sogar günstig wäre?«
»Das schließe ich aus, jawohl. Der Mann kann sich was

Besseres für seine Nichte vorstellen als einen Typ wie dich, der mit jedem Mädchen sofort ins Bett steigt.«
»Am liebsten mach ich's am Strand«, sagte Manni, und Max unterdrückte mühsam seinen Zorn. »Aber diese Aussprache hier stabilisiert mein Selbstbewußtsein gar nicht. Hoffentlich überlebe ich den Schock.«
»Du hast mich gehört«, sagte Max. »Schluß mit dem Mädchen und keine weitere Diskussion.«
Manni drehte sich lachend um und verschwand nach draußen. Frank folgte ihm mit dem Rollstuhl, und Max blieb mit Lisa zurück. Die beiden sahen sich an. Lisa sagte weich: »Max, unterschätze bitte nicht Mannis Empfindlichkeit.«
»Er muß endlich erwachsen werden.«
»Max – er sucht. Er sucht sich selber ...«
»Na, hoffentlich sucht er nicht zu lange. Oder findest du es gut, daß Mauritius ärgerlich wird? Findest du es gut, daß Manni eine nach der anderen vernascht und wieder ablegt? Du als Frau solltest doch ... Ach, was rede ich. Manni sollte uns ernst nehmen, dich und mich – schließlich sind wir auch empfindlich ...«
Ehe Lisa antworten konnte, wurde die Tür aufgestoßen. Im Rahmen stand zornbebend die geblümte Frau Koschreuth, sie schrie hysterisch: »Mein ganzer Schmuck ist gestohlen – Hunderttausende sind weg!«

Renate Feller betrachtete abwechselnd die Luftblasen, die neben dem Boot auftauchten, und ihre wasserdichte Armbanduhr. Sie war besorgt: Ingo befand sich jetzt schon viel zu lange unten, er hatte wohl wieder mal vor lauter Jagdeifer sein Zeitgefühl verloren. Zehn Minuten war wirklich zu lang.
Sie mußte etwas unternehmen.
Rasch schlüpfte sie in ihren Taucheranzug und ließ sich in

das Wasser gleiten. Es war immer wieder ein wunderbares Erlebnis, zwischen den bunten und seltsamen Fischen in diesem hellen, sauberen Wasser zu schwimmen. Sie schaltete die Lampe an ihrer Taucherbrille an und suchte mit dem Lichtstrahl nach dem Frachter.
Dort war das rostige Gerüst, dort waren ein paar morsche Planken, und dort auf der Rückseite des Frachters bewegte sich etwas, zappelte, verschwand wieder.
Renate schwamm darauf zu. Es war Ingo, der sich mit seinen Leinen an der rostigen Reling verfangen hatte und nun verzweifelt versuchte, sich zu befreien, wobei die Leinen sich immer mehr verhedderten. Eine hoffnungslose Situation für einen, der in Panik gerät. Renate sah schon die Todesangst in Ingos Augen.
Mit ein paar Handgriffen löste sie geschickt die Verknotungen. Aber Ingos Sauerstoffvorrat war erschöpft, er hatte nicht mehr genug Auftrieb. Renate packte ihn von hinten unter den Achseln und zog ihn langsam nach oben. Es war schwere Arbeit, den total Erschöpften über den Bootsrand zu hieven. Sein Atem ging schwer, aber er mußte doch sprechen: »Es hat etwas geglitzert, weißt du, grün wie Smaragde – vielleicht war es aber auch nur ein grüner Fisch . . .«
»Komm erst mal wieder zu Kräften, bevor du redest.« In ihren Augen standen Tränen. Sie hatte Angst um ihn gehabt, um den Mann, der nun schon lange kein Fremder mehr für sie war.
Ingo zitterte plötzlich wie Espenlaub. »Das war knapp, was?«
»Du frierst ja«, sagte sie streng, »komm runter in die Kajüte, wir müssen dich wärmen, sonst holst du dir noch was.«
Und als sie unten waren, sagte sie: »Runter mit dem Zeug.«

Sie half ihm, den Taucheranzug abzustreifen. Er stand vor ihr, ein schmaler junger Mann mit Gänsehaut, ein rührendes Bild in seiner knappen Badehose, die auch naß war. Ihre Hände glitten über seinen Körper, zogen die Badehose herunter, griffen dann nach einem Handtuch. Sie rubbelte ihn ab, wie eine Mutter ihr Kind abrubbelt. »Leg dich in die Koje. Ich hole eine Decke.«

Sie wickelte ihn in ein kariertes Plaid fest ein und rieb ihn mit der Decke warm. Aber Ingo zitterte weiter, sein Gesicht war ein wenig blau, seine Zähne klapperten.

Renate trug noch immer ihren Taucheranzug, sie hatte keine Zeit gehabt, an sich selber zu denken. Jetzt streifte sie ihn ab. Einen Augenblick lang stand sie nackt vor der Koje, dann schlüpfte sie zu Ingo unter die Decke, und ihre Arme umschlossen den kalten Körper des Mannes.

»Du hast mir das Leben gerettet«, flüsterte Ingo.

»Sei still.« Sie legte ihm einen Finger auf den Mund und verschloß seine Lippen.

Haut. Zum erstenmal seit zwei Jahren Männerhaut an ihrer Haut, rauh und doch samtig. Renate spürte, wie ihre animalische Wärme auf den Mann überfloß, wie seine gespannten, zitternden Glieder sich lösten. Er vergrub sein Gesicht in der Beuge ihres Halses, und sie merkte, daß Ingo weinte, ganz leise.

»Sch, sch«, machte sie und streichelte dabei seinen Rükken, und er hörte auf zu weinen. Seine Lippen glitten über ihren Hals, seine Hände begannen zu wandern, über ihren Hals und ihre Brüste und tiefer über den flachen Bauch und zwischen die Schenkel, als suchten sie dort Wärme und Schutz – und Liebe. Was Renate wie eine Schutzwand zwischen sich und Ingo aufgebaut hatte, schmolz wie Schnee in der Sonne. Zu überwältigend war das Gefühl, einen Mann an ihrem Leib lebendig werden zu lassen. Die Flamme stieg und stieg, und es war alles so

selbstverständlich, keine Fragen mehr, nur noch Antworten.
»Lieber Ingo«, sagte sie atemlos, »liebster Ingo . . .«
Er wandte sich ihr zu, und sie spürte sein Glied, das sich aufgerichtet hatte, küßte ihn auf den Mund und flüsterte zwischen den Küssen: »Komm zu mir, bitte, komm jetzt . . .« Sie glitten ineinander, als hätten sie es schon immer getan, und es war besser, als es je mit Klaus gewesen war, weich und hart und pochend und sanft und wild . . .
Lange lagen sie so, ganz still, sie hörten nur das leise Klirren der Ankerkette, die gegen den Schiffsrumpf schlug, und ihren Atem, der heftiger wurde.
»Es ist gut«, stöhnte sie plötzlich, »o Gott, das ist gut, gut, gut . . .« Und als er in ihr verströmte, dachte sie: Das muß Liebe sein. – Liebe, an die sie so lange nicht gedacht hatte.

Mit einem geliehenen Fahrrad durchstreifte Eberhard Wiesner die Insel, kreuz und quer, immer auf der Suche nach seiner Traumfrau, dieser jungen schönen Frau, die auf so rätselhafte Weise auf dem Schiff verschwunden war. Es war jetzt der vierte Tag. Eberhard radelte einen Felsenweg entlang und blickte dabei aufmerksam in jede Felsenbucht. Diese einsamen Buchten auf Mallorca sind oft das Ziel von Menschen, die allein sein wollen, fern von den lauten Scharen, die Mallorcas Strände bevölkern.
In einer dieser Buchten lag ein nacktes Mädchen – ohne Begleitung. Wiesner lehnte sein Rad an den Felsen und stieg hinunter. Vor ihm war eine Felsnase, dahinter mußte sie liegen. Er linste um die Ecke – sie war es. Ihre Nacktheit entzückte ihn. Sie war braungebrannt und schlank, trug das lange dunkle Haar offen und wirkte

dort am Strand wie eine der Tahitifrauen von Gauguin. Als Wiesner um die Felsnase herumging, sah sie ihn und schlüpfte in ein weißes Hemd, das ihre langen Beine frei ließ.

»Hallo«, rief er, »endlich habe ich Sie gefunden.«

Die junge Frau war ganz und gar abweisend. »Wieso gefunden? Wen haben Sie denn gesucht?«

»Sie«, rief er fröhlich. »Erinnern Sie sich nicht, wie wir auf dem Schiff gemeinsam über die Dame mit dem vielen Schmuck gelächelt haben?«

Ihre Hand griff nach ihrer Tasche, als wolle sie etwas festhalten.

Er sah es und sagte: »Keine Angst, ich will Sie nicht bestehlen. Darf ich mich vorstellen? Eberhard Wiesner, Polizeihauptwachtmeister aus Berlin.«

»Guten Tag, Herr Wiesner. Auf Wiedersehen, Herr Wiesner. Sehen Sie nicht, daß ich allein sein will?«

Aber Eberhard Wiesner ließ sich nicht abschütteln. Als sie ihre Sachen packte und am Strand entlanglief, hielt er einfach mit ihr Schritt.

»Darf ich auch Ihren Namen erfahren?«

»Nein«, sagte sie. »Dürfen Sie nicht.«

»Auch gut. Aber zu einem Kaffee darf ich Sie doch einladen?«

Sie zögerte. Dann stimmte sie – offenbar widerwillig – zu.

»Na gut, ein Kaffee, aber versprechen Sie sich nichts. Ich bin in festen Händen.«

»Hände können sich lockern«, sagte er.

Auf einer Strandterrasse bestellte er zwei Tassen Kaffee. Aber nach der Bestellung entschuldigte sich die junge Dame und verschwand in Richtung Toilette. Sie nahm ihre Strandtasche mit. Eberhard Wiesner wartete lange, dann begriff er, daß diese Frau ihn wiederum gefoppt hatte. Weshalb in aller Welt?

Er ging zur Toilette, bat eine Frau nachzusehen, weil seiner Freundin vielleicht schlecht geworden sei. Die Frau kam zurück und sagte, es sei niemand drinnen. Verdrossen begab sich Wiesner zurück zum Tisch. Dort standen die beiden Tassen Kaffee, daneben lag ein Päckchen Zigaretten von seiner Angebeteten. Sie hatte sie liegenlassen, doch wohl in der Absicht, zurückzukehren. Er spielte gelangweilt mit der Packung und entdeckte, daß im Umschlag ein Streichholzbriefchen steckte, ein Briefchen mit der Reklame HOTEL PARADIES.

Das war also endlich eine Spur. Die würde er verfolgen – er mußte sie finden.

Zurück zum Felsen, wo er sein Fahrrad abgestellt hatte – und auf zum HOTEL PARADIES. Da hatte man ihn beim erstenmal wohl absichtlich belogen.

Eberhard Wiesner stellte sein Fahrrad am Eingang ab, ging durch die leere Halle, niemand am Empfang. Durch den Hinterausgang gelangte er zum Garten mit dem Swimmingpool. Dort fand er die ganze Belegschaft in größter Aufregung. Irgend jemand hatte Seifenpulver in den Pool geschüttet – das Wasser schäumte über den Rand und lief auf den Rasen. Gäste erregten sich über die Sauerei, sie waren ahnungslos in die Seifenlauge hineingesprungen und sahen jetzt aus wie Komiker in einem Werbefilm für Seifenpulver.

Ein dicker Mann rannte aufgeregt herum und schrie, er sei bestohlen worden, seine Reisekasse mit über 2000 Mark sei weg. »Ich bin ruiniert!« Ein anderer Mann nahm ihn beiseite, stellte sich als Gerloff, Versicherungsdetektiv, vor und wollte gleich den Versicherungsfall bearbeiten.

Und da war auch die dicke Frau Koschreuth im Blümchenkleid, sie packte Wiesner bei den Schultern und rief: »Das ganze Hotel voller Diebe, hat man so was schon

erlebt? Mein Schmuck ist weg ... Ja, wie kommen Sie denn überhaupt hierher?«
In diesem Augenblick mischte sich ein bulliger Mann ein, den Wiesner nicht kannte. Er stellte sich vor ihn hin wie ein Schiedsrichter, der auf dem Fußballfeld einen Spieler maßregelt.
»Jawohl, was suchen Sie hier, junger Mann?«
»Ich suche ein Mädchen.«
»Aha, ein Mädchen – das ist eine höchst durchsichtige Ausrede. Bleiben Sie hier stehen!«
»Und wer sind Sie bitte?« fragte Wiesner. Ihm wurde mulmig.
»Ich bin zufällig der Besitzer dieses Hotels. Sie sind hier unrechtmäßig eingedrungen. Haben Sie das Schild nicht gelesen? Nur für Hotelgäste! Ich habe Sie erwischt. Sie wollten sich die Schweinerei ansehen, die Sie hier angerichtet haben. Wer steckt dahinter? Ist Kroll Ihr Auftraggeber?«
»Ich kenne keinen Kroll, ich weiß überhaupt nicht ...«
»Aha«, schrie Max Lindemann, »er leugnet. Meine Herrschaften, hören Sie, wie dreist er lügt. Aber mich führen Sie nicht hinters Licht. Ich habe Sie neulich schon hier gesehen, sehr verdächtig ...«
»Auch da habe ich nur nach diesem Mädchen gefragt«, sagte Eberhard Wiesner. Endlich mal konnte er sich vorstellen, wie Verdächtige sich fühlen, wenn sie von ihm und seinen Kollegen in die Mangel genommen werden.
»Natürlich«, höhnte Max Lindemann, »nach einem Mädchen hat er gefragt. Und eine Tür nach der anderen geöffnet, auf der Suche nach dem Mädchen, und dabei hat er zufällig auch die Tür von Frau Koschreuth erwischt und zufällig ein bißchen Klunkerkram in die Tasche gesteckt ... Manni! Manni!«
Manni stand hinter ihm. Er grinste.

»Laß das Grinsen, Manni. Ruf die Polizei.«
»Vater – du machst einen Fehler . . .«
»Ruf sofort die Polizei. Keine Widerrede. Und Sie«, er packte Wiesner am Arm, »rühren sich nicht vom Fleck.«
Monika Findeisen, die alte, leicht gehbehinderte Dame, schenkte dem Täter ein mildes Alte-Damen-Lächeln und sagte mit brüchiger Stimme: »Er sieht gar nicht aus wie ein Dieb.«

Carlos Riedmann spürte das unausgesprochene Mißtrauen, das ihm entgegenschlug. Max Lindemann war eifersüchtig, weil Carlos immer um Lisa herumscharwenzelte und ihre Hobbymalerei lobte – eine Tätigkeit, die Max für überflüssig hielt. Opa Lindemann fragte ihn immer wieder nach seinen Referenzen; er war der Meinung, wer über seine Vergangenheit schweige, habe etwas zu verbergen. Die beiden Söhne behandelten ihn wie einen Eindringling, und selbst Lisa Lindemann schien erleichtert gewesen, als sie ihm vor ein paar Tagen eine Bankvollmacht geben wollte und er das als nicht so eilig ablehnte.
Es mußte etwas geschehen, um dieses Mißtrauen endgültig auszuräumen.
Die Gelegenheit ergab sich, als das spanische Zimmermädchen Carmen sich bei ihm über einen Gast namens Bischoff beschwerte, einen sechzigjährigen Witwer, der ihr nachstellte. Der Mann stand nackt im Zimmer, wenn Carmen das Frühstück brachte, und einmal hatte er im Bett gelegen, die dünne Decke über sich gezogen; er hatte auf die Wölbung unter der Decke gedeutet und gesagt: »Hier steht was für Sie, Carmen, meine Süße.« Sie hatte ihm das Frühstück über die Decke gekippt. »Ein Skandal«, beschwerte sich Herr Bischoff. Carmen hatte sich verteidigt, doch Carlos Riedmann hatte ihr sagen müssen, daß

man so mit Gästen nicht umgehen dürfe und daß sie sich in Zukunft an ihn wenden solle, wenn jemand sich schlecht benehme.
Carmen hatte den Blick gesenkt und artig zugestimmt. Und dann hatte sie gesagt: »Ach, Herr Riedmann, *por favor,* ich habe etwas gefunden.«
Sie führte ihn in das Zimmer von Frau Findeisen und zeigte ihm, was sie entdeckt hatte: Zwischen den Kleidern der alten Dame ein schwarzes Trikot, ein paar tolle Turnschuhe und eine kleine Schachtel mit Antibabypillen. Da stimmte etwas nicht.
»Die Dame Findeisen ist nicht koscher«, sagte Carlos Riedmann zu Max. »Wir müssen Sie entlarven.«
»Ich habe schon genug Ärger. Lassen Sie diese Dinge von der Polizei regeln.«
»Ich möchte Ihnen nicht zu nahe treten, Herr Lindemann«, sagte Carlos und trat ihm zu nahe, »aber mir ist es lieber, wir machen das selber und möglichst geräuschlos, wie es in internationalen Häusern üblich ist.«
Das saß wieder mal, und Carlos wußte, daß es saß.
»Wenn Sie meinen«, sagte Max und war beleidigt, gerade weil er wohl wußte, daß Riedmann die größere internationale Erfahrung hatte.
Am nächsten Morgen überredete Riedmann den späten Casanova Bischoff zu einem Trick. Bischoff setzte sich neben die alte Frau Findeisen an den Frühstückstisch und legte neben seinen Teller eine Brieftasche, die er mit Scheinen wohl gefüllt hatte. Frau Findeisen schien überhaupt nicht darauf zu achten. Dann verabschiedete sich Bischoff, er wollte nun zum Strand gehen, vorher aber noch das Geld in seinem Zimmer verstauen. »Am Strand wird ja soviel geklaut . . .«
»Recht haben Sie«, sagte die alte Dame.
Carlos Riedmann versteckte sich in Bischoffs Bad hinter

dem Duschvorhang. Nach einer halben Stunde bereits hörte er, wie jemand leise über den Balkon ins Zimmer kletterte. Im Spiegel sah er dann die jung gewordene Monika Findeisen in ihrem Trikot am Nachtkästchen operieren. Sie holte die Brieftasche heraus und blätterte die Scheine flüchtig durch.
»Einmal muß es ja schiefgehen«, sagte Riedmann und trat aus seinem Versteck hervor. »Wer immer Sie sind, Frau Findeisen – das Spiel ist aus.«
Sie fanden den Schmuck von Frau Koschreuth, sie fanden mehrere Brieftaschen, erfuhren dann auch, wer sich hinter der alten leicht gehbehinderten Dame verbarg. Axel Gerloff kannte den Namen dieser Trickdiebin und Fassadenkletterin. Das stellte sich heraus, als Riedmann ihm sein Scheckheft und die Scheckkarte überreichte.
»Haben Sie nichts gemerkt?«
»Ich hätte es spätestens in einer Stunde beim Bezahlen der Hotelrechnung bemerkt«, sagte Gerloff.
»Sie wollen schon abreisen?«
»Ja«, sagte Gerloff. »Sie wissen, ich bin Versicherungsdetektiv. Ich hatte das Gefühl, daß jemand einen Versicherungsfall nur vortäuscht – aber inzwischen bin ich überzeugt, daß der Versicherungsfall tatsächlich eingetreten ist, auch wenn man die . . . die Beweise nie gefunden hat.«
Als die Beamten die alte junge Dame Monika abführte, kehrte Eberhard Wiesner gerade von der Polizei zurück. Sie hatten den Kollegen aus Deutschland schnell wieder laufenlassen. Er sah Monika und rief: »Da ist ja das Mädchen, das ich suche . . .«
Sie drehte sich nach ihm um und streckte die Zunge heraus.
Das war das Ende einer Traumliebe.

3

Frühling im Herbst

Es war gut, neben einem Mann aufzuwachen, den man liebte. Es war gut, im Halbschlaf morgens zueinander zu kriechen und den Körper des anderen zu spüren und sein Erwachen. Es war nicht gut, fand Renate, daß da soviel Ungeklärtes in der Luft hing. Aber die Wahrheit war schmerzhaft, und sie wußte nicht, wie sie Ingo diese Wahrheit mitteilten sollte. Sie sah seine fragenden Augen, und das ließ die Liebe bitter werden.

Auch an diesem Morgen hatten sie Liebe gemacht und danach viel gelacht, weil Ingo unbedingt drei Eier zum Frühstück wollte (»Was hast du vor, um Himmels willen?«). Und dann waren sie zum Swimmingpool gegangen und hatten geschwommen und sich beim Schwimmen zärtlich berührt, sich wie verliebte Delphine gefühlt.

Jetzt saßen sie auf der Hollywoodschaukel nebeneinander, die Hände ineinander verschlungen, Schenkel an Schenkel, kleine Küsse auf den Hals, auf den Mund. Sie waren allein, die anderen Gäste waren alle am Strand.

Ingo legte eine Hand auf ihr Knie. »Sag mal . . .«

»Ja?«

»Wollen wir ewig hier bleiben? Meine Frau ist lange weg. Sie leitet in Düsseldorf die Scheidung ein.«

Das ist der wunde Punkt, dachte Renate. Verdammt. Warum muß er davon sprechen? Aber sie sagte ganz heiter: »Warum nicht? Ich kann mir einen langen Urlaub leisten.«

»Dein Mann hat wohl viel Geld.«

»Zerbrich dir nicht den Kopf. Wir haben gewissermaßen beide viel Geld, mein Mann und ich.«

Sie umarmte Ingo, küßte ihn auf die Wange. Sie wollte ihn abbringen von seiner Fragerei. In diesem Augenblick sah sie Harald Kuhn, der auf der Straße vor dem Hotel von einem Kunden den Mietwagen übernahm. Sie sah und und wußte, daß er sie gesehen hatte, wie sie Ingo umarmte. Der Mann, der einmal Klaus Feller gewesen war und jetzt Harald Kuhn hieß, drehte sich abrupt um, stieg in das Auto, knallte die Tür zu und startete mit solchem Karacho, daß die Räder durchdrehten.
Renate spürte förmlich, wie sie unter der Sonnenbräune bleich wurde. Sie zitterte in der Hitze.
Ingo stand auf, stellte sich vor sie hin. Er war sehr ernst. »Wieso kriegst du so einen Schreck, wenn du diesen Mietwagenverleiher siehst? War da was? Das ist mir schon mal aufgefallen, daß der Typ dich nervös macht.«
Der Augenblick der Wahrheit war gekommen. Renate wußte es. Sie mußte jetzt alles bekennen.
»Ingo – dieser Mann, dieser Mietwagenverleiher, wie du ihn nennst, das ist mein Mann.«
»Quatsch«, sagte Ingo, »das ist doch Quatsch.«
»Nein. Harald Kuhn ist mein Mann.«
»Aber du heißt doch Feller.«
»Mein Mann ist tot«, sagte Renate.
Ingo faßte nach ihrer Stirn. »Hast du einen Sonnenstich oder was? Dein Mann ist tot. Das ist dein Mann. Eben ist er noch Auto gefahren. Was ist mit dir los?«
»Ich muß zu ihm, Ingo. Sofort. Ich muß etwas klären. Frag jetzt nicht. Gib mir deinen Wagen.«
»*Seinen* Wagen, meinst du.«
»Ja, seinen Wagen. Wenn ich zurückkomme, erkläre ich dir alles. Bestimmt alles.«
Sie schlüpfte in ihr Strandkleid und lief zum Auto auf dem Parkplatz vor dem Hotel. Zehn Minuten später war sie bei ihrem Mann vor der Wellblechhütte.

Klaus – Harald – stand allein vor dem Mietwagen und trommelte aufs Dach. Ab und zu legte er den Kopf verzweifelt auf das Dach, dann trommelte er wieder wütend. Als er Renate sah, rief er ihr entgegen: »Okay – es ist aus. Ich hab verstanden. Irgendwas mußte schiefgehen. So war das bei mir immer. Was hab ich anderes erwartet? Mein Gott, was bin ich für ein Idiot. Wie kann man bloß so blöd sein . . .«
Langsam kam Renate näher. Sie sagte nichts. Als sie bei ihm war, sagte er: »Okay – ich hab verloren. Du liebst einen anderen, jetzt fliegt der Schwindel auf. Was willst du noch?«
»Setz dich ins Auto«, sagte sie ruhig. »Muß ja nicht jeder hören, was wir uns zu sagen haben.«
Nebeneinander. In einem Auto. So wie es vor vielen Jahren einmal angefangen hatte. Aber damals hatten sie durch die Windschutzscheibe eine weiße Häuserwand in Düsseldorf gesehen, eine Häuserwand, die durch eine Waschmittelreklame verunziert war. Damals nach dem ersten Kuß. Jetzt sahen sie durch die Scheibe das wilde, wunderschöne Panorama der Insel Mallorca mit den Felsen und Stränden und dem blauen Mittelmeer im Hintergrund.
»Also laß das Schwert über meinem Kopf fallen, Renate.«
Das war sein Galgenhumor, für den sie ihn einmal geliebt hatte. Unter anderem. Auch in den schrecklichsten Situationen mußte er noch Witze reißen.
»Klaus . . .«
»Harald, bitte, noch Harald.«
»Harald«, sagte sie leise. »Es stimmt. Ich liebe einen anderen Mann. Ich wollte das nicht, aber es kam eben so. Aber der Schwindel fliegt nicht auf. Ich sitz doch mit in dem Boot.«
Er starrte sie an. »Der Schwindel fliegt nicht auf? Du läßt

mich nicht hochgehen? Und ich hatte die ganze Zeit Angst davor. Ich wollte dir sagen, daß ich wirklich ein anderer Mann geworden bin, ein Mann mit einem eigenen Geschäft und einer anderen Frau ...« Er wies mit dem Kinn auf Bianca, die mißtrauisch vor der Bürotür stand und zu ihnen hinüberschaute. »Ich wollte dir sagen: Behalte das ganze Geld, aber laß mich mein Leben leben. Und ich fürchtete immer, wenn ich das sage, verpfeifst du mich.«
»Nein«, sagte Renate. »Du kriegst deinen Anteil. Und dann lassen wir uns scheiden.«
Harald Kuhn zögerte einen Augenblick, dann begann er zu lachen, und lachend sagte er: »Mensch, Renate, wir können uns doch gar nicht scheiden lassen. Ich bin doch tot, mich gibt's doch gar nicht mehr. Du bist die lustige Witwe, verstehst du? Wenn die Versicherung nicht mehr hinter uns her ist, dann steht unserem Glück nichts mehr im Weg. Du kriegst deinen Ingo, und ich kriege meine Bianca. Und wenn sie nicht gestorben sind ...«
Renate fiel in sein Lachen ein. Kurz und heftig umarmte sie ihn, gelöst aus der Verkrampfung dieser Tage. Dann beobachtete sie ihn, wie er auf Bianca zueilte und sie in die Arme nahm.
Es machte ihr nichts mehr aus.
Nicht das geringste.

Bei Lindemanns im HOTEL PARADIES ging's mal wieder hoch her. Es war das uralte Problem, das Manni humorvoll einmal so umrissen hatte: »Bei uns braucht jedes Familienmitglied eine Gebrauchsanweisung. Vor Gebrauch schütteln – nach Schütteln unbrauchbar.«
Diese Gebrauchsanweisung war offenbar mal wieder verlorengegangen, als unvermutet Lisas Mutter – genannt Oma Linz – eintrudelte. In der ersten halben Stunde waren Opa Lindemann und Oma Linz gegenseitig in alle

nur verfügbaren Fettnäpfchen getreten, wie schon so oft in früheren Zeiten. Zwischen den beiden herrschte eine Art Haßliebe. Oma Linz hatte den Kuchen, den Opa Lindemann zur Begrüßung gebacken hatte, als völlig ungenießbar bezeichnet, die Vase, die Opa Lindemann einem Sohn zur Silbernen Hochzeit geschenkt hatte, als absolut geschmacklos. Opa Lindemann hatte die Ohrringe von Oma Linz als angeberisch und für ihr Alter unpassend befunden: »Die Ohrringe sind schön, aber die Ohren passen nicht dazu.«

Es war also richtig Stimmung beim Frühstück.

Manni verdrückte sich in sein Zimmer. »Ich brauche ein bißchen Musik.«

»Merkwürdig«, sagte Max, »der Junge lebt in der letzten Zeit verdächtig zurückgezogen.«

Lisa lächelte stumm. Sie wußte mehr.

Und dann fuhr draußen der silbergraue Rolls-Royce von Mauritius vor. Darauf hatte Max eine ganze Woche lang gewartet. Aber Mauritius kam nicht rein, er lief um das Haus herum zum Swimmingpool, und Max erwischte ihn erst am Empfang, als der weißhaarige Gentleman sich mit ungerührtem Gesicht von Carlos Riedmann die Bücher zeigen ließ.

»Mauritius, wie schön, dich zu sehen. Ich habe dich erwartet. Hast du Neuigkeiten wegen der Hypothek?«

Mauritius klappte die Bücher zu. »Geduld, Max. Ich bilde mir ein Urteil über den Stand der Dinge. Ich sehe mir erst alles an – das Hotel, die Sportplätze, die Bücher. Dann entscheide ich – und dann wird die Bank tun, was ich sage.«

»Die Tendenz geht aufwärts, Herr Mauritius«, sagte Carlos Riedmann. »Wir haben große Abschlüsse mit den Reisebüros . . .«

»Lassen Sie das jetzt, Riedmann.« Max war gereizt. Riedmann war ein hervorragender Manager, unbestritten, aber er mischte sich in alles ein, spielte den Chef und tat, als sei es allein sein Verdienst, daß das Hotel Paradies besser lief als je zuvor.

»Tüchtiger Mann«, sagte Mauritius, als er mit Max in den Garten trat. »Du mußt aufpassen, daß Kroll ihn nicht abwirbt. Der ist hinter dem Mann her. Ich weiß es.«

In diesem Augenblick drang aus dem ersten Stock des Wohntrakts überlaute Pop-Musik. Max blickte nach oben. Das Fenster von Mannis Zimmer war geöffnet, und im Rahmen stand Manni in zärtlicher Umarmung mit Eileen. Es wirkte wie eine Provokation.

Max erstarrte. Am liebsten hätte er sich vor Mauritius gestellt, damit er diese Szene nicht sehen konnte.

»Mauritius – ich kann dir gar nicht sagen, wie peinlich mir das ist. Dieser Windhund Manni – ich habe ihm ausdrücklich den Kontakt mit Eileen verboten, und jetzt hat er das Mädchen sogar mit auf sein Zimmer genommen. Ich weiß nicht, wo das hinführen soll ...«

Mauritius strich sich über sein eisgraues Haar. »Wenn du das nicht mehr weißt, Max, dann kann deine Lisa nicht sehr glücklich sein. Im übrigen weiß Eileen sehr gut, was sie will oder nicht will.«

»Bist du jetzt ärgerlich?«

»Ich bin immer ärgerlich, wenn jemand Unsinn redet. Was soll ich denn dagegen haben, daß Manni und Eileen verliebt sind. Ich mag deinen Manni sehr – ein begabter, fröhlicher und geschickter Junge, bestimmt mehr wert als die ganzen nutzlosen Playboys, die sonst um Eileen herumwedeln.«

»Na, wenn du das so siehst ...«

»So sehe ich das«, sagte Mauritius, wie immer ohne ein Lächeln. »Und ich sehe noch etwas anderes: Dein Hotel ist ausgezeichnet in Schuß, die Belegung über 70 Prozent, die

Bausubstanz hervorragend – und die Prognose ist besser als die von Kroll.«
»Und das heißt?« Max versuchte, ein Zittern in der Stimme zu vermeiden. Jetzt entschied sich seine Zukunft und die Zukunft seiner Familie.
»Das heißt, daß du morgen schon ein Schreiben der Bank erhalten wirst, in dem die alte Hypothek verlängert und eine Aufstockung über fünf Millionen Peseten bestätigt wird.«
»Vielen Dank«, sagte Max. »Ich weiß nicht, wie ich dir danken soll. Du nimmst mir eine Last von der Seele, Mauritius.«
»Du kannst mich Gregor nennen.«
»Gregor.«
Mauritius gab ihm die Hand und stieg in seinen Rolls ein. Mit einem sanften Ruck schloß sich die Tür. Der Rolls fuhr weg, und Max lief schneller als gewöhnlich zu Lisa.
»Mann oh Mann, hatte ich einen Bammel.«
»Was hat er gesagt?« fragte Lisa.
»Kroll hat wieder mal verloren. Ich bin überzeugt, daß er das Waschpulver in den Pool gekippt hat, weil er schon wußte, daß die Sache mit der Bank nicht so lief, wie er wollte. Ich bin gespannt, was ihm als nächstes einfällt. Auf jeden Fall: Wir können weitermachen, die Hypotheken stehen. Ein feiner Mann, mein Freund Mauritius.«
»Ja, das ist er«, sagte Lisa. »Und gegen Manni hat er auch nichts?«
Max streckte sich, seine Schultern wurden wieder breit, er spielte den Sieger. »Was soll er denn gegen Manni haben? Ist doch ein netter Junge. Und der Eileen kann Schlimmeres geschehen als ein Flirt mit Manni . . .«
In diesem Augenblick rannte Opa Lindemann wütend mit einer Zigarre im Mund durch die Halle.

»Schau ihn dir an«, sagte Max, »deine Mutter hat ihn vermutlich wegen der Zigarre aus dem Wohnzimmer verbannt. Ich werde meinen Vater beruhigen – und du versuchst auf deine Mutter einzureden. Okay?«

Renate Feller war ein großer Stein vom Herzen gefallen. Singend saß sie im Auto, das einzige Lied, das ihr so schnell eingefallen war, lautete: »So ein Tag, so wunderschön wie heute ...« Sie sang es laut und falsch und fuhr viel zu schnell mit dem kleinen Seat in die Kurven zwischen den Felsen und Azaleenbüschen, bis sie endlich den Jachthafen erreichte.

Aber weit und breit kein Ingo.

Auf einer umgedrehten Tonne saß ein alter Spanier mit Baskenmütze. Er trug einen blaugestrickten Matrosenpullover, der bessere Tage gesehen hatte.

»Sprechen Sie Deutsch?« schrie Renate ihn an. Wie so viele Touristen hatte sie das Gefühl, die Spanier würden sie besser verstehen, wenn sie mit ihnen spräche wie mit Schwerhörigen.

Der Alte nahm nicht einmal seine zerknautschte Zigarette aus dem Mund. »Ach, dschunge Frau, das is ken Deutsch, hat men Lehrer in Flensburg immer gesagt zu mir, aber es klingt so.«

Renate lachte. »Die Insel ist wirklich fest in deutscher Hand. Haben Sie gesehen, wo die Jacht hin ist, die hier gelegen hat?«

»Sehen Se«, sagte der Alte, »ich hab auch schon gedacht: Was fallt dem ein, ohne die schöne junge Frau wegzufahren?«

»Ich hatte etwas zu besorgen.«

»Er war aber stinkwütend, wenn ich mir die Bemerkung erlauben darf. Ruck, Leine weg. Ruck, Motor an. Als Menschenkenner hab ich mir gesagt, die müssen sich gestritten haben. Ich hab mich vierzig Jahre mit meiner Frau gestritten, aber schön war es doch. Nu is se dood, schad drum.«

»Tut mir leid«, sagte Renate und dachte, so kann man also auch darüber reden.

»Wollen Sie ein Boot mieten und ihm nachfahren? Hier das kleine Motorbootchen ist wie für Se gemacht.«

Tuckernd kreuzte Renate dann über das Meer, hin und her, bis sie die Silhouette von Ingos Segeljacht entdeckte. Sie legte längsseits an und stieg leichtfüßig an Bord. Von Ingo keine Spur, der war wohl wieder unter Wasser auf Schatzsuche. Sie fieberte danach, ihm die gute Nachricht zu überbringen.

Endlich tauchte er auf, aber er nahm überhaupt keine Notiz von ihr. Schweigend legte er seine Taucherausrüstung ab, schweigend warf er zwei alte Münzen neben Renate. Sie betrachtete die Münzen. Grünschimmernd.

»Wertvoll?«

Keine Antwort. Ingo wischte sich das Meerwasser vom Gesicht, steinerne Miene.

»Sprichst du nicht mehr mit mir?«

Ingo setzte sich hin und zog die Schwimmflossen aus. Renate stellte sich vor ihn.

»Mensch, Ingo, es ist alles in Ordnung, es gibt keine Probleme mehr.«

Ingo höhnte: »Ach, ist dein Mann von den Toten auferstanden, oder was?«

Sie setzte sich neben ihn. »Ich hab dir gesagt, wenn ich zurückkomme, erkläre ich dir alles. Das will ich jetzt tun, aber wenn du keine Lust hast zuzuhören?«

»Nicht nötig. Du bist mal kurz mit mir fremdgegangen, aber du kannst ihn nicht verlassen, du bringst es nicht fertig, weil er sich sonst umbringt . . .«

»Nein, der hat eine andere Frau.«

»Und er läßt sich scheiden?«
»Nein«, sagte sie, »das ist nicht nötig. Das geht auch gar nicht, weil er tot ist.«
»Jetzt langt es«, sagte Ingo und wollte hinuntergehen in die Kajüte. Sie hielt ihn am Arm fest und drückte ihn nieder auf die kleine Bank am Ruder und setzte sich neben ihn und erzählte ihm alles: von ihrer finanziellen Not vor zwei Jahren, von dem Versicherungsbetrug, von dem neuen Leben, das Klaus führte als Harald Kuhn, und von dem Versicherungsdetektiv, der ihr nachgestellt hatte.
»Gerloff?« fragte Ingo.
»Gerloff. Aber er ist abgereist. Herrn Riedmann hat er erzählt, daß seine Aufgabe erfüllt sei. Offenbar glaubt er unsere Geschichte jetzt. Ingo, ich bin frei – ich bin frei, wenn du mitspielst. Du kannst mich an die Polizei oder an die Versicherung verraten, das ist dein gutes Recht.«
Ingo stand auf. Er nahm Renate ganz fest bei den Schultern. »Was glaubst du von mir? Kennst du mich so schlecht? Das ist alles unfaßbar, ich krieg das so schnell nicht auf die Reihe – aber verraten? Dann würde ich dich ja verlieren! Nein, Reni, das bleibt unser Geheimnis. Ich liebe dich doch, ich will mit dir zusammensein. Ich liebe dich wie ein Verrückter, das weißt du doch.«
»Ich weiß«, sagte Renate mit heiserer Stimme.
Ingo umarmte sie. Minutenlang standen sie dicht aneinander gepreßt auf dem schwankenden Boot. Das kleine Leihboot schlug hart gegen die Bordwand. Sie kümmerten sich nicht darum. Dann löste sich Ingo von Renate.
»Weißt du was?«
»Sag schon.«
»Ich hab es noch nie mit einer Witwe gemacht.«
Lachend gingen sie hinunter in die Kajüte.
Abends an der Bar im HOTEL PARADIES tranken sie einen

Champagnercocktail auf ihr neues Glück. Max Lindemann stand hinter der Bar und servierte.
»Na, ihr zwei seht aber furchtbar verliebt aus. Dann mal Prost.«
»Verliebt und glücklich im doppelten Sinn.« Ingo kramte in seiner Tasche und warf die beiden Münzen klirrend auf die Bar. Sie tanzten.
»Hm«, sagte Max, »interessant.«
Ingo strahlte. »Und bei dem versunkenen Frachter liegen noch mehr von den Dingern. Man muß nur Geduld haben und systematisch alles suchen. Haben Sie eine Ahnung, was die wert sein könnten, Herr Lindemann?«
Max wog sie in der Hand. »Das sind spanische Silberlinge. Auf dem Trödelmarkt in Palma werden sie nach Gewicht verkauft. Wenn Sie gut handeln, kaufen Sie ein Stück davon für rund 50 Pfennig. Ich nehme an, einer der Bootsverleiher hat wieder mal ein Säckchen davon bei dem Frachter versenkt. Mieten die Leute mehr Boote, weil sie denken, sie können einen Schatz finden. Alles zum Wohl des Fremdenverkehrs. Vergessen Sie nicht, daß viele der Bewohner hier von Piraten abstammen, nur sind die Methoden heute anders. Na ja, es sind ja auch hübsche Andenken . . .«
Ingo und Renate lachten. »Schön reingefallen. Aber wir beide haben einen *echten* Schatz gefunden«, sagte Ingo.
»Das sieht man«, sagte Max.
Der Mann neben ihnen an der Bar mischte sich in das Gespräch ein. Er war ein schlanker, fast hagerer Mittfünfziger mit grauem schütterem Haar, ein bißchen zu elegant gekleidet für die Insel.
»Darf ich mal sehen – ich sammle Münzen.« Er setzte seine schmale Brille auf, um die Münze zu betrachten.
»Also doch«, rief eine aufgeregte Frauenstimme hinter ihm.

Der Mann drehte sich um. Eine Frau, etwa fünfzig Jahre alt, die Haare deutlich blondiert, sah ihn an.
»An deiner Stimme habe ich dich erkannt. Ich war mir nicht sicher, jetzt weiß ich es. Alexander. Alexander Wippert.«
»Das stimmt«, sagte der Mann irritiert. »Sollte ich Sie kennen, gnädige Frau?«
»Sie?« rief die Dame. »Sie? Aber Alexander, kennst du mich nicht mehr. Ich bin die Annette.«
Alexander Wippert rutschte von seinem Barhocker herunter und stand steif vor der fremden Dame. Plötzlich dämmerte es ihm. »Annette Preiß.«
»Na ja, inzwischen Annette Seifert.«
»Hast du den Mann geheiratet?«
»Nein«, sagte sie energisch. »*Den* nicht, den du wohl meinst . . .«
Dreißig Jahre war das her, dreißig lange Jahre und immer noch ein Schmerz. Die kleine Buchhändlersgehilfin Annette in Marburg hatte sich mit ihrem Verlobten, dem Medizinstudenten Alexander Wippert, verabredet.
Die erste Liebe. Die ersten heißen Küsse, die ersten scheuen Zärtlichkeiten und das erstemal zusammen im Bett. »Schade«, hatte sie gesagt, »daß ich meine Brille vergessen habe, sonst könnte ich alles viel besser sehen.« Und er hatte gelacht, so gelacht, daß er eine Stunde lang nichts zustande gebracht hatte, und ihr war das ganz lieb gewesen.
An diesem Abend nun, ein halbes Jahr vor der Hochzeit, hatte es geregnet. Annette im Regen, und da war dieser andere Student gewesen, ein völlig Unbekannter, der ihr Schutz unter seinem Regenschirm angeboten hatte. In der Kälte des Abends hatte sie sich an ihn geschmiegt. Und dann war plötzlich Alexander aufgetaucht, wie so oft eine halbe Stunde zu spät. Stumm hatte er die beiden ange-

schaut und hatte sich dann auf dem Fuße umgedreht und war in die Nacht verschwunden. Alexander, der es nicht ertragen konnte, wenn sie von anderen Männern sprach, wenn sie einen besonders guten Kunden in der Buchhandlung lobend erwähnte, wenn sie beim Medizinerball ein einziges Mal mit einem anderen Studenten tanzte. Dieser Alexander. Hier stand er jetzt, dreißig Jahre später.

»Dreißig Jahre«, sagte Annette, »welch ein Zufall. Dreißig und ein halbes Jahr. Es war zu Ostern 1957, genauer gesagt, am zweiten Osterfeiertag, als du mich batest – warte, wie hast du dich ausgedrückt, unsere Verlobung als gelöst zu betrachten.«

»So gestelzt habe ich mich ausgedrückt?«

»Ja, genau so. Es war ein Schock, ich habe es nicht begriffen. Deine Eifersucht war krankhaft. Nein, den Studenten mit dem Regenschirm habe ich nicht geheiratet, den kannte ich gar nicht – aber du wolltest mir nicht glauben. Glaubst du mir jetzt?«

Alexander Wipperts Stimme zitterte. »Ja – ich glaube, ich war ein Esel. Mein Gott, wie schön, dich wiederzusehen. Wo ist dein Mann?«

»Ich bin mit meiner Tochter hier, mein Mann ist vor drei Jahren gestorben. Es war eine gute Ehe – aber ich habe oft an dich gedacht.«

»Herr Lindemann«, sagte Wippert, »eine Flasche Champagner, aber eine Dom Perignon, wir haben etwas zu feiern.«

»Wollen wir uns an einen Tisch setzen, Annette?« Er nahm ihre Hand, ein bißchen scheu noch, und sie sah ihn an, als erwarte sie eine Umarmung. Aber von der schnellen Truppe war er nie gewesen.

Beim Champagner erzählte Alexander Wippert von seiner Ehe, die gut gewesen war, bis seine Frau vor fünf Jahren gestorben war. Er erzählte von den schönen langen Urlau-

ben mit ihr hier auf dieser Insel, und daß er jetzt mit seinem Sohn Ulrich eine sentimentale Reise in die Vergangenheit machte. »Jahrelang konnte ich nicht nach Mallorca, es war zu schmerzlich, die Erinnerung, verstehst du?«
»Ich verstehe, mir ging es nicht viel anders. Aber das Leben geht weiter . . .«
»Vielleicht da, wo es einmal angefangen hat«, sagte er leise.
Sie blickte ihn an, als sähe sie ihn zum ersten Mal. War dieser vorsichtige Mann, den sie von damals kannte, ein Draufgänger geworden oder wollte er nur die günstige Gelegenheit nutzen, weil er einsam war?
»Ich habe eine Woche Zeit, Annette. Dann muß ich wieder in die Klinik. Ich bin Chefarzt der Inneren, in Augsburg.«
»Und ich habe meine eigene Buchhandlung«, sagte Annette, dankbar dafür, daß er das Thema gewechselt hatte – oder hatte er es nicht gewechselt, sondern nur die Dringlichkeit betont? Bei Männern wußte man nie. In dreißig Jahren Ehe hatte sie ein bißchen verlernt, wie Männer eigentlich waren.
»Da kommt meine Tochter Angela.«
Angela, in knappen Bluejeans, eine halboffene Seidenbluse, den Schal locker um den Hals gewunden, winkte von Ferne und bedeutete dem jungen Mann an ihrer Seite irgend etwas.
»Die jungen Leute finden heute viel schneller Anschluß als wir damals«, sagte Annette. »Diesen Jungen hat sie auf dem Schiff kennengelernt, und am zweiten Tag sind sie schon unzertrennlich. Ein netter Kerl, studiert auch in München . . .«
»Ich weiß.« Alexander lachte. »Das ist mein Sohn Ulrich. Vielleicht ist Verliebtsein doch erblich?«

»Sachen gibt's, die gibt's gar nicht.«
»Herr Lindemann, bitte noch zwei Gläser. Wir haben eine Familienfeier...«

Paare. Paare. Paare.
Überall Paare. Opa Lindemann schaute um sich und litt stumm. Auch mit siebzig hat man noch Sehnsucht, und diese Sehnsucht blieb ungestillt. Wenn Albert Lindemann morgens um sieben sein gewohntes Frühbad im Meer nahm, dann sah er schon die jungen Paare, die ihre zärtlichen Nächte in Schlafsäcken am Strand verbracht hatten, wie sie gleich verschlafenen Katzen ihre Augen öffneten und sich reckten und die ersten Küsse tauschten, sich umarmten und wieder in Schlaf fielen.
Kam er ins Hotel zurück, waren da Lisa und Max, immer ein wenig miteinander kabbelnd, aber auch nach langer Ehe noch verliebt, manchmal jedenfalls, immer aber zwei Kumpel, die sich aufeinander verlassen konnten. Zugleich vergnügt und ein wenig neidisch beobachtete er auch die Eifersucht von Max auf seinen Manager Carlos Riedmann; der flirtete auf Deubel komm raus mit Lisa, bewunderte ihr Malkünste und hatte es tatsächlich fertiggebracht, für Lisa eine Ausstellung zu organisieren. Bei einer Galeristin namens Gabriele – und mit dieser Gabriele bahnte sich bei Carlos offenbar etwas an.
Paare.
Und dann im Hotel. Die jungen Leute kamen hier an und hatten ein paar Stunden später schon diesen verliebten Blick in den Augen, wanderten Hand in Hand durch die Halle, spritzten sich im Swimmingpool naß und tauschten mehr oder weniger flüchtige Küsse. Überhaupt war es eine einzige Küsserei – nur er, Albert Lindemann, blieb ungeküßt.
Als weiser alter Ratgeber aber war er immerhin gut genug.

Da war dieses junge Ding gewesen, die hatte sich rasend in einen Typen verliebt – er auch in sie – aber der Typ hatte ihr gleich klargemacht, daß mit Treue und so bei ihm nichts liefe, er wäre ein »Weltanschauungssingle« und hätte mit der Einbahnstraßentour nichts am Hut. Na, der Kleinen hatte Albert Lindemann abends an der Bar mal schön gesteckt, wie man so was macht: am ausgestreckten Arm verhungern lassen, selber den wilden Single spielen, mit jedem flirten und küssen und rummachen, dann würde sich schon herausstellen, wie der Weltanschauungssingle umkippen würde, wenn er wirklich so verliebt war, wie die Kleine meinte. Ach, Opa Lindemann war richtig stolz auf seinen Erfolg. Nach einer Woche war der Typ mürbe wie Hefeteig geworden, der war an der Bar vor der Kleinen regelrecht in die Knie gegangen und hatte sie angefleht, seine Reden doch in Zukunft (»Was schert mich mein Geschwätz von gestern?«) nicht so ernst zu nehmen, er wolle doch nur sie und keine andere, und sie solle doch endlich zugeben, daß sie auch kein Weltanschauungssingle sei und das alles nur gespielt habe . . .
Opa Lindemann hatte ihr zugezwinkert und ihr ein Zeichen signalisiert, sie solle noch ein wenig warten, nicht zu schnell die Rolle aufgeben, die sie einmal gewählt hatte. Das erst würde den Jungen überzeugen. Und es hatte geklappt. Die zwei hatten bei ihm an der Bar eine Art Verlobung gefeiert.
Albert Lindemann sah seinen Enkel Manni wie einen Schmetterling von Blume zu Blume fliegen. Eben war es noch Eileen gewesen, aber Eileen hatte es wohl satt, immer nur flüchtig ›bestäubt‹ zu werden, die hielt sich jetzt lieber an den halb gelähmten Frank, und manchmal machte sich er Sorgen, ob sie das wirklich aus Zuneigung tat oder nur aus sozialem Engagement. Er fürchtete, daß Frank nach einem Abschied von Eileen leiden könnte.

Aber Manni – das hatte er bei der rauschenden Verlobungsfeier von Harald Kuhn mit der süßen Bianca gesehen – war schon wieder auf Fang aus. Mit der langbeinigen Sarah hatte er da Flamenco getanzt und den roten Wein aus ihrem Mund getrunken. Wie gut sie es hatten, diese jungen Leute von heute, daß sie so ungezwungen suchen durften, bis sie wirklich gefunden hatten. Wenn er an seine Jugend dachte mit all den Verklemmungen, Mahnungen und Warnungen, mit den Mädchen, die sich schon nach dem ersten Kuß anklammerten, dann überfielen ihn sonderbare Gefühle. Nein, es war nicht Neid – er gönnte den jungen Leuten ihren Spaß und ihre Befriedigung. Aber da war etwas anderes: Er spürte zum ersten Mal so deutlich, daß er einer Generation angehörte, die doppelt angeschmiert war. Als junger Mann durfte er nicht lieben, wie er lieben wollte, nun, da er alt war, wollte man ihm das Recht zu lieben auch wieder absprechen. Man hatte ihm seinen Namen genommen, man hatte ihn zum »Opa« gemacht und ihn als Opa in die Ecke gestellt. Es wurde milde gelächelt oder höhnisch gegrinst, wenn er sich nach schönen Frauen umsah. Dann galt er als schmutziger alter Mann. Aber keinem Menschen fiel es ein, von schmutzigen jungen Männern zu sprechen.

Die Woche mit »Oma« Linz sollte alles verändern.

Es begann damit, daß Sabine Linz ihrer Tochter über den Mund fuhr, als Lisa sie »Oma« rief.

»Ich bin nicht deine Oma – ich bin deine Mutter.«

Und als kurz darauf Max ihn Opa nannte, sagte er ebenso scharf: »Ich bin nicht dein Opa – ich bin dein Vater.«

Zum erstenmal hatten sich Sabine Linz und Albert Lindemann richtig lieb angelächelt.

Und jetzt begann die Heuchelei, die sie beide in der Jugend in Liebesdingen gelernt hatten.

Wenn die Familienmitglieder dabei waren, dann stritten sie sich um jede Kleinigkeit. So war es doch immer gewesen, so erwartete man es von ihnen.
Wenn sie allein miteinander waren, sprachen sie ruhig und suchten nach Übereinstimmungen.
Albert Lindemann fand, daß Sabine eine patente Frau war. Albert Lindemann faßte auch mal nach ihrer Hand. Albert Lindemann pflückte eine der kostbaren Adenauer-Rosen aus seinem Garten und steckte ihr die Rose an die Bluse. Sabine errötete.
»Schreibst du mir mal, wenn du wieder zu Hause bist, Sabine?«
»Kommst du mal nach Deutschland, Bert?«
»Mal sehen.«
»Mal sehen.«
Aber es ärgerte ihn schon, daß er nicht offen zugeben konnte oder wollte, daß ihm die »alte Bißgurkn«, wie er sie immer genannt hatte, gefiel, er glaubte sogar, er habe sich ein bißchen verliebt in sie.
Als sie am Ende der Woche unter großen Juhu der ganzen Familie verabschiedet wurde, versteckte sich Albert Lindemann unauffindbar in seinem Gewächshaus und ließ sich nicht blicken.
Er fürchtete, seine Gefühle für Sabine Linz könnten ihn übermannen. Und er schämte sich für seine Furcht.
Ich werde mich emanzipieren müssen, sagte er sich und nahm es sich vor.
Auch ich habe ein Recht auf Liebe.
Und von dieser Stunde an wartete er auf den ersten Brief.

Zwei kleine Segelboote kreuzten vor der Küste von Mallorca. Es war ein mattblauer Sommertag mit wenig Wind. Eines der kleinen Boote stand voll unter Segel, und am Mast flatterte wie eine Fahne ein Bikini-Oberteil. Das Boot kreuzte schnell hin und her, der Kapitän schrie »Ree!«, und das Mädchen duckte sich rasch unter dem schwingenden Segel hindurch, und jedesmal packte der junge Mann die nackte Schulter des Mädchens.

Das andere Boot, ein paar hundert Meter entfernt, schipperte sacht vor sich hin, nur die Fock war gesetzt und waberte schlapp im Wind.

»Da sind sie«, sagte das Mädchen in dem schnellen Boot. Es war Angela. »Guck mal, was die machen . . .«

»Na, was schon«, sagte Ulrich und strich sich über den blonden Bürstenkopf und fand es ganz normal und sagte es: »Ist doch normal, oder? Die knutschen. Haben wir doch auch getan, und nicht zu knapp, oder?«

»Ich weiß nicht.« Angela war der Meinung, daß eine Mutter von zweiundfünfzig Jahren sich nicht so benehmen sollte. Zumindest nicht so öffentlich in einem Segelboot.

»Sie holen alles nach, was sie damals versäumt haben – finde ich in Ordnung. Was aus der Jugendzeit rüberkommt, das hat eine unheimliche Gewalt.«

»In *dem* Alter?«

»Mädchen, das sind doch keine Greise. Laß sie leben . . .«

»Fahr mal näher ran«, sagte Angela.

Sie kreuzten dicht an dem anderen Boot entlang, auf Rufweite.

»Alles in Ordnung bei euch?«

Annette und Alexander fuhren auseinander wie ertappte Sünder.

»Alles klar – und bei euch?« Alexander winkte.

»Alles prima«, rief Ulrich, »aber ihr müßt mal segeln und nicht immer nur . . .« Er ließ den Rest offen.

»Frecher Hund«, schrie Alexander zu seinem Sohn herüber, aber man merkte ihm an, daß er sich durch die Andeutung geschmeichelt fühlte.

Das Boot der jungen Leute dreht ab.

»Ein nettes Paar, die zwei«, sagte Annette.
»Wir aber auch.«
»Die sind jetzt so jung, wie wir damals waren. Aber soviel unkomplizierter. – Sag mal, Alex, hast du zu Hause eine Freundin? Ich muß dich das fragen, jetzt.«
»Nichts Festes, wenn du das meinst. Ich geh mal mit dieser, mal mit jener Frau aus. Aber immer nur mit Frauen, die sich nicht binden wollen. Und du? Ist da ein anderer Mann?«
»Nein«, sagte sie. »Ich treffe immer nur Männer, die auf der Suche sind nach einer Frau, die sich nicht fest binden will ...«
»Touché.«
Alexander Wippert mußte lachen. Da war sie wieder, die Annette, die er kannte. Ein bißchen kratzbürstig und eigenwillig, aber eine Frau, bei der er sich vorstellen konnte, ein neues Leben zu beginnen. Noch einmal anfangen, bevor es zu spät war. Jemand, an den man sich nicht erst lange gewöhnen mußte, den man schon mit seinen Fehlern und Schwächen kannte, mit dem man zusammen lachen konnte.
»Und ich?« fragte er. »Wenn ich dir nun sagen würde: Ich würde mich fest binden. Würdest du dann ja sagen.«
»Zu viele Konjunktive.« Sie sah ihn zärtlich an. »Aber man soll nie nie sagen.«
Ein frischer Wind kam auf, sie setzten das große Segel, und Alexander konnte endlich zeigen, wie er das Boot beherrschte.
Und dann war da am Abend der Rioja in dem gemütlichen Restaurant mit der spanischen Gitarrenmusik im Hintergrund. Da waren die gebackenen Tintenfische, die sie sich gegenseitig in den Mund steckten, da waren die großen Gläser mit dem spanischen Brandy Fundadero, da war ihre sonnendurchglühte warme Haut und die warmen,

sehnsüchtigen Augen, und sie fühlten sich plötzlich so jung, so jung wie damals, als wären die Jahre, die Jahrzehnte spurlos an ihnen vorübergegangen. Sie faßten sich an den Händen über den Tisch hinweg ...

Arm in Arm spazierten sie durch die Nacht zurück ins Hotel. Als sie an der Bar vorbeigingen, blieb Alexander Wippert stehen.

»Nehmen wir noch einen Drink bei Max?«

Annette sah ihm tief in die Augen und lächelte. »Wozu der Umweg? Brauchen wir das? Wir sind doch keine Teenager mehr. Du willst es, ich will es, du weißt, daß ich es will, und ich weiß, daß du es willst.«

Schweigend betraten sie den Aufzug.

Annette zitterte. Alexander faßte nach ihrer Hand.

»So hast du damals auch gezittert ...«

Sie lachte verkrampft. »Ich weiß gar nicht mehr, wie es geht nach so vielen Jahren ...«

»Das verlernt man nicht.« Er nahm sie in die Arme. Sie schmiegte sich an ihn.

Sie standen in Annettes Zimmer. Durch das Fenster schimmerte der Mond. Alexander schaltete das Licht an.

»Mach das Licht aus, Alex. Bitte.«

»Wieder wie damals, immer noch wie damals?«

»Nein«, sagte sie, »nicht wie damals. Damals war ich schüchtern, heute will ich nicht, daß du mich siehst. Ich bin nicht mehr jung.«

Seine Hand am Lichtschalter. Im schimmernden Halbdunkel hörten sie beide nur das knisternde Geräusch fallender Kleider.

Zusammen sanken sie auf das breite Bett. Überall waren seine Hände, schmale, langfingrige Arzthände, die so zärtlich sein konnten, so tastend.

»Du riechst wie damals«, sagte sie, schwert atmend.

»Ich will dich sehen, ich weiß, daß du schön bist.« Seine

Hand suchte den Knopf der Nachttischlampe. Sie wehrte sich nicht dagegen. Er sah sie an. Eine reife Frau, nicht mehr so schlank wie vor dreißig Jahren, die Brüste schwerer. Ein Finger glitt über ihre Geburtsstreifen.

»Ich wußte, daß du schön bist, Annette. Und hier, warum darf ich das nicht sehen? Die hat das Leben gemacht, und Leben ist gut ...«

Sie weinte ganz leise.

»Warum weinst du?«

»Ich wußte nicht mehr, daß es so schön sein kann.«

»Es wird noch schöner, Liebste.«

Seite an Seite lagen sie, und auf einmal verschwammen Zeit und Raum. Sie waren nicht mehr fünfzig, nicht mehr vierzig, sie waren wieder wie vor dreißig Jahren, ein Paar, das sich liebte und miteinander in einem Bett lag und keine Fragen mehr. Hände glitten über eine Haut, die alterslos geworden war, Münder und Zungen fanden sich wie damals ...

Und schneller ging der Atem und schneller.

Danach lagen sie nebeneinander, die Hände noch immer ineinander verschlungen.

»Jetzt gehörst du wieder mir«, sagte Alexander.

Schweigend blickte sie den Mann an.

»Laß uns heiraten«, sagte er.

Mit einem Finger strich sie ihm über die buschigen grauen Augenbrauen. »Ich brauche Zeit, Alex. Jetzt geht es mir gut, aber morgen ...«

»Morgen frage ich dich wieder. Und übermorgen. Und den Tag darauf.«

Am nächsten Morgen beim Frühstück mit Ulrich und Angela (die ebenso verliebt und ebensowenig ausgeruht aussahen wie der jeweilige Elternteil) schlug Annette vor, doch gemeinsam mit den »Kindern« etwas zu unternehmen. Aber Alexander war dagegen, er wollte Annette ganz für sich allein haben. Am Tag darauf das gleiche. Und immer wenn er sie fragte, ob sie nicht auf Dauer zusammenbleiben wollten, sprich Heiraten, dann wich Annette ihm aus.

Sie schwärmten über die Insel, schwammen zusammen im Meer, küßten sich zärtlich in einer Felsengrotte – es war so romantisch wie junge Liebe. Es war gut, es war sehr gut, fand Annette. Aber irgend etwas gab ihr das Gefühl ein, daß dieser Mann sich nicht geändert hatte. Er war eifersüchtig, wenn sie mit seinem Sohn Ulrich sprach, er war eifersüchtig, wenn sie zu lange mit ihrer Tochter Angela »zusammengluckte«. (So sagte er ablehnend, und »mit der kannst du schließlich immer sprechen, nicht gerade, wenn ich da bin«.)

Und dann der Schlag.

Annette und Alexander saßen am Nachmittag auf der Hotelterrasse. Sie tranken Campari Soda und beobachteten die Segelboote auf dem Meer.

»Ich kaufe eben ein paar Ansichtskarten«, sagte Alexander und verschwand.

In diesem Augenblick kam Carlos Riedmann, setzte sich zu ihr an den Tisch und fragte, wie lange sie noch bleiben könne, ob alles in Ordnung sei – eben so ein Gespräch zwischen Hotelmanager und Gast. Annette beugte sich zu ihm hinüber und legte eine Hand auf seine Hand.

»Lieber Herr Riedmann, dieses Hotel ist wirklich ein Paradies, und so fühle ich mich auch.«

Dann blickte sie hoch und sah in die Augen von Alexander. Er starrte sie stumm und verbissen an.

»Ich will nicht stören«, sagte er, »hier bin ich ja wohl überflüssig.« Und mit der gleichen ungestümen Bewegung wie vor dreißig Jahren drehte er sich auf dem Fuße um und ging steif ins Hotel zurück. Da war er also wieder, der Student mit dem Regenschirm. Jetzt *gehörst*

du wieder mir, hatte Alexander in jener Nacht gesagt – und gemeint. Nein, sie wollte niemandem mehr gehören, auch nicht diesem Mann, der es nicht ertragen konnte, wenn sie sich irgend jemand anders zuwandte.
Als sie auf dem Schiff zurück zum Festland fuhren, fragte er sie wieder.
»Nein«, sagte Annette. »Ich will dich gern wiedersehen – und vielleicht werden wir ja auch verwandt.« Sie deutete auf Angela und Ulrich, die eng umschlungen an der Reling standen und zu der entschwindenden Insel hinüberschauten. »Wenn die beiden heiraten ... Aber ich will mich nicht mehr fest binden. Das mußt du verstehen.«
Er verstand es nicht, und es schien ihr sinnlos, es zu erklären. Manche Dinge bleiben besser in der Luft hängen.
Sie wandte sich um zu der jungen Frau am Nebentisch.
»Fliegen Sie auch heute nach Deutschland?«
»Ja«, sagte Renate Feller und griff nach der Hand von Ingo. Der sagte heiter: »Wir müssen dort einiges aufräumen.«
»So geht es vielen«, sagte Annette.

4

Der Einsiedler

Manni Lindemann verschwand mit seinem blonden Lokkenkopf tief im Motorraum eines alten Ford. Dieser Ford stand im Hof von Harald Kuhn, und Mannis Bemühungen um die Wiederherstellung dieser Rostlaube war Teil eines Abkommens: Manni durfte seine alte 500er BMW bei Harald Kuhn reparieren und mußte im Gegendienst ein paar Stunden am Tag Harald und seinem Monteur Rex zur Hand gehen.

Max Lindemann war sauer, weil Manni den Kiosk am Strand nicht mehr bediente, Lisa Lindemann war sauer, weil Manni ihr nicht mehr beim Empfang der Gäste und beim Abholen vom Schiff half. Aber das haben die großen Söhne nun mal so an sich, daß sie sich egoistisch von der Familie abwenden und ihre eigenen Wege gehen.

Über den Schotterweg zur Wellblechhütte hin schleifte mit vollen Touren ein Sportwagen, die Räder drehten durch, und das Geräusch ließ Manni hochschrecken.

Ein silbergrauer offener Porsche, brandneu, stoppte rasant vor Manni, wobei der Wagen sich halb um seine Achse drehte.

»Hoho«, sagte Manni, »mal ein bißchen sachte, ja?«

Dann sah er das Mädchen am Steuer. Es war Sarah, dieses wunderbare langbeinige Geschöpf mit den roten Haaren und den sanft geschwungenen Lippen, mit der er bei Kuhns Verlobung so herrlich getanzt hatte. Und geküßt und gelacht – bis sie ihm plötzlich bei einem (zu?) engen Tanz eine gescheuert hatte und danach mit einem bärenstarken Typ namens Bob abgeschwirrt war.

»Hallo«, sagte Manni.

Das Mädchen beachtete ihn nicht und tat, als habe sie ihn nie gesehen.
»Volltanken«, befahl sie barsch. Als wäre er ein unbekannter Tankwart.
Manni steckte seinen Kopf wieder unter die Motorhaube.
Sie stieg aus und tippte ihm von hinten auf die Schulter. »Haben Sie nicht gehört? Mein Tank ist leer.«
»Sie« hatte sie gesagt nach all der Schmuserei auf dem Fest. Sie. Arrogante Ziege, der würde er es geben. Er richtete sich auf und preßte zwischen den Zähnen hervor: »Sehn' Sie hier 'ne Tanksäule? Hier werden Autos repariert, 'n Auto können Sie mieten . . .«
»Sie können mir nicht mit ein paar Liter Benzin aushelfen?«
»Könnte ich schon, will ich aber nicht.«
»Aber wieso denn?«
Manni schwang herum. »Paß auf, du Ekelbolzen, ich mach dir mal vor, wie so was geht . . .« Mit einem Satz war er in dem Porsche, setzte sich ans Lenkrad und sagte mit einem breiten Grinsen und einer etwas erhöhten Stimmlage: »Guten Tag, entschuldigen Sie bitte, ich sehe zwar, daß hier keine Tankstelle ist, aber ob Sie mir wohl mit ein bißchen Benzin aushelfen könnten?«
Manni sprang aus dem Wagen und stellte sich wieder vor den alten Ford.
»So geht das, verstanden?«
»Ich wußte nicht, daß man hier um Benzin betteln muß.«
Manni war jetzt überzeugt, daß Sarah ihn wirklich nicht erkannt hatte in seinem ölverschmutzten blauen Overall und mit den Flecken auf seinem Gesicht. Gerade wollte er eine neue Frechheit loswerden, da mischte sich Harald Kuhn ein, gab ein paar Liter Benzin in den Tank.

Nachdem sie abgerauscht war, ermahnte er seinen Aushilfsmonteur, doch etwas freundlicher zu potentiellen Kunden zu sein.
»Bei so einer«, sagte Manni, »kann man nur landen, wenn man ihr gleich zeigt, wo's langgeht. Sonst ist man für immer und ewig unterdrückt. Auf Ihrer Verlobung hat sie mir eine gelangt, weil ich ein bißchen dicht aufgerückt bin – und jetzt behandelt sie mich wie Luft. Das wird ihr noch leid tun . . .«
Es tat der schönen Rothaarigen bereits eine Viertelstunde später leid; da rollte sie mit ihrem Porsche wieder auf den Hof, der linke Kotflügel war eingedrückt.
»Fahren können Sie also auch nicht«, sagte Manni.
»Ich bin halt zu schnell um die Kurve und hab einen Baum gestreift.«
Sarah war jetzt sichtlich kleinlauter als beim ersten Mal.
»Können Sie den Wagen heute noch richten? Ich will nicht, daß mein Vater davon erfährt – er hat mir den Wagen erst vor einer Woche geschenkt.«
Kuhn betrachtete den Schaden. »Drei Tage dauert es mindestens, und billig wird es auch nicht.«
»Geld spielt keine Rolle«, sagte Sarah. »Und wie komme ich jetzt hier weg?«
»Manni wird Sie fahren. Kundendienst.« Kuhn war die Freundlichkeit in Person. »Manni, fahr die Dame bitte, wohin sie will.«
Manni strich sich über seinen Lockenkopf und drehte sich nach allen Seiten suchend um.
»Ich seh hier weit und breit keine Dame. Wo ist sie denn, die Dame?«
»Eh ich mit diesem Rotzlöffel fahre, gehe ich lieber zu Fuß«, sagte Sarah.
»Nehmen Sie den Rotzlöffel zurück.«
»Wenn Sie den Ekelbolzen zurücknehmen.«

Sie sahen sich an und spürten plötzlich die Komik der Situation – zwei junge Leute, die sich befetzten. Es funkelte in ihren Augen, ihre Mundwinkel zuckten – und plötzlich brachen sie in ein befreiendes Lachen aus. Und dann gab es noch eine kurze Krise, als Sarah den alten Ford sah, mit dem Manni sie fahren wollte.

»In diese Rostlaube soll ich einsteigen? Da mache ich mir ja meine Sachen schmutzig.«

»Zieh sie aus«, sagte Manni frech und ging spontan wieder zum Du über. »Von deiner Alabasterhaut kannste ja die Ölflecken abwaschen. Freut sich der Schwamm.«

»Könnte dir so passen«, sagte Sarah und lachte.

»Wo soll's denn hingehen?«

»Zum PARKHOTEL KROLL.«

Manni drückte mehrmals auf die Hupe, sie gab ein krächzendes Geräusch von sich. »Wie kann man denn bei dem alten Halsabschneider wohnen? Da wüßte ich was Besseres ...«

Sarah sah ihn mit einem merkwürdigen Blick an, sagte aber kein Wort mehr.

Willi Schmund war ein Mann mit einem großen Talent: Der Fünfziger mit den breiten Schultern und dem Bierbauch konnte jede Freude verderben. Dieses Talent probierte er hauptsächlich an seiner Frau Gertrud aus, einem schmalen vergrämten Geschöpf, das wie ein entflogenes Vögelchen hinter dem starken Willi herflatterte und dabei immer versuchte, das Schlimmste zu verhindern. Sie hatte ihm eine Vierzehn-Tage-Reise nach Mallorca zur Feier des 20. Hochzeitstages abgeluchst – und das sollte sie gründlich bereuen. Schmund hatte schon mit dem Reisebüro gestritten um eine Ermäßigung (»Wir essen sehr wenig, besonders meine Frau – schauen Sie sie an«), war dann auf dem Schiff mit dem spanischen Kellner in ein Streitgespräch geraten, weil seine Tasse bei einer heftigen Bewegung des Schiffes übergeschwappt war und er unbedingt eine zweite Tasse ohne Bezahlung haben wollte, was ihm nicht gelungen war.

Dann hatte er die Lindemanns genervt, weil das Bad keine vergoldeten Wasserhähne hatte und der Kleiderschrank nicht beleuchtet war: Abschlag oder Prozeß wegen Minderung des Urlaubsgenusses.

Gertrud Schmund hatte Lisa Lindemann zugezwinkert, sie würde das schon in Ordnung bringen.

Aber dann kam die Tour ins Gebirge. Was, er, Willi Schmund, sollte zweimal dreißig Mark für den Bus bezahlen? Und das Mittagessen, das er doch ausließ? Und warme Winterkleidung kaufen für die Höhenlage? Niemals. Dann würde er die Tour allein machen. Mit einem Mietwagen.

Und so war er mit seiner Frau bei Kuhn gelandet.

Dort hatte er wieder endlos gefeilscht, bis der entnervte Kuhn ihm schließlich ein Auto vermietete, das eigentlich nicht mehr zur Vermietung bestimmt war. »Aber fahren Sie damit nicht etwa ins Gebirge – die Wege sind dort hundsmäßig schlecht, und dieser Wagen fällt schon auseinander, wenn man ihn scharf anguckt. Also . . .«

Glücklich war Willi Schmund abgezogen, mit einem ratternden Blechding: Er hatte ein Geschäft gemacht.

Als der kleine Bus schließlich bereitstand für die Gebirgstour, hörte Gertrud Schmund den Fahrer von den Gefahren des Gebirges berichten. Dort seien schon mehrfach Touristen abgestürzt.

Sie wandte sich an ihren Mann, der mit seiner Blechkiste neben dem Bus stand.

»Willi, bitte, laß uns doch auch mit dem Bus fahren.«

»Wenn du mir nichts zutraust, dann fahr du doch mit. Ich quetsch mich nicht in so ein Ding. Außerdem will ich aussteigen und Fotos machen, wann und wo ich will. Wir sehen uns dann oben am Wilden Gletscher.«

Lisa Lindemann saß im Hotelbüro über den Abrechnungen, die Rechenmaschine ratterte. Max setzte gerade wieder zu einem Vortrag darüber an, wie er Kroll endgültig das Handwerk legen könnte, diesem Pest-und-Cholera-Kroll, der sein Schwimmbad versaut, die Wasserleitung angezapft und bei der Bank Stunk gemacht hatte!

»Du kannst das alles nicht beweisen, Max«, sagte Lisa. »Das frißt dich noch auf. Aber unser Hotel blüht trotzdem . . .«

In diesem Augenblick stürmte Manni herein.

»Ich hab ein Mädchen kennengelernt, Leute, so was habt ihr noch nicht gesehen.«

Max gab sich ganz väterlich. »Wieder mal eine Neue, ja? Manni, wann wirst du endlich erwachsen. Und was wird aus Eileen? Mauritius wird das nicht gerne sehen.«

»Ach, Eileen, Eileen – erstens ist sie schon lange wieder beim Studium in Paris, zweitens schreibt sie mir Postkarten, wo drauf steht ›Hallo‹, und dem Frank schickt sie Briefe mit tausend Küssen. Was wollt ihr also?«

»Wer ist das Mädchen?« Lisa war immer fürs Praktische. Keine Moralpauken, sondern Information.

Manni suchte scheinbar irgendwelche Papiere auf dem Schreibtisch, er sah seine Mutter nicht an. »Sarah hat gerade ihr Abitur gemacht, auf einem Internat in Deutschland, aber ihr Vater arbeitet auch auf der Insel, die bleibt jetzt hier . . .«

»Wer ist das Mädchen?« bohrte Lisa. Mütter haben das so an sich.

»Ach, halt so ein Mädchen. Wenn ich gewußt hätte, daß ich hier verhört werde, hätte ich euch gar nichts erzählt.«

Lisa witterte Ungutes. Alle Jungen dieser Welt fragen sich

manchmal verzweifelt, wieso Mütter immer alles wissen, auch wenn man es vor ihnen verbirgt, und Jungen haben immer etwas zu verbergen.

»Du kannst uns doch den Namen sagen, oder weißt du ihn nicht?«

Anscheinend hatte Manni jetzt gefunden, was er suchte. Er griff sich ein Blatt Papier, wedelte kurz damit und lief zur Tür. Im Türrahmen blieb er stehen, drehte sich um: »Sarah . . . llll . . .«

»Wie bitte?« fragte Max. »Ich hab nicht verstanden. Bleib hier.« Er packte Manni an seiner Jacke und zog ihn ins Zimmer zurück.

»Na gut«, sagte Manni, »es ist Sarah KA-ER-O-EL-EL, Sarah Kroll. Aber ich schwöre euch, daß ich's nicht drauf angelegt habe. Ich wußte es nicht, als ich auf Kuhns Verlobung mit ihr getanzt habe, und ich wußte es heute nicht. Ich hab's erst erfahren, als ich mit Sarah ins PARKHOTEL gefahren bin und sie ihren Papa begrüßt hat. Außerdem haben wir uns bis jetzt auch nur gestritten.«

»Dann halte das weiter so«, sagte Max. »Ich wünsche nicht, daß du dieses Mädchen wiedersiehst. Wir holen uns doch nicht den Feind ins Haus.«

»Romeo und Julia auf Mallorca, was? Hör mal zu, lieber Vater, Sarah und ich haben doch nichts mit eurem Scheißkrieg zu tun. Was geht uns das an?«

»Du hast mich gehört.«

Doch ehe der Streit größere Ausmaße annahm, betrat Carlos Riedmann das Büro, zusammen mit einem Mann, der mit seiner übereleganten Kleidung (graues Flanell mit Weste), dem schwarzen schmalen Oberlippenbärtchen und den goldenen Ringen an seinen Fingern ohne weiteres die Rolle eines Hochstaplers in einer amerikanischen Filmkomödie hätte spielen können. Er mochte fünfundvierzig Jahre alt sein. Eine knappe Verbeugung: »Lionel

Horck.« Dann sagte er zu Lisa, ohne Max auch nur zu beachten: »Sie müssen Lisa Lindemann sein. Wieso malen Sie nicht?«

»Ich bin in erster Linie Geschäftsführerin dieses Hotels. Malen tu ich nur nebenbei. Und was geht das Sie an, bitte?«

Horck wandte sich an Carlos Riedmann: »Hast du das gehört, Carlos? Sie malt nur nebenbei, sie beschäftigt sich lieber mit Rechnungen und schmutzigen Betten und verstopften Klos. Das ist ungefähr so, als wenn Karajan lieber Geschirr spülen würde als dirigieren. Hier, Frau Lindemann ...« Er zog ein Bündel grüner Geldscheine aus seiner Anzugtasche und warf sie vor Lisa auf den Tisch.

»Liebe Frau Lindemann, ich habe zwei Ihrer Werke bereits an einen Freund in den Vereinigten Staaten verkauft. Für 2000 Dollar das Stück. Ich gebe ihnen freiwillig die Hälfte des Gewinns ab. In Zukunft kalkulieren Sie härter, sonst bringen Sie es nie zu etwas. Die meisten Künstler sind als Geschäftsleute totale Versager. Van Gogh hat in seinem ganzen Leben nur ein einziges Bild verkauft, und das noch für ein Butterbrot und ein Ei. Gehen Sie immer davon aus, daß Sie übers Ohr gehauen werden. Auch von Sammlern, wie ich einer bin.«

Manni hatte sich still verdrückt, Lisa und Max waren verdattert von der sonderbaren herrischen Art dieses Mannes. Während Horck sich andere Bilder von Lisa ansah, erklärte Carlos, daß Horck ein großer Sammler und Mäzen sei, nach dem sich alle jungen Künstler die Finger ableckten: sie sollten ihn gut behandeln. Das fiel schwer.

Horck sprach von großen Ausstellungen, lobte den Strich bei einem, tadelte die Farbe bei einem anderen Bild und verfügte über Lisa, als sei sie sein Besitz.

»Aber diese Bilder«, sagte Lisa, »sind vor zehn Jahren gemalt, damals war mein Strich noch ganz unsicher.«

Horck schien verzweifelt. »Im Strich noch unsicher? Sie haben keine Ahnung.«
Er wandte sich an Carlos: »Diese Frau ist eine geniale Künstlerin, aber sie hat keine Ahnung, was sie eigentlich macht. Frau Lindemann, können Sie zu diesem Stil zurückfinden? Können Sie wieder so malen wie damals? Dann mache ich einen Welterfolg aus Ihnen. Kommen Sie morgen in die Galerie Gabriele. Diese Bilder nehme ich mit – und morgen besprechen wir die Konzeption – und die Preise.«
Und damit war er schon wieder herausgerauscht, ein Unwetter, das über die Familie Lindemann hereingebrochen war und noch große Folgen haben sollte.

Zwischen den schneebedeckten Gipfeln und wilden Zerklüftungen wand sich eine schmale Geröllstraße in das Gebirge hinein bis auf 2000 Meter Höhe. Willi Schmund in seinem kleinen Wagen schlich die Straße hinauf. Immer wieder rutschten die Hinterräder im Geröll weg, der Wagen stellte sich quer – und Schmund bekam nackte Angst. Irgendwie mußte er von der großen Straße abgekommen sein, denn er konnte sich nicht vorstellen, daß hier der Bus mit den anderen Gästen gefahren sein sollte. Nach unten durfte er nicht schauen, dann wurde ihm schwindlig, der Abgrund gähnte.
Wenden und umkehren ging auch nicht, der Weg war viel zu schmal.
Schließlich grub sich das Auto in einer Mulde am Rande des Weges fest. Schmund stieg aus. Ein kalter Wind wehte hier oben, er fröstelte. Vielleicht hätte er seinen Geiz doch überwinden und warme Kleidung mitnehmen sollen. Na ja, er würde einen kleinen Ausflug unternehmen, ein paar Fotos schießen, um sein einsames Abenteuer dokumentieren zu können, und dann irgendwie zurückfinden.

Noch stand die Sonne am Himmel, aber dort hinten über dem Meer ballten sich dunkle Wolken zusammen. Auf seinen dünnen Schuhen wandelte er einen Pfad entlang, fotografierte eine der scheuen Bergziegen. Beim Absprung der Ziege lockerten sich ein paar Steine und kullerten in immer schnellerer Fahrt in den Abgrund. Schmund konnte sich vorstellen, wie es wäre, wenn ein Mensch . . .

Ihn schauderte.

Nach einer Stunde wollte er zum Wagen zurück.

Aber der Weg, den er zurückging, führte ihn nicht zum Auto. Er hatte sich verlaufen.

Und dann brach plötzlich ein eiskalter Regen los, der ganz schnell in Schnee überging. Schnee im Sommer, wer konnte denn mit so was rechnen auf dieser Sonneninsel? Der Himmel öffnete die Schleusen, im Nu war Willi Schmund total durchnäßt und flüchtete sich unter eine herabhängende Felsnase. Um ihn herum wurde es immer dunkler, er zitterte vor Kälte und begann mit sich selbst zu sprechen, wie ein Kind im dunklen Wald: »Willi, du mußt zum Auto zurückfinden. Der Busfahrer hat extra gesagt, daß man bei Unwettern im Auto warten soll.« Schmund gehörte zu den Menschen, die sich bei Selbstgesprächen duzten und mit dem Vornamen ansprachen. Wenn ihm allerdings in seinem Beruf als Steuerfahnder ein besonders guter Fang gelungen war, pflegte er sich aus Ehrfurcht gegenüber seiner Person mit vollem Namen anzusprechen: »Willi Schmund, das haben Sie fein hingekriegt.«

Schmund verließ seinen geschützten Platz, kämpfte an gegen die schlechte Sicht, den peitschenden Regen, den Schnee und den Sturm. Immer wieder stürzte er auf dem schmalen Pfad, rappelte sich auf. Dann blieb er an einem Dornengestrüpp hängen, befreite sich mit einem Ruck –

und verlor im gleichen Augenblick den Boden unter den Füßen . . .
Der Fall dauerte Stunden, obwohl nur Bruchteile von Sekunden vergangen waren. Es war dieser Moment, in dem sein ganzes Leben an ihm vorbeizog, und es war ein schäbiges Leben, fand er.
An einem Felsvorsprung blieb Willi Schmund hängen, konnte sich an einer winzigen Konifere festhalten, die Beine über dem Abgrund. Alle Versuche, wieder hinaufzuklettern, scheiterten.
Willi Schmund schrie in die Nacht: »Hilfe! Hilfe! So helft mir doch . . .«
Aber er wußte, daß sein Leben zu Ende war.
Hier lebten keine Menschen – und die große Straße war weit.

Die aufziehenden Wolkenberge störten Manni überhaupt nicht. Er saß am Strand, warf Steinchen flach über das Wasser und beobachtete aus den Augenwinkeln das Mädchen, das im stärker werdenden Wind verzweifelte Versuche mit dem Surfbrett unternahm. Immer wieder schlug das Segel aufs Wasser, immer wieder krabbelte sie hoch. Manni mochte das, wie ihr kleiner Po sich über das Brett legte und wie der Bikini manchmal verrutschte. Sarah. Er hatte sie wiedergefunden.
Jetzt näherte sie sich dem Strand.
»Kannst du dich mal woanders postieren? Du machst mich nervös.«
»Das habe ich so an mir«, sagte Manni. Er zupfte an seiner knappen Badehose.
»Mich stört dein blödes Grinsen, ich surf schließlich zum ersten Mal.«
»Ich verzieh keine Miene. Ich schau auch gar nicht hin, du interessierst mich nicht.«

Sarah schüttelte das Wasser aus ihren langen roten Haaren. Eine Nymphe, die dem Meer entstiegen war.
»Ich seh doch, daß du guckst. Also verschwinde.«
Manni stand auf. »Warum verschwindest du nicht? Ich darf gar nicht mit dir reden, sagt mein Alter. Du bist die Tochter von Kroll, und Kroll ist unser Feind. Aber dieser Strand ist öffentlich, und ich bleibe, wo ich bin.«
Jetzt war sie bei ihm. Sie hatte grüne Augen, stellte Manni fest. Grüne Katzenaugen. Die schauten biestig. Sie sagte scharf: »Mir geht's genauso. Mein Vater haßt euch Lindemanns wie die Pest und hat mir verboten, mich mit dir zu treffen. Und ich werde mich an dieses Verbot halten, damit du es nur weißt.«
Wütend lief sie zum Surfbrett zurück. Sie konnte beleidigt mit dem Po wackeln, entdeckte Manni. Das war ihm sympathisch, wie überhaupt alles an Sarah, außer ihrer Arroganz. Aber die würde er ihr noch abgewöhnen. Hatte sie doch gar nicht nötig.
Sarah stieg auf das Brett und fiel sofort wieder ins Wasser. Sie versuchte, auf das Brett zurückzukrabbeln. Das mißlang.
Manni lachte schallend und hielt sich die Hände vors Gesicht. Naß wie sie war, rannte Sarah über den Strand auf Manni zu und gab ihm mit aller Gewalt einen Stoß gegen die Brust. Manni fiel um wie ein Stein. In ihrer Wut stieß sie ihm mit dem Fuß in die Flanke.
Manni heulte auf, hielt sich stöhnend die Weiche und sank dann in sich zusammen. Er rührte sich nicht mehr.
Vorsichtig tupfte Sarah den Jungen mit einem Finger auf die Brust. Sie war deutlich in Panik. »Michael? Manni? Sag doch was – es tut mir wirklich leid.«
Kein Lebenszeichen.
Sarah ging auf die Knie und beugte sich über ihn. Tropfen fielen auf sein Gesicht, er versuchte, unbeweglich zu

bleiben. Ihre Haare kitzelten seine Nase. Bevor Manni niesen mußte, streckte er plötzlich die Arme aus und umschloß Sarahs schlanken jungen Leib.
»Du bist gemein«, rief sie, aber er packte sie fest, und zusammen rollten sie durch den Sand, mal er oben, mal sie. Plötzlich blieb sie erschöpft auf dem Rücken liegen. Sie atmete schwer und sah ihm in die Augen. Sein Mund beugte sich über ihren Mund, und sie küßten sich. Süße feuchte Zunge zwischen den Lippen. Sarah wurde weich in seinen Armen.
Doch auf einmal drehte sie sich unter seinem Griff weg und sprang auf. Leichtfüßig lief sei ein paar Schritte von ihm fort. Ihr Gesicht war gerötet. Sie rief: »Heute abend in Marios Disco . . . Neun Uhr . . .«
Manni stützte die Arme in den Sand und sah an sich herunter. Schnell drehte er sich auf den Bauch, weil man sehen konnte, was er gerade eben gedacht hatte . . .

In einer Felsenhöhle hoch in den Bergen saß ein bärtiger Mann und briet über einem offenen Feuer einen Hasen, den er gerade geschossen hatte. Der Mann trug einen Pelz aus Schaffell, und überall in der Höhle lagen solche Felle. Drei Hühner und eine Ziege liefen zwischen den Fellen. Und dazwischen ein zotteliger gelber Hund.
Plötzlich knurrte der Hund und schlug dann zweimal an.
Der Mann am Feuer schaute auf. »Was ist los, Bartosch? Träumst von dem Hasen, was? Na ja, ein gutes Stück fällt für dich ab.«
Der Hund bellte wieder und trottete dann zum Höhleneingang.
Langsam folgte ihm der Mann. Er starrte hinaus in die Wand aus Nebel, Schnee und Regen. Dann hörte er fernes Rufen. Es klang wie ein Hilfeschrei.

»Hattest recht, Bartosch, alter Zottel, da hat sich wieder mal so ein verdammter Touri verlaufen. Man sollte sie verhungern lassen, aber ein Mensch bleibt ein Mensch. Es klingt, als ob es in der Nähe vom Totenfelsen ist. Komm, Bartosch . . .«
Lautlos rannte der Hund voran, um seinem Herrn den Weg zu weisen. Über einer Felsnase blieb der Hund stehen und bellte wieder. Der Mann rief nach unten: »Ist hier jemand?«
Eine klägliche Stimme antwortete: »Ja, Hilfe, ich hänge hier an einem Baum. Ich kann nicht raufklettern, mein Bein ist gebrochen.«
»Ich lasse ein Seil runter.«
Aus seinem abgeschabten Rucksack holte der Mann ein Tau und ließ es zu der Felsnase herunterbaumeln. Aber die Rettungsaktion gelang nicht, der Mann unten hatte klamme Hände und konnte sich nicht festhalten. So ließ sich der Bärtige am Seil herunter. Unten angekommen, nahm er den Mann auf den Rücken und hangelte sich in Sicherheit. Den Erschöpften schleppte er in seine Höhle und bettete ihn auf einem der Felle, ein anderes deckte er über ihn. Willi Schmund schloß die Augen und fiel in einen tiefen Schlaf. Der Bärtige begann zu essen.
Nach zwei Stunden erwachte Willi Schmund. Er fröstelte nicht mehr. Als er um sich schaute, erschrak er vor dem zotteligen gelben Hund. Der knurrte ihn an.
»Ruhig, Bartosch«, sagte der Bärtige. »Ein Freund.«
Der Mann stellte einen Holzteller mit Hasenfleisch und ein Glas roten Wein vor Schmund hin. Der begann gierig zu essen. Mit vollem Mund mümmelte er: »Bartosch heißt der Hund?«
»Ja, wie ich. Manfred Bartosch. Und du?«
Schmund nannte seinen Namen und bedankte sich für die Lebensrettung. Es war warm in der Höhle, und er fand es

urgemütlich. Er fragte sich, was der Mann hier oben so allein machte. Aber der wortkarge Bartosch gab nur einsilbige Antworten. Willi fragte ihn, ob er Deutscher sei, und Bartosch antwortete: »Kann sein.« Sie tranken zusammen Wein, und der Wein lockerte schließlich auch Bartoschs Zunge.

»Ich hab mir deinen Fuß angesehen, er ist nur ein bißchen verstaucht. Später bring ich dich ein Stück runter ins Tal. Wahrscheinlich schicken sie morgen bei Tagesanbruch Hubschrauber, um dich zu suchen. Hier können sie dich nicht finden, und mich *sollen* sie nicht finden.«

»Lebst du immer allein hier?« Noch nie hatte Schmund einen Fremden so einfach geduzt, aber der hier war kein Fremder mehr, er war sein Retter.

»Am Anfang wollte ich auch nicht allein leben, nur bis zum Tod.«

Bartosch stocherte im Feuer und sprach in die Flamme, als schäme er sich für seine Geschichte. »Aber der Tod läßt seit fünfzehn Jahren auf sich warten. Und jetzt hab ich mich mit dem Leben eingerichtet. Also, ich erzähl's dir, hab lange mit keinem mehr gesprochen, es muß doch mal raus. Na ja, also, das war so. Mir ging es ganz gut und dann hat ein Arzt plötzlich bei mir Krebs festgestellt. Ein Arzt in Bottrop. Ich war achtunddreißig. Schöne Scheiße, was? Ich hatte 'nen guten Handwerksbetrieb – Möbeltischlerei –, und jetzt sollte alles aus sein? Als ich die Bestätigung von einer Fachklinik in der Tasche hatte, bin ich abgehauen. Ich hab 120000 Mark von der Bank abgeholt – das waren die Rücklagen fürs Finanzamt. Aber was interessiert einen das Finanzamt, wenn man sterben muß! So zwei Jahre habe ich von dem Geld hier gut gelebt, dann war es alle. Ich bin zum Arzt, und der hat gesagt: Krebs, nee. Sie sind kerngesund. Da bin ich als armer Mann in die Berge gegangen. Mit meinem Hund, einem Gewehr und

meinem Handwerkszeug. Ab und zu verkaufe ich ein bißchen selbstgemachtes Spielzeug aus Holz an die Touristen. – Und was machst du so in Deutschland?«
Schmund mußte lächeln. »Ich bin Steuerfahnder. In Düsseldorf. Ich bin für Bottrop nicht zuständig. Aber wenn ich dich damals erwischt hätte, hätte ich dich hoppnehmen müssen.«
»Du wirst mir doch nicht meine Ziege beschlagnahmen?«
Sie lachten beide und stießen mit den Gläsern an.
Stille in der Höhle, nur das Prasseln des Feuers und das Geräusch des Hundes, der einen Knochen abnagte.

Als Manni am frühen Morgen, es war gerade hell geworden, ins Hotel zurückkehrte, war er frustriert wie selten zuvor. Am Abend hatte er sich mit Sarah getroffen, aber dann war Bob aufgetaucht, der Assistent von Kroll und von Kroll als Aufpasser für Sarah bestellt. »Nein«, hatte Sarah zunächst noch ganz fröhlich gesagt, »mein Macker ist der nicht, aber er möchte sicher mal wieder.« »Hat er denn schon mal mit dir?« hatte Manni fast entsetzt gefragt, und »Nein« hatte Sarah gesagt, »aber er hat es sich schon oft gewünscht.«
Aber aus dem Gelächter war bald Frust geworden. Bob schien allgegenwärtig zu sein und jeden Schritt der beiden vorauszuahnen. Sie hatten sich in Ecken verdrückt und ein bißchen geknutscht, aber schon war Bob wieder aufgetaucht und hatte Sarah gemahnt, nun nach Hause zu gehen, sonst würde ihr Alter ganz schön wild.
Auch an den Strand hatte er die beiden verfolgt – bis Manni endlich aufgegeben hatte. Dann ein anderes Mal.
Krampfhaft überlegte er, wie er Sarah aus den Fängen von Bob und dem alten Kroll befreien konnte.
Im Hotel traf er auf ein heulendes Elend. Gertrud Schmund jammerte, sie habe ihren Willi doch so gewarnt

und jetzt sei es passiert. »Sie werden sehen, der Mensch stirbt da oben in den Bergen noch – so ist der, so war der immer. So ein richtiger sturer Bock, zum Verzweifeln ...«
Lisa und Max und Carlos Riedmann mußten alle Überredungskunst aufwenden, um Gertrud Schmund zu beruhigen. Ein Hubschrauber werde eingesetzt beim ersten Tageslicht, und der Hubschrauber werde das Auto finden und dann auch ihren Mann, da solle sie ganz unbesorgt sein. Sie schauten zu Manni hin, und er sah, daß sie tatsächlich an das Schlimmste glaubten. Zu oft schon waren Gäste der Insel in ihren Turnschuhen und ihren Polohemden auf die Berge gekraxelt, ahnungslos, wie verheerend die Glätte und die Kälte und die Wildnis da oben sein konnten. Gäste, die dann zerschmettert gefunden worden waren, oder schwer verletzt.
Doch eine Stunde später meldete der Hubschrauber, daß der Vermißte gefunden worden sei. Und nach einer weiteren Stunde stand Willi Schmund in der Tür, ein erschöpfter Held. Denn ein Held war er natürlich in seinen eigenen Augen – da war nichts mehr zu spüren von dem jämmerlichen Hilferufer. Er hatte die Unbillen der Natur erkundet und ihnen getrotzt, er hatte Tausende Meter über dem Abgrund geschwebt und sich dann auch noch gegen eine wilde Hundebestie verteidigen müssen, aber schließlich hatte er den Besitzer des Hundes dazu gebracht, den Hund zurückzuhalten – einen sonderbaren Penner, Steuerflüchtling obendrein. Na ja, man blieb ja auch als Beamter hin und wieder ein Mensch.
Ach, Willi, ach, Willi Schmund ...
»Nun ist ja alles wieder in Ordnung«, sagte Max Lindemann. »Wir können endlich noch ein paar Stunden schlafen. Und du, Manni, holst später den Wagen von Herrn Schmund aus den Bergen.«

Manni mangelte es nicht an schönen Ideen. Solche Ideen hatten ihn schon oft in Schwierigkeiten gebracht, aber das hinderte ihn niemals daran, sie trotzdem auszuführen.
So fuhr er an diesem Nachmittag wie zufällig am PARKHOTEL KROLL vorbei, entdeckte Sarah auf der Terrasse und lud sie in sein Auto. Er brauche Hilfe beim Abschleppen des Autos oben in den Bergen.
Endlich allein mit Sarah . . .
Oben auf dem Hang suchten sie sich ein ruhiges Plätzchen auf einem Felsplateau, die Sonne stand schon hoch am Himmel. Es war die totale romantische Einsamkeit, fand Manni – und sagte das auch.
»Hier war ich noch nie«, sagte Sarah. Sie schaute weit über die Insel.
»Du wirst die Welt schon noch kennenlernen – durch mich.«
»Große Sprüche, kleine Taten.« Sarah lächelte ihn an. »Und was jetzt? Fahren wir mit den beiden Autos zurück?«
»Jetzt küssen und herzen wir uns erst mal inniglich, bevor wir die Rückfahrt antreten.«
»Wann bist du mal ernst?«
»Jetzt zum Beispiel«, sagte Manni. »Unsere wechselseitigen Papis sind weit. Wenn sie nichts wissen, dürfen wir uns küssen. So ist das im Roman immer.«
Sie blickte ihn an, mit diesen leicht geöffneten feuchten Lippen, und ihre Augen schimmerten grün. Manni wurde es ganz komisch. »Ich mag dich sehr, du.« Seine Kehle war trocken und seine Stimme heiser.
»Ich mag dich auch«, sagte Sarah. Sie nahm seinen Kopf zwischen beide Hände und küßte ihn. Zusammen sanken sie auf den Boden und verloren sich in den Küssen. Manni streichelte über ihren Leib, und sie drängte sich ihm entgegen. In dem Augenblick, als seine Hand unter ihren

Pullover glitt, hörten sie plötzlich Motorengeräusch. Und gleich darauf stand Bob am Rand eines Felsens. Bob, der baumlange Karatekämpfer mit dem kurzgeschorenen Haar, die dunklen Augen grimmig auf das Paar gerichtet. Er hatte sich aber nicht auf seine Körperkräfte und seine Geschicklichkeit verlassen, er trug eine Schrotflinte unter dem Arm.

»Ich bin euch gefolgt, ich soll auf dich aufpassen, Sarah. Und das tu ich.«

Sarah war aufgesprungen. »Bist du bescheuert, Bob? Du sollst aufpassen, daß mich niemand belästigt. Aber ich werde nicht belästigt. Manni ist mein Freund.«

»Das interessiert mich nicht. Ich bring dich zurück zu deinem Vater. Komm jetzt mit!«

Manni machte eine Bewegung auf den Mann zu.

Bob hob das Gewehr und zielte.

»Paß auf, Manni«, rief Sarah. »Der ist zu allem fähig.«

Aber Manni ließ sich nicht abhalten, er lief auf Bob zu und wollte nach der Waffe greifen. Ein Schuß fiel. Vor Bob spritzte der Sand auf. Erschrocken ließ er das Gewehr sinken, doch als Manni noch näher kam, hob er es wieder hoch. In diesem Augenblick fiel ein zweiter Schuß. Und jetzt flogen die Schrotkugeln von hinten um Bobs Beine. Der starke Bob ließ sein Gewehr fallen und rannte zum Auto zurück, in wilder Flucht.

Eine Autotür fiel zu, ein Auto startete mit durchdrehenden Rädern. Und aus dem Gebüsch neben dem Felsen trat ein bärtiger Mann mit einer Flinte in der Hand. Seine Kleider waren zerfetzt und schmuddelig, ein zotteliger gelber Hund wieselte um ihn herum.

Der Mann lachte. »Dem hab ich's gegeben. So ein Lump. Mit dem Gewehr Liebespaare jagen. So was hat's nicht mal in Bottrop gegeben. Das kann ich hier oben nicht haben . . .«

Die beiden jungen Leute standen bleich und zitternd vor ihm. Aber Manni konnte seine freche Schnauze natürlich nicht halten.
»Sind Sie der Herr der Berge oder so was?«
»Oder so was«, sagte Manfred Bartosch. »Und das Sie kannste gleich weglassen. Jetzt erzähl mal, was ihr hier macht außer der verdammten Küsserei . . .«

Frank Lindemann karrte mit seinem Rollstuhl in rasender Fahrt um die Ecke zum Büro. Er liebte diese schnellen Fahrten, die eine Hand um den Türbalken und dann den Rollstuhl herumschießen lassen.
»Du bist noch mal schuld an meinem Herzinfarkt mit deinen waghalsigen Touren. Irgendwann fällst du mitsamt deinem Stuhl um.«
Max Lindemann reichte seinem Sohn eine Liste mit Reservierungen. »Kannst du die Neuen gleich einteilen? Keiner macht das besser als du – und das ist nicht geschmeichelt.«
Das Telefon schnurrte. Frank hob ab und reichte den Hörer gleich an seinen Vater weiter. »Dicke Luft. Das ist Kroll.«
»Hier spricht Kroll«, schrie Kroll, und Max sah ihn vor sich – als Kanonenkugel im Zirkus wäre der Mann eine Weltnummer, den brauchten sie nicht mal auszustopfen. »Dein Sohn Michael hat meine Tochter entführt.«
Max lachte. »Ach du lieber Himmel. Das wäre ja das letzte. Mehr als einen Groschen Lösegeld kann er von so einem Geizhals als Vater doch nicht erwarten.«
»Mir ist nicht nach Witzen zumute. Dein mißratenes Miststück von Sohn hat Sarah in die Berge geschleppt. Hol die beiden da runter, sonst hetz ich die Polizei der ganzen Insel ins Gebirge.«
»Ach je, die Polizei der Insel ist doch hoffentlich damit

beschäftigt, hinter deine krummen Geschäfte zu kommen. Mach dich nicht lächerlich. Die beiden mögen sich gern – ich halte da auch nichts von, aber es sind eben junge Leute.«

»Ich spaße nicht, Lindemann«, sagte Kroll knapp. »Wenn mir Manni vor die Flinte kommt, schieß ich ihn ab wie einen tollwütigen Hund.«

Drüben wurde der Hörer auf die Gabel geknallt.

»Dein Bruder«, sagte Max Lindemann, »hat wieder mal Mist gebaut. Ich suche deine Mutter. Wir müssen was unternehmen.«

Max suchte das Hotel nach Lisa ab. Vielleicht wußte die Mutter des Jungen besser, was zu tun war. Aber Lisa war nirgends zu finden. Schließlich wußte Carlos Riedmann Rat – dieser Carlos Riedmann, der in letzter Zeit verdächtig viel besser über Lisas Leben und Treiben informiert war als ihr eigener Ehemann. Carlos also schickte Max nach draußen zur Lagune del Sol – und was er sagte, war als Witz gemeint, und doch schwang auch Ernst darin: »Ihre Frau verdient dort mit Pinsel und Farbe das Geld, um die Löcher in unserem Etat zu stopfen.«

»Herr Riedmann, ich danke Ihnen für dieses Gespräch.«

Max lächelte nicht bei diesen Worten. Langsam ging ihm der Typ auf die Nerven.

Schon von ferne sah er Lisa gegen den blauen Himmel. Noch immer so schlank wie in der Zeit, als sie sich kennenlernten, noch immer so jung wirkend mit ihrem blonden Haar, das schmale Gesicht fast faltenlos. Sie stand da an der Staffelei, die weiße halboffene Bluse, in engen Bluejeans, die ihr paßten wie einem jungen Mädchen. Maxens Herz schlug schneller, und er dachte, daß er etwas tun müsse, um Lisa einmal wieder zu zeigen, daß er sie liebte, immer noch liebte wie ganz am Anfang

– es ihr nur nicht sagen konnte. Sie beide mußten mal heraus aus dem Trott des Hotelalltags, der nur für die Gäste aufregend und romantisch war, für die beiden Chefs aber aufreibende Routine, die sie davon abhielt, einmal ganz für sich zu sein.
Doch als er bei Lisa war auf dem Felsen an der Lagune, unter ihnen das blaue Meer, da konnte er doch nicht sagen, was er eigentlich sagen wollte. Schon fiel er wieder in den spöttisch-ironischen Ton, den sie beide sich angewöhnt hatten.
»Du malst hier in aller Ruhe, während dein Sohn Mädchen entführt. Hast du kein Mutterherz?«
»*Mein* Sohn? Immer wenn er war ausgefressen hat, ist er *mein* Sohn, wenn er was Tolles vollbringt, dann ist er *dein* Sohn.« Aber Lisa malte dabei weiter: Tupfer auf einem weißen Segel, das im Wind flatterte.
»Willst du nicht wissen, was passiert ist?«
»Ich bin überzeugt, daß du es mir sagen wirst.«
Max gab das Telefongespräch mit Kroll wieder. In seinem Ton schwang mit, daß er sauer war auf Manni, der die Finger von Sarah lassen sollte. Als Vater habe er schließlich ein Recht, und so weiter . . .
Lisa legte den Pinsel auf die bekleckste Palette. »Manni ist erwachsen, begreif das endlich, auch wenn er sich oft noch wie ein Kind benimmt. Jag ihn nicht aus dem Haus, hilf ihm, wenn er im Dreck steckt. Und noch was: Manni ist hinter Mädchen her, er ist immer da, *where the girls are* – und die Mädchen sind hinter Manni her. Er hat es nicht nötig, ein Mädchen zu entführen, er wird niemals einem Mädchen Gewalt antun, das weiß ich.«
»Aber Kroll weiß das nicht. Kroll glaubt es, das genügt. Und vergiß nicht: Wir sind hier in Spanien, Sarah ist eine halbe Spanierin, sie hat eine spanische Mutter. Und wenn Kroll auf Manni schießt, wird ihn jedes Gericht auf dieser

Insel freisprechen – der beleidigte Vater schützt die Ehre seiner Tochter.«

»Dann geh und hol ihn da runter«, sagte Lisa. »Nimm Carlos mit, wenn du nicht allein fahren willst.«

Aber aus dieser Fahrt wurde nichts, denn am Himmel türmten sich schon wieder Wolkenberge auf. Max konnte nur hoffen, daß Manni und Sarah von selber zurückkommen würden. Wenn nicht – morgen war auch noch ein Tag.

Als das Unwetter losbrach, saßen Sarah und Manni schon bei Bartosch in der Höhle. Das Feuer prasselte, sie aßen getrocknetes Fleisch und tranken roten Wein dazu. Dann verzog sich Bartosch mit einem Augenzwinkern zu Manni in seine andere Höhle.

Sarah und Manni waren allein. Nach einer Weile streckte eine Bergziege meckernd ihren Kopf durch den mit Lappen zugehängten Höhleneingang. Sarah erschrak. Sie suchte spontan Schutz in den Armen von Manni.

Manni mußte lachen. »Hast du Angst vor Ziegen?«

»Lach nicht so blöd. Vielleicht bist du in einem Ziegenstall aufgewachsen, ich jedenfalls nicht.«

»Klar, du bist in Luxusinternaten aufgewachsen, eine Prinzessin auf der Erbse. Hör mal . . .«

Er nahm sie mit zum Höhleneingang, schlug die Säcke zurück und trat nach draußen. Aus den schwarzen Wolken zuckten Blitze, die das Gebirgsmassiv taghell erleuchteten.

»Ist das nicht wahnsinnig schön?«

»Ja«, sagte sie, »aber ich friere.«

Manni richtete ein Lager aus Schaffellen und Stroh. »Komm jetzt.«

Zögernd legte sich Sarah neben ihn, sie hielt Abstand, als fürchte sie, daß er zu weit gehen würde. Draußen zuckten die Blitze, und dann erscholl ein fürchterliches Donnergrollen.

»Ich hab Angst«, sagte Sarah. Sie zitterte leicht.

Manni legte einen Arm um ihre Schultern und zog sie dichter an sich heran. Dann breitete er die Decke über Sarah und sich. Sie kuschelte sich an ihn und atmete dicht hinter seinem Nacken. Wie zwei junge Tiere krochen sie zusammen, wärmten sich aneinander, und als er nichts tat von dem, was sie befürchtet hatte, sondern ganz still und warm und freundlich neben ihr lag, sagte sie: »Du bist lieb, weißt du, einfach lieb ...«

Sie schliefen ein unter dem Prasseln des Feuers. Draußen heulte der Wind, und der Regen trommelte auf die Felsen.

Als Manni am nächsten Morgen erwachte, war Sarah verschwunden. Manni trat vor die Höhle. Im glitzernden Sonnenlicht sah er etwas Unfaßbares. In dem kleinen Wasserlauf vor der Höhle hatte Bartosch ein Loch gegraben, in dem das Wasser sich sammelte. Und in diesem Loch stand Sarah, nackt, wie sie geschaffen war, und wusch sich. An ihrem schlanken jungen Körper liefen die Wassertropfen herunter, die weiße Haut, wo der Bikini sonst saß, stach ab gegen die gebräunte. Ihre Haare fielen über die Schultern, und mit den Händen strich sie sich das Wasser über den Leib. Manni sagte kein Wort. Zum ersten Mal im Leben hatte er das Gefühl: Dies ist Glück. Einfach Glück ...

Am nächsten Tag landete Kroll mit seinem Karatekämpfer Bob auf dem Felsplateau an der Straße, die Lisa und Max heraufgekommen waren, auf der Suche nach Manni und Sarah.

»Wo sind sie?« Kroll sprang aus dem Hubschrauber und stürmte mit einer Schrotflinte auf die Lindemanns zu.

Max lachte ihn an. »Keine Ahnung. Wozu hast du die Artillerie mitgebracht? Willst du dir tatsächlich ein Feuergefecht mit meinem Sohn liefern? Ich vermute, die beiden sind bei unserem Einsiedler untergekrochen, und wo der wohnt, weiß nicht mal die Polizei.«

»Wenn ich ihn erwische«, schrie Kroll, »schlage ich ihn windelweich.«

»Und ich schlage dann Sarah? Oder wie hast du dir das vorgestellt, Kroll? Mach dich doch nicht lächerlich. Die zwei wissen schon, was sie wollen.«

»Sarah will, was ich will. Also ist dein Knabe schuldig. Und das werde ich beweisen.«

Er stieg wieder in den Hubschrauber.

Max faßte nach Lisas Hand. »Wir haben keine Autorität mehr, Lisa, wir Väter. Anscheinend kann sich nicht mal Kroll gegen seine Tochter durchsetzen.«

»Dann solltet ihr einen Klub der entrechteten Väter gründen. Im Handumdrehen hättet ihr ein paar Millionen Mitglieder. Und ich werde das einzige weibliche Mitglied, eine Art Ehrenmutter ...«

Sie lachten beide. Lisa fuhr fort: »Max, im Grunde genommen ist doch gar nichts passiert. Zwei junge Leute mögen sich. Wir leben doch nicht mehr im Mittelalter. Laß den Jungen doch. Wenn er Sarah nun mal liebt ... Außerdem, Manni meint, wenn sich zwischen ihm und Sarah etwas entwickelt, dann wird Kroll vielleicht seine lästigen Attakken einstellen. Wäre doch auch ein Gewinn, wenn diese Feindschaft endlich aufhörte.«

»Nie«, sagte Max. »Niemals werde ich Frieden mit Kroll schließen. Von solchen Männersachen verstehst du nichts, Lisa, entschuldige bitte. Das sitzt tief. Und wenn ich hundert Söhne hätte und Kroll hundert Töchter, die alle einander heiraten wollten – ich schließe keinen Frieden mit diesem Streithammel.«

Lisa blickte ihn milde lächelnd an. Mit diesem Blick, der besagte: Ach, Männer, Männer ...
Dann schaute sie auf den roten Ball der untergehenden Sonne, der gerade zur Hälfte im Meer versank. »Wie schön, Max. Wann haben wir das zum letztenmal zusammen gesehen?«
Es war eine rhetorische Frage, aber Max fing an zu rechnen, und als es ihm nicht einfiel, sagte er: »Das Hotel frißt uns auf. Wenigstens einmal in der Woche sollten wir beide uns die Zeit nehmen, dem Rummel zu entfliehen. Den Sonnenuntergang ansehen – oder ganz allein irgendwohin essen gehen, wo uns niemand kennt.«
»Ach, Max, dann sag mir aber nicht, daß der Fahrstuhl kaputt oder ein Defizit in der Portokasse ist, oder noch eine Bilanz erstellt werden muß ... Ich werde dich an diesen einen Abend in der Woche erinnern, verlaß dich drauf.«
»Nein, ich schwöre es ...«
Er nahm seine Frau in die Arme und küßte sie. Und als die Dämmerung über das Plateau zog, lagen sie noch immer nebeneinander und schauten in die Sterne. Sie hatten beide das Gefühl, es könnte noch einmal alles gut werden. Das sagten sie einander auch und glaubten es.

Wer andern eine Grube gräbt – dieses Sprichwort bewahrheitete sich bei dem dicken kleinen Hotelier Kroll. Kaum war er voller Wut mit dem Hubschrauber vor seinem Hotel gelandet, wollte er seinen Assistenten Bob fristlos entlassen. Aber Bob ließ sich so leicht nicht abschütteln. Der sagte ihm doch frech ins Gesicht, er könne gar nicht entlassen werden, denn dann würde er alle ihre gemeinsamen Untaten bekennen: die Sabotage mit dem Seifenpulver in Lindemanns Swimmingpool, das Abstellen der

Wasserleitung zum HOTEL PARADIES, und was da noch alles vorgefallen war. Also wartete Kroll wütend auf das Auftauchen seiner Tochter Sarah. Die kam ermüdet nach einem Dreistundenmarsch mit Manni (auf einem Schleichweg, den nur der Einsiedler Bartosch kannte) ins Hotel zurück und schmuggelte sich an ihrem Vater vorbei. Dann sah Kroll, daß sich im Zimmer seiner Tochter die Gardine bewegte.

Er stürzte nach oben und stieß die Tür auf.

Sarah stand mitten im Zimmer, sie hatte sich schon halb ausgezogen, im Badezimmer rauschte das Wasser. Sarah blitzte ihren Vater an. »Du kannst ruhig anklopfen, ich bin kein Kind mehr.«

»Das sehe ich«, sagte er zornig. »Vermutlich bist du jetzt auch keine Jungfrau mehr?«

»Das geht dich nichts an«, sagte sie ruhig. »Bitte geh, ich will ein Bad nehmen.«

Kroll atmete schwer. »Ich will nur wissen, ob der Kerl dich ins Gebirge geschleppt hat. Dann schlage ich ihn krankenhausreif.«

»Und wenn nicht, dann schlägst du mich?« Sie hatte diesen schnippischen Ton, mit dem sie ihren Vater schon immer ganz schnell auf die Palme bringen konnte.

»Nein«, sagte er, »dich schicke ich ins Internat zurück, wenn du ausgerechnet mit einem Lindemann etwas anfängst. Und das gegen meinen Willen. Solange du die Füße unter meinen Tisch streckst ...«

»Ich laß mich nicht mehr schicken, Vater. Ich bin erwachsen und tu, was ich will. Im übrigen hat mich Manni nicht vergewaltigt – er ist ein ganz lieber und zärtlicher Junge. Ich mag ihn. Und es interessiert mich einen Scheiß, daß du mit seinem Vater nicht zurechtkommst.«

Kroll sank in sich zusammen. Er spürte, daß er dieser Tochter gegenüber nicht den starken Mann spielen

konnte. Da war eine neue Generation herangewachsen, die ihren Vätern Widerpart bot. Ohne ein weiteres Wort begann sich Sarah die Bluse über den Kopf zu ziehen – und Kroll verließ gedemütigt das Zimmer seiner Tochter.
Er mußte sich etwas anderes einfallen lassen.
Aber ein kleiner Triumph blieb: Diesem Max Lindemann ging es nicht besser. Auch der war ein entthronter Vater.

5

Alles nur Theater

Frank Lindemann karrte in seinem Rollstuhl zwischen Telefonzentrale und Empfang hin und her. Am Empfang wartete nervös Herr Stronk, ein Gast, der gerade aus Düsseldorf angekommen war. Er wollte sofort einen Wagen mieten, und Frank versuchte, die Firma Kuhn zu erreichen.

»Einen Moment, Herr Stronk, ich regele das für Sie. Im Augenblick ist besetzt, aber ich bin sicher, daß Sie am Nachmittag über ein Auto verfügen können.«

In diesem Augenblick sah er das Mädchen, das durch die Drehtür des Hotels wehte: ein zierliches Geschöpf mit Faltenrock, der sich bei ihren Bewegungen hob und senkte. Sie hatte genauso lustige braune Augen wie damals, damals vor sechs Jahren, als sie beide vierzehn waren. Nathalie. Nathalie Reizenstain. Auch damals trug sie ihr Haar kurz, und er hatte mit seinen Knabenhänden über die Stoppeln gestrichen und hatte gesagt: »Wie ein Igel.« Und sie hatte ihn geneckt wegen seiner überlangen Arme, die immer die falschen Bewegungen machten. So gern wollte er ihr imponieren, sie war seine erste große Liebe. Ferienliebe, aber doch Liebe mit einem großen L.

Vierzehn – und man fühlt sich unreif und doch reif, man denkt niemand kann dich lieben mit deinen Pickeln, und man war so glücklich, daß da ein knabenhaftes Wesen war, das einen doch akzeptierte. Knabenhaft, aber doch mit kleinen festen Brüsten und einem Hintern, der wakkeln konnte wie der einer erwachsenen Frau. Frank sah, daß sie ihn gesehen hatte hinter der Empfangstheke, drehte sich schnell mit seinem Rollstuhl um und fuhr ins

Büro zurück – weil er sich erst sammeln mußte, bevor er sie begrüßte.
Er dachte an den wunderbaren, endlosen Sommer vor sechs Jahren. Als sie sich am Strand gegenseitig eincremten, weil das zunächst die einzige Möglichkeit war, sich zu berühren, die Haut des anderen zu spüren, und manchmal das Gerangel beim Ballspiel, wenn der Atem heißer wurde und sonderbare Gefühle aufkamen, die man sich nicht erklären konnte. War es das, wovon die Bücher der Erwachsenen handelten, durfte man so fühlen? Er schämte sich der Erektionen, die er bei ihren Berührungen bekam, er schämte sich der endlosen Phantasien, wenn er abends allein im Bett lag und sich hineinträumte in eine Szene, in der Nathalie nackt zu ihm ins Bett kam, und dann ließ er seine Hände wandern an seinem Leib herunter und konnte sich nicht zurückhalten und hatte das Gefühl, er hätte Nathalie besudelt, obwohl sie doch gar nichts von seinen Knabenträumen wußte. Nathalie, die manchmal an ihm heruntersah und auf irgend etwas zu warten schien, was sie kannte (oder nicht kannte, oder nur ahnte, er wußte es nicht). Und dann der Tag, an dem er unter der Dusche am Swimmingpool gestanden hatte, allein in der Duschkabine. Plötzlich hatte sich die Tür geöffnet und wieder geschlossen.
Nathalie. Sie stand da neben ihm in ihrem knappen blauen Bikini, ihr kleines schmales Mädchengesicht gerötet, dann stieß sie hervor: »Ich will das endlich mal sehen.« Und sie betrachtete ihn wie eine Schmetterlingsforscherin, die ein seltenes Exemplar beobachtet, fasziniert zuschaut, wie eine Raupe zum Schmetterling wird. Frank konnte nichts sagen, er war viel zu aufgeregt.
»Das ist toll«, sagte sie heiser, und dann fuhr ihre Hand blitzschnell dahin, und er war ›absolut und total‹ (wie er später dachte, aber nie jemandem sagte) verwirrt.

»Nicht tun, bitte nicht«, sagte er, weil er nicht wollte, daß sie sah, wie etwas passierte, was sonst am Abend im Bett passierte. Er floh aus der Kabine, schlüpfte blitzschnell in seine Badehose und rannte zum Swimmingpool.
Aus dem Augenwinkel sah er seine Mutter unten bei der Schwimmbadtechnik stehen und wilde Bewegungen machen, aber darum konnte er sich jetzt nicht kümmern, sonst hätte seine Mutter ja noch gesehen, was mit ihm los war. Als er ungefähr drei Meter vom Schwimmbadrand entfernt war, setzte er zum Sprung an. Die Füße hoch, noch zwei kurze Sprünge – und dann den Kopf voraus.
Im Sprung sah er, daß kaum Wasser im Becken war.
Es gab kein Zurück.
Dann der furchtbare Schmerz . . .
Frank warf in der Erinnerung die Hände vor das Gesicht.
Dann fing er sich wieder, fuhr in die Telefonzentrale zurück und wählte erneut die Nummer der Autovermietung Kuhn.
Vorbei, verrauscht die Erinnerung. Er mußte so leben, wie er lebte, und keine Trauer mehr, niemals mehr Trauer um das Verlorene.

Im Speisesaal ging Lisa Lindemann von Tisch und Tisch, ordnete hier ein paar Blumen, setzte dort einen Aschenbecher zurecht und putzte auch mal ein Glas blank. Nur die Chefin sah die Kleinigkeiten, die noch fehlten – das war immer so und würde immer so bleiben. Manchmal mußte sie an das Mädchen denken von der jungen Schloßfrau, bei der alles drunter und drüber geht, bis ihr ein alter Zauberer einen »Wunderstein« schenkt. Den soll sie jeden Tag durch alle Zimmer des Schlosses tragen, dann würde in Zukunft alles gutgehen. Der Wunderstein funktioniert tatsächlich, aber es stellt sich natür-

lich heraus, daß es gar kein Wunderstein ist. Das Geheimnis ist so einfach: Weil sie mit dem Stein durch alle Zimmer geht, entdeckt sie die Unordnung, entdeckt sie stehlende Dienstboten und den Schmutz auch in der hintersten Ecke. Lisa hatte als Hoteliersfrau einen solchen Stein im Herzen – und es gab keinen Winkel im Hotel, den sie nicht jeden Tag aufsuchte, zum Schrecken der Zimmermädchen.
Max stand in der Tür.
»Lisa, du hast schon wieder Besuch. Draußen auf der Terrasse wartet Horck mit noch einem Typen, der aussieht wie ein Kunsthändler.«
»Wie sieht ein Kunsthändler aus?«
»Er sieht so aus, wie sich Filmregisseure einen Kunsthändler vorstellen. Im Zweifelsfall immer wie Ivan Desny.«
Sie mußte lachen. Max war eifersüchtig wegen des großen Interesses der Kunstwelt an ihrem »Geschmiere«, wie er es nannte, eifersüchtig auf die Männer, die plötzlich um sie herumschwirrten, und besorgt, weil sie immer weniger Zeit für das Hotel hatte. (»Du trägst den Stein nicht mehr herum«, hatte er einmal zu ihr gesagt. »Das muß schiefgehen.«)
»Na, dann wollen wir mal.« Lisa ging mit Max zusammen auf die Terrasse. Schon von fern sah sie Horck und neben ihm einen Mann mit grauen Haaren, einer Hakennase und einem sehr gepflegten grauen Schnurrbart. Sie erschrak.
»Was ist denn, Lisa?« Max hatte sofort begriffen, daß etwas nicht stimmte. »Kennst du den Mann?«
»Nein«, log Lisa. »Ich dachte einen Moment . . .«
»Na gut, ich muß in die Küche. Sieh zu, daß es nicht zu lange dauert.«
Langsam ging Lisa auf die beiden Männer zu.

Lionel Horck sagte zu seinem Begleiter: »Das ist also unsere Künstlerin, Lisa Lindemann. Ihre Bilder haben Sie so entzückt, Professor Dellbrück.«
»Guten Tag«, sagte Lisa.
Horck sprach wie bei einem Einführungsvortrag vor der Akademie: »Lisa, Professor Dellbrück ist ein international anerkannter Experte auf dem Gebiet der modernen Kunst. Seine Expertisen sind unschlagbar. Professor Dellbrück war früher Leiter der Kunstakademie in Düsseldorf. Es ist erstaunlich, daß er beim Anblick Ihrer Bilder einen ganz besonderen, ihm bekannten Strich zu erkennen glaubte. Ich sagte ihm, daß dies nicht möglich sei. Schließlich sind sie *meine* Entdeckung.«
Dellbrück gab Lisa die Hand und hielt sie einen Augenblick zu lange fest. »Lassen Sie es gut sein, Horck. Frau Lindemann weiß das alles. Ich habe heute morgen gesagt, daß mir der Strich bekannt vorkommt, und gefragt, ob der richtige Name der Künstlerin vielleicht Lisa Linz sei.«
»Mein richtiger Name ist heute Lisa Lindemann«, sagte Lisa distanziert. Wie war es bloß möglich? Holte die Vergangenheit einen denn immer ein?
»Also ihr kennt euch?« Horck setzte sich an einen der Tische auf der Terrasse. Die Sonne brannte erbarmungslos, selbst der Sonnenschirm gab keinen Schutz. Auch Lisa und Gregor Dellbrück setzten sich. Es war für alle gut, ein wenig Zeit zu gewinnen.
Gregor Dellbrück sah Lisa an mit dem zärtlichen Blick eines Mannes, der sich gern an früher erinnert. »Ja – wir kennen uns gut. Lisa Linz war meine Schülerin in Düsseldorf. Drei Semester lang. Sie hat dann geheiratet, und ich habe sie aus den Augen verloren. Leider, Lisa«, fügte er mit leiser Stimme hinzu, »aber ich freue mich, daß du doch weiter gemalt hast. Es gibt zu wenig Frauen mit solchem Talent – und die wenigen Frauen werden zu

wenig gefördert. Die Kunstwelt ist leider immer noch eine Männerwelt. Du kannst etwas daran ändern.«
»Verzeihung«, sagte Horck, »aber ich komme mir hier ein bißchen überflüssig vor.«
»Bleiben Sie, Herr Horck. Wir wollen über die Ausstellung sprechen. Nein? Also, was soll . . .«
In diesem Augenblick tauchte die Galeristin Gabriele auf und entführte Horck.
Fast eine Minute lang schwiegen sich Lisa und Gregor an. Gregor spielte nervös mit dem Aschenbecher auf dem Tisch.
»Du scheinst von meinem Erscheinen wenig begeistert zu sein.«
»Ich ordne meine Empfindungen, Gregor. Das ist nicht leicht.«
»Das ist kein Komplott. Ich wußte nicht, daß du es bist. Ich hatte nur so eine Vermutung, daß dieser Stil der Lisa Lindemann der Stil meiner Lisa Linz ist.«
Bei dem Wort »meiner« zuckte Lisa zusammen.
»Meine Lisa«, hatte er damals immer gesagt, und sie hatte es geglaubt. »Du bist meine Lisa«, hatte er gesagt, »und du bist das Beste, was mir in meinem Leben passiert ist.«
Er war fünfunddreißig in jenem Jahr in Düsseldorf, ein junger Professor an der Akademie, der Schwarm aller Studentinnen. Manchmal lud er seine Lieblingsschüler zu sich nach Hause ein, in das wunderbare, großräumige Haus draußen in Ratingen, und dann wimmelten seine drei kleinen Kinder um ihn herum, und seine Frau Heide war wie eine von ihnen – jung, blond, frech und so gar nicht Mutter und Frau. Heide war eine Studentin unter Studenten. Aber je öfter Lisa Gregor in seinem Haus besuchte, desto deutlicher spürte sie, daß sich Heide und Gregor nicht verstanden, ja, daß sie sich eigentlich nichts mehr zu sagen hatten.

»Ich will mich eventuell hier niederlassen«, sagte Gregor jetzt in ihre Gedanken hinein. »Ein Freund hat mir die Insel empfohlen. Das Klima, die Menschen – ich möchte mir ein Haus kaufen. Und dann hier das letzte Drittel meines Lebens verbringen.«
»Deine Frau ist damit einverstanden?«
»Ach«, sagte er lässig, »wir sind schon lange geschieden. Die Kinder sind groß und haben ihr eigenes Leben . . .«
Geschieden. Die Kinder ihr eigenes Leben.
Lisa starrte über das blaue Mittelmeer. Da kräuselten sich die Wellen, die Segelboote kreuzten. Vom Strand her kam das Gemurmel der Menschenmassen. Irgendwo spielte einer Flamenco. Geschieden. Die Kinder ihr eigenes Leben. Wie er das sagte, als wäre es selbstverständlich, ganz einfach.
»Ich möchte dich malen, Lisa«, hatte er damals zu ihr gesagt, nach einem der Studententreffen bei ihm im Haus. Einfach »du« und »Ich möchte dich malen«. Sie hatte gewußt, was das hieß. Er war berühmt für seine Frauenakte. Drei Nächte hatte sie schlecht geschlafen, sie hatte sich immer wieder gefragt, was es bedeuten würde für sie, sich vor diesem Mann auszuziehen, den sie doch heimlich verehrte. Nicht daß sie prüde war, aber es war ein Unterschied, sich am Sylter Strand auszuziehen oder im Atelier ihres Professors. Dann war sie zu ihm gegangen. Allein mit Gregor in dem großen leeren Haus. Heide war mit den Kindern für vierzehn Tage an der Nordsee. In seinem Atelier mit den riesigen schrägen Fenstern, durch die das Licht einfiel, zog sie sich hinter einem Paravent aus, sie spürte eine Gänsehaut, obwohl es warm war.
Mit dem kühlen prüfenden Blick des Malers betrachtete er sie, als sie auf einem kleinen Sofa lag.
Er stand an der Staffelei. »Du bist schön, Lisa. Wunderschön.« Das war keine Schmeichelei, das war eine Fest-

stellung. Das würde er auch in einem Gutachten schreiben: schön, wunderschön. Stempel, Unterschrift. – So empfand Lisa das in diesem Moment, und deshalb empfand sie sich auch zum ersten Mal in ihrem Leben als schön.

»Laß deine langen Haare etwas über die Brüste fallen. Ja so. Und jetzt zieh das linke Bein etwas an. Nein, warte, ich zeig's dir . . .«

Langsam, prüfend näherte er sich ihr, und sie hatte den dringenden Wunsch, sich etwas überzuziehen, irgendwas, eine Decke, ein Hemd . . .

Minutenlang stand er vor ihr, ganz nah. Er hatte das Kinn in die Hand gestützt, und sein Blick wanderte auf und ab, auf und ab, der Blick eines Liebhabers, der eine teure Vase betrachtet und sich fragt, was daran noch besser sein könnte.

Noch nie in ihrem Leben hatte sie sich so nackt gefühlt, noch nie in ihrem Leben aber auch so offen und verletztlich.

Lisa lächelte ihn an, er aber blieb ganz ernst.

Behutsam legte er eine Hand auf ihren Schenkel. Eine trockene, kühle Hand. »Dreh ihn etwas mehr nach innen.« Er bewegte langsam ihr Bein in eine andere Stellung.

War es Sehnsucht, war es Verlegenheit, auf einmal legte Lisa spontan ihre Hand auf seine Hand und hielt sie auf ihrem Schenkel fest, wortlos.

Gregor sah ihr in die Augen. »Ist es so?«

»Ja«, sagte sie, »so ist es . . .«

Dann lagen sie zusammen auf dem Boden des Ateliers, ihre Küsse wurden immer wilder. Sie spürte den rauhen Stoff seines Hemdes und zerrte an den Knöpfen. Es war zärtlich und süß und schmerzhaft und schön, und der Gedanke war fast unerträglich, daß es je enden könnte.

Und es folgten vierzehn Tage und Nächte mit Arbeit und Lust, mit zauberhaften zärtlichen Stunden. Was Lisa von der Liebe und vom Liebemachen wußte, hatte sie von ihm gelernt, all die kleinen Erlebnisse vor dieser Zeit waren ausgewischt. »Ich will dich, nur dich«, hatte er am letzten Tag gesagt, bevor Heide zurückkam. »Du bist das Beste, was mir im Leben begegnet ist.« Daran hielt sie sich – aber er hielt sich nicht daran. Eine heimliche Affäre wurde es, ein bißchen schmuddelig plötzlich, mit Griffen unter dem Tisch, wenn Heide dabei war, mit kurzen heftigen Umarmungen in ihrem kleinen Studentenzimmer, in dem sie nicht mal stöhnen durfte, weil die dünnen Wände das nicht zuließen. Und irgendwann war es zu Ende. Er konnte sich nicht scheiden lassen. Heide und die Kinder. Die Kinder und Heide. Das mußte sie doch verstehen, sie war noch jung, kaum zwanzig, ein anderer würde kommen, der viel besser ... Ach, es war das alte Lied, das neue Lied, das verlogene Lied. Gesungen vor mehr als fünfundzwanzig Jahren.

Da saß er auf der Terrasse ihres Hotels, grauhaarig, elegant, selbstsicher wie damals, und sah sie an, als läge sie wie damals nackt auf seiner Couch.

»So«, sagte Lisa kühl, »du bist also geschieden. Aber ich bin glücklich verheiratet. Und da kommt mein Mann.«

Max erschien, brummig wie immer, wenn er glaubte, Grund zur Eifersucht zu haben. Lisa machte die beiden Männer miteinander bekannt, und sie merkte schnell, daß Max unruhig wurde, als er hörte, daß seine Frau und Professor Dellbrück sich duzten. Das würde also wieder eine Auseinandersetzung geben. Aber dieser Streit wurde zunächst verschoben, weil Horck und Gabriele kamen. Sie hatten sich in den Kopf gesetzt, die große »Lisa-Lindemann-Ausstellung« ausgerechnet im Pavillon von Kroll zu machen – und Max wurde noch wütender, weil

die beiden Kunsthändler das alles schon mit Kroll abgesprochen hatten.
»Habe ich denn gar nichts mehr zu sagen? Wieso bei Kroll?«
»Ganz einfach, Herr Lindemann«, sagte Horck, »weil Kroll nun mal den besten Raum dafür hat.«
Max sah zu Lisa hin, und Lisa wußte: Ein Donnergrollen war am Horizont zu hören ...

Ewald Stronk stand auf dem Balkon seines Zimmers, als er unten vor dem Haus jemand seinen Namen hören sagte.
»Ich bringe das Auto für Ihren Gast Stronk«, sagte eine Männerstimme. »Nein, das geht schon in Ordnung. Stören Sie ihn nicht. Die Papiere kann Herr Stronk später ausfüllen, ich muß sofort wieder weg.«
Die Stimme ...
Ewald Stronk blickte nach unten und sah einen Mann von etwa vierzig Jahren, der in ein Auto einstieg. Diesen Mann kannte er nicht. Aber die Stimme kannte er. Da war er sicher. Doch woher kannte er diese Stimme? Er war zum ersten Mal auf Mallorca, dies war sein erster Tag. Woher sollte er die Stimme eines Autoverleihers auf Mallorca kennen?
Es beschäftigte Stronk den ganzen Tag. Am Strand, beim Essen. Gerda fragte ihn, weshalb er so abwesend sei, er sagte es seiner Frau, und sie hielt ihn für übergeschnappt. »Eine Stimme, Ewald. Hörst du Stimmen?« Aber er war sicher, daß irgendwo in seinem Hirn nur der richtige Kontakt gelegt werden mußte. Und dann auf einmal zündete es. Sie saßen am Strand, er aß gerade eine Banane. Ein kleiner deutscher Junge lief vorbei und schrie: »Guck mal, ich hab hier einen Teil von einem Computer gefunden. Ganz verrostet.«
Computer. Geld. Darlehen. Nicht zurückgezahlt. Feller.

Klaus Feller. Das waren die Assoziationen, die durch Stronks Kopf schossen. Er klatschte seiner Frau auf die Schulter, daß sie erschrocken herumfuhr.
»Ich weiß jetzt, wem die Stimme gehört.«
»Na, wem schon?«
»Klaus Feller. Dem Computer-Typ aus Düsseldorf. Ich hab ihm damals 5000 Mark geliehen, und der Kerl hat sie nie zurückgezahlt.«
Gerda legte sich wieder hin. »Der ist tot. Bootsunfall in der Biskaya.«
»Aber die Leiche haben sie nie gefunden.«
»Das Meer ist tief.«
Stronk blickte zu dem Strandkiosk der Lindemanns. Da stand Max Lindemann, der gerade bei seinem Sohn Manni eine Ladung Getränke abgeliefert hatte. Der mußte mehr wissen, dachte Stronk. Die Stimme jedenfalls ging ihm nicht mehr aus dem Kopf.
»Gerda, ich geh der Sache nach. Ich frag mal die Lindemanns, wem die Stimme gehört.«
Manni räumte gerade die Flaschen in die Regale, als Stronk sich über die Theke lehnte. »Herr Lindemann, wer war der Mann, der meinen Mietwagen gebracht hat?«
»Kuhn, heißt der, Harald Kuhn. Er ist der Chef der Firma. Wir arbeiten viel mit ihm zusammen. Die deutschen Kunden lieben es, wenn so jemand deutsch spricht.«
»Ich kenne die Stimme«, sagte Stronk. »Aber die Stimme gehört zu einem Mann namens Feller. Klaus Feller aus Düsseldorf. Wie lange ist denn dieser Kuhn schon auf der Insel?«
»Zwei Jahre. Was wollen Sie denn von Herrn Kuhn?«
»Eine alte Rechnung. Unter uns gesagt, das ist nicht Kuhn, das ist Feller. Ein Betrüger.«
Max lachte ihn aus. »Ich glaube, Sie irren sich, Herr

Stronk. Aber bitte, überzeugen sie sich selber.« Er beschrieb ihm den Weg.
Kaum war Stronk gegangen, sagte Manni zu seinem Vater: »Ich muß mal eben telefonieren. Kannst du solange auf den Kiosk aufpassen?«

Wie immer um die Mittagszeit hatte Frank Lindemann seinen Rollstuhl in der einsamen Bucht hinter den Felsen geparkt. Er war mit dem Spezialauto hierhergekommen, um zu schwimmen. Mühsam hatte er sich aus dem Rollstuhl auf seine Krücken geschwungen und war zum Meer gehumpelt. Nur im Wasser war er König. Da konnte er sich bewegen, als wäre er gesund. Seine Arme übernahmen die Arbeit für die gelähmten Beine, das Wasser trug ihn.
Langsam ließ er sich nach einer halben Stunde zum Strand hin treiben. Eine Minute lang lag er erschöpft am Rand und ließ sich von den kleinen Wellen bedecken.
Als er hochsah, stand da Nathalie.
»Wartest du vielleicht auf mich?« fragte Frank.
»Ja. Ich hab dich gesucht. Ich hab das Gefühl, daß du mir ausweichst. Du mußt mich doch gesehen haben.«
»Kann sein«, sagte Frank lakonisch. Sie sah süß aus in ihren knappen Bluejeans und der weißen Bluse, den obersten Knopf offen. Ihre Haare waren etwas länger: kein Igel mehr, eher eine Angorakatze. Das rührte ihn. Aber er wollte kein Mitleid. Wieso hatte sie sechs Jahre nichts von sich hören lassen und tauchte jetzt plötzlich wieder auf.
Sie setzte sich neben ihn in den Sand. »Ich will dir etwas sagen. Ich habe das nicht gewußt. Als ich damals wegfuhr, hat man mir gesagt, du hättest eine Rückenprellung und eine Gehirnerschütterung. Ich hab mich daran schuldig gefühlt, aber ich wußte nicht, daß es so schlimm ist.«

»Es ist nicht schlimm. Es ist eben das Leben. Damit sollten wir das Thema beenden.«
Mühsam stand er auf, indem er sich an seinen Krücken hochangelte. Als Nathalie ihm helfen wollte, machte er eine unwillige Bewegung. Sie wollte seinen Rollstuhl schieben, er ließ es nicht zu.
»Magst du mich nicht mehr?«
»Das war doch Kinderkram. Kälbchenliebe. Vergiß es. Genieß deinen Urlaub und laß mich in Ruhe.«
Nathalie blieb stehen. Sie wandte sich zum Meer hin und starrte stumm auf die Wellen.
»Himmel noch mal«, sagte Frank, »sei doch nicht beleidigt. So war das nicht gemeint. Ich mag das nur nicht, wenn man zuviel von diesem Scheißunfall redet und von meinem Zustand. Ich brauche kein Mitleid und keine Krankenschwester, die meinen Rollstuhl schiebt. Deshalb habe ich einen Motor dran und ein paar Krücken. Kapiert?«
»Ich habe verstanden.«
Sie blieb einfach am Meer stehen und ließ die Wellen über ihre Füße schwappen.

Immer seltener wurden die Abende, an denen Lisa und Max zusammen in ihrem Ehebett lagen. Hoteliersschicksal. Aber heute war es um Mitternacht endlich wieder einmal soweit. Immer hatten sie die Gespräche vor dem Schlafengehen genossen, in denen sie alles noch mal »auf die Reihe brachten«. Und so oft hatten sich aus diesen Gesprächen dann zärtliche Umarmungen entwickelt.
Lisa legte das Buch weg, in dem sie gelesen hatte. »Hoffentlich bekommen wir auch die Baugenehmigung.« Max schaute nur kurz und unwillig von seiner Zeitung auf. »Für die Tennisplätze meine ich.« Keine Antwort von Max. »Weil wir das Terrain doch nur gepachtet haben.«

»Weiß ich.« Kaum mehr als ein Brummen.
»Willst du nicht mit mir reden?«
»So ist es.«
»Und hat das einen Grund?«
Einen Augenblick lang zögerte Max, dann zerknüllte er plötzlich wütend die Zeitung und warf sie neben das Bett.
»Jawohl, das will ich dir sagen. Dies alles wird mir langsam zuviel. Es ist der reinste Belagerungszustand: Carlos und Horck und Gabriele und dieser Freund von Horck, dieser, dieser ...«
»Gregor.«
»Ha – Gregor. Man nennt sich beim Vornamen, man duzt sich, was soll ich eigentlich davon halten? Aber lassen wir das erst mal. Alles dreht sich um *deine* Bilder, *deine* Ausstellung, *deine* Preise. Sag doch gleich, du wirst jetzt hauptberuflich Malerin. Du kurvst dann mit dem Jet um die Welt, palaverst in London, Paris und New York und schickst mir von überall her Ansichtskarten. Wenn meine Gäste mich fragen, wo meine Frau ist, dann sage ich: Ich weiß es nicht genau, aber ich glaube –«, er blickte demonstrativ auf seine Armbanduhr – »daß sie um diese Zeit gerade eine Pressekonferenz in Philadelphia gibt. Ja, wußten Sie nicht, daß meine Frau jetzt eine große Künstlerin ist. Für ein Bild kriegt sie jetzt schon zehntausend Dollar ...«
»Bei dem schlechten Kurs auch nicht sehr viel«, sagte Lisa lachend.
»Mir steht nicht der Sinn nach Scherzen, Lisa. Ich meine es ernst. Und jetzt: Wer ist dieser Dellbrück? Dein neuer Liebhaber nach Carlos, Horck ...«
»Mach dich doch nicht lächerlich, Max. Du weißt genau, daß ich keinen Liebhaber habe. Dellbrück kenne ich von früher.«
»Dann hast du zuerst gelogen, als du ihn sahst.«

»Ich war mir nicht sicher.«
Zweifelnd blickte er sie an. Hoffentlich fragt er nicht weiter, dachte sie ängstlich. Ich kann so schlecht lügen, und Max habe ich noch nie belogen, na ja, nie ist übertrieben, aber selten, und niemals, wenn es um was Wichtiges ging.
»Ich habe noch nicht ja gesagt zu der Ausstellung, Max. Mir wird das auch zuviel, ich fühle mich überfordert. Am liebsten würde ich sie alle nicht mehr sehen. Und dann diese Ausstellung bei Kroll – das ist doch Wahnsinn. Ich werde absagen und meine Bilder wieder auf den Dachboden stellen. So!«
Triumphierend sah sie ihn an. Aber Max war damit keineswegs einverstanden. »Und ich bin dann daran schuld, ja? Das könnte dir so passen. Du wirfst es mir dann in alle Ewigkeit vor, daß ich deine Karriere kaputtgemacht habe. Nein, meine Liebe, mach es ruhig, dann werden wir sehen. Stell ruhig aus bei Kroll. Was ändert das schon? Manni und Sarah haben ja auch einen Narren aneinander gefressen. Ich höre schon die Hochzeitsglocken läuten. Kroll und ich werden dicke Freunde und umarmen uns an der Wiege unserer Enkelkinder – und die Taufe wird gefeiert im KROLL-HOTEL PARADIES. Und Kroll wird zu mir sagen: ›Max, weiß du noch die lustigen Tage, als ich die Fleischlieferungen boykottiert und deinen Wasseranschluß abgekniffen habe, und als dein Schwimmbad so herrlich geschäumt hat . . .‹ «
Lächelnd sah Lisa ihn an. So liebte sie ihn, mit seinem Temperament, seiner Phantasie, seiner Überschwenglichkeit. Sanft strich sie ihm über das schütter werdende Haar.
»Und was wäre eigentlich so schrecklich an dieser Prophezeiung? Ein bißchen Friede kann doch niemandem schaden.«

»Ach, Lisa«, sagte er leise und legte seinen Kopf auf ihre Brust. Wie ein Kind, das Hilfe bei der Mutter sucht. Männer, dachte Lisa, sie sind so stark und so schwach, und wenn es hart auf hart kommt, dann müssen wir Frauen stark sein. Aber es war auch gut so. Diese Ehe, die nun ein Vierteljahrhundert dauerte, war immer noch gut. Diese Ehe bewirkte, daß sie wußte, was folgen würde, wenn er seinen Kopf auf ihre Brust legte. Sie wollte es auch, es war schon so lange her. Ihre Arme schlossen sich um ihn, sie streichelte seinen Rücken, und ohne Worte glitten sie nach einer Weile ineinander. Ich kenne ihn, er kennt mich, man weiß, was der andere will, und auch das kann schön sein, nicht aufregend wie ganz früher mal, aber schön und befriedigend auf eigene Weise. Wenn mein Atem schneller geht, weiß er, wo er hinfassen muß, wenn sein Atem schneller geht, weiß ich, wie ich mich bewegen muß. Schön. Nicht aufregend. Einfach nur schön und satt und lieb. Ja. Ja doch. Komm.
Aber zum ersten Mal nach so vielen Jahren war da plötzlich die Erinnerung an ein junges nacktes Mädchen mit einem wilden schnurrbärtigen Mann auf dem Teppich eines Ateliers in Düsseldorf. Schieb es weg, Lisa, schieb es weit weg.
Aber es ließ sich nicht wegschieben.
Das haben Phantasien nun mal so an sich, dachte sie.

Harald Kuhn legte den Hörer auf die Gabel und sah auf die Uhr. Es war jetzt vier Uhr nachmittags. Wenn Bianca ihm schnell einen Koffer packen würde, könnte er die Fähre um fünf noch kriegen. Bleich saß er neben dem Telefon, seine Hände zitterten. Der Anruf von Manni hatte ihm klargemacht: Wieder einmal hatte ihn die Vergangenheit eingeholt, diese Vergangenheit, die er verdrängen und vergessen wollte.

Bianca kam vom Werkplatz herein.
»Was ist denn mit dir los, Harald?«
»Pack einen Koffer, Bianca, ich muß sofort weg. Jemand ist mir auf der Spur. Ich will nicht Jahre im Knast verbringen ...«
»Du kannst nicht immer weglaufen, Harald. Bleib hier und löse irgendwie die Probleme.«
»Du hast gut reden, dir geht's nicht an den Kragen.«
»Ich liebe dich, und ich brauche dich. Ich mach mir genauso Sorgen um dich. Wenn du flüchtest, werde ich dich verlieren. Also bleib, bitte ...«
»Pack einen Koffer. Schnell.«
Aber es war schon zu spät. Durchs Fenster sah er, wie der Wagen mit Stronk sich näherte. Er blieb außerhalb des Grundstücks stehen. Stronk stieg aus. Langsam ging er auf die Wellblechbaracke zu.
Bianca und Harald saßen im Büro wie erstarrt.
Stronk betrat das Büro, er sah aus wie ein ganz gewöhnlicher deutscher Tourist. Bunte Hosen, Lacoste-Hemd, das sich über seinem Bierbauch spannte. Aber ein gefährliches Grinsen auf seinem Gesicht.
»Alle Achtung, Klaus Feller. Ich kann Ihrem Gesichtschirurgen nur gratulieren. Aber eine Stimme läßt sich ja wohl nicht operieren. Jetzt möchten Sie mich am liebsten umbringen, nicht wahr, mein Freund?« Und als Kuhn nicht antwortete: »Aber ich habe vorgesorgt. Meine Frau wartet draußen im Auto. Und Herr Lindemann weiß, daß ich hier bin.«
»Okay«, sagte Kuhn. »Es ist aus. Sie haben mich erwischt, Stronk.«
»Immer langsam, Feller. Natürlich wollte ich gleich die Polizei alarmieren. Aber dann habe ich zu meiner Frau gesagt: Was haben wir davon, wenn er eingesperrt wird? Kriegen wir davon unser Geld zurück – fünftausend Märkerchen?«

»Ich konnte doch nicht zahlen, Stronk. Ich war ja gewissermaßen tot.« Seine Stimme klang jetzt jämmerlich.
»Aber jetzt können Sie zahlen?«
»Natürlich, mein Geschäft läuft.«
»Und die Versicherung hat gezahlt, nehme ich an. Mit Versicherungen habe ich es nicht so, die haben mich beschissen, als mein Lager abgebrannt ist. Aber Sie zahlen jetzt? Alles? Mit Zinsen? Sagen wir, zehn Prozent für zwei Jahre, macht sechstausend?«
»Morgen können Sie das Geld holen.« Kuhn zeigte seine Erleichterung so deutlich, daß Stronk sofort nachhakte.
»Und jedes Jahr, wenn ich mit meiner Frau hier bin, einen Leihwagen, kostenlos. Einverstanden?«
»Einverstanden.« Harald Kuhn reichte Stronk die Hand. Der schlug ein, zog seine Hand aber ganz schnell zurück und verabschiedete sich.
Kuhn umarmte Bianca stürmisch. »Wir sind gerettet. Der geht nicht zur Polente. Wäre ja auch blöd.«
Zweifelnd blickte sie ihn an. »Mir gefällt das nicht, aber wenn du meinst . . .«

Nathalie sprach mit Frank nicht über das Erlebnis in der Duschkabine, und sie hatte eine große Scheu davor, daß er die Szene erwähnen könnte. Sie war ihm dankbar, daß auch er nicht daran rührte. Kinderkram hatte er gesagt – und doch war es in ihren Erinnerungen mehr gewesen: die erste Liebe. Das erste sexuelle Erlebnis. Unvergeßlich. Aber sie war jetzt oft mit Frank zusammen. Er hatte sich an ihre Gegenwart gewöhnt. Manchmal schimpfte er sie noch »Krankenschwester«, dann verschwand sie still. Aber am nächsten Tag fragte sie ihn wieder, ob er nicht mit ihr schwimmen gehen wolle.
»Gehen«, sagte er höhnisch. »Du meinst humpeln.«
»Entschuldige.«

»Ist schon gut.«
Ganz langsam wurden sie zu einer Art Kumpel. Vater Reizenstain sah das nicht gern, mit einem Gelähmten sollte sich seine Tochter nicht abgeben, die hatte »was Besseres« verdient. Sie stritt sich so darüber mit ihrem Vater, daß sie tagelang nicht mehr miteinander sprachen. Ihre Mutter hatte mehr Verständnis, aber die äußerte ihre Sorge, daß Nathalie mit Frank nur aus einem Schuldgefühl heraus so oft zusammen war. Liebe, meinte sie, darf niemals auf Schuldgefühlen basieren, das kann nicht gelingen.
Aber Schuldgefühle waren es nicht, die Nathalie empfand. Frank war bei aller Widerborstigkeit ein lieber Junge.
Und dann hatte sie ihn endlich überredet, mit ihr zusammen eine Fahrt mit dem Segelboot zu machen.
Es war ein windstiller Tag. Schlapp hingen die Segel. Das Boot machte wenig Fahrt.
Frank am Ruder spielte mit den Segeltauen. Wenn er da so saß, dachte Nathalie, mit seinem schmalen Jungengesicht und den großen blauen Augen, diesem muskulösen Jungenkörper, dann wirkte er so gesund. Man konnte denken, daß er jeden Augenblick aufspringen würde.
»Darf ich dich mal was fragen, Frank?«
»Natürlich. Du darfst alles fragen.«
»Ich weiß, daß du nicht gern darüber sprichst, aber ist denn wirklich alles versucht worden mit deinen Beinen?«
»Ich kann die Ärzte schon nicht mehr zählen, die alle den Kopf geschüttelt haben.«
»Vielleicht war es gerade einer zuwenig.«
Ein Schatten zog über sein Gesicht. »Mach dir keine Hoffnungen, Nathalie. Ich mache mir auch keine. Ich komme zurecht mit meinen Beinen, so wie sie jetzt sind. Wenn du dir eine dauerhafte Beziehung nur mit einem

vollwertigen Menschen vorstellen kannst – dann laß es besser gleich bleiben.«
Sie schwieg tief getroffen. War es wirklich so schwer, über dieses Thema zu sprechen, ohne gleich die Gefühle zu verletzen.
»Aber Frank«, sagte sie nach einer Weile, »so habe ich das doch nicht gemeint, daß weißt du auch sehr gut. Ich will dir doch nur helfen.«
»Jawohl, Schwester Nathalie, das habe ich verstanden. Wenn du mir helfen willst, dann schlag dir das aus dem Kopf. Mach Urlaub und zerbrich dir nicht das Hirn über den Zustand meiner Beine . . .«
Nathalie sprang auf und hielt sich am Mast fest. Von dort aus schrie sie ihn an: »Dein Zustand gibt dir nicht das Recht, so ekelhaft zu mir zu sein. Mensch, Junge, stoß mich doch nicht zurück . . .«
Tränen der Wut liefen ihr übers Gesicht.
Frank reichte ihr die Hand und zog sie neben sich auf die kleine Bank am Ruder. Er legte ihr den Arm um die Schultern. »Ich will doch nur, daß du keine Schuldgefühle hast. Ich hab den Sprung gemacht und niemand anders . . .«
Also erinnerte er sich genauso wie sie an die Szene in der Dusche. Es war ihr schrecklich peinlich, jetzt war es also heraus. Sie starrte ihn an. »Glaubst du etwa, daß ich nur aus Schuldgefühlen heraus frage? Glaubst du das etwa?«
Jetzt brach es aus ihr heraus, sie schluchzte.
»Nein, nein«, sagte er tröstend, »entschuldige bitte, aber ich wittere immer hinter allem irgendwas. Ich hab' dir weh getan. Bitte verzeih.«
Er nahm sie in die Arme, und sie schmiegte sich an ihn. Unter Tränen sah sie zu ihm hoch und küßte ihn.

Die wilden Jahre waren lang vorbei bei Alma und Günther Happig. Deshalb hatten sie auch dieses Jahr wieder wie schon oft das HOTEL PARADIES als Urlaubsdomizil gewählt. Ein besonders gepflegtes und ruhiges Hotel, das für Leute über Fünfzig ideal war. Alma hatte nach der Ankunft ihre Freundin Lisa Lindemann herzlich in die Arme geschlossen – besser wäre es zu sagen: ›an ihren Busen gedrückt‹, denn der war stattlich.

»Gibst du uns wieder dieses herrlich stille Zimmer wie letztes Jahr?«

»Natürlich«, hatte Lisa gesagt, »und zwei Kissen und eine extra Matte im Badezimmer. Das Medizinschränkchen haben wir schon im Bad aufgehängt, wie immer . . .«

»Daß die sich nach einem Jahr so genau an unsere Wünsche erinnern«, hatte Alma zu Günther gesagt, während sie ihr Zimmer bezogen.

»Ach was«, hatte er gemurmelt, »die schreiben so was doch einfach auf und geben dann damit an. Du fällst auch auf alles rein.«

Es war die Stunde vor dem Abendessen, sie legten sich beide aufs Bett und wollten ein bißchen lesen und ruhen.

»Ein nettes junges Paar, unsere Nachbarn«, sagte Alma. Sie hatten diese Nachbarn auf dem Gang getroffen, und die beiden hatten sich artig vorgestellt – einfach mit den Vornamen, das war ja wohl bei jüngeren Leuten heute so üblich. Die hatten es besser als ihre Generation. Lucie und Lutz. Sie wohl noch keine dreißig, schlank, mit feuerroten Haaren, er ein typischer Yuppie, offenes Hemd, lässige Jacke; Haare, die nur mit der Hand gekämmt waren. Solche Sachen fielen Alma immer auf.

»Und so verliebt wie die waren«, sagte Alma.

Immer hoffte Alma, daß Günther sich durch verliebte Paare ein bißchen anregen lassen würde. Ein paar erotische Geräusche aus dem Nebenzimmer konnten nicht schaden, das sollte bei manchen älteren Männern Wunder wirken. Man war ja dankbar für jede Kleinigkeit, schließlich gehörte man als Frau in ihrem Alter noch lange nicht zum alten Eisen.

Alma warf einen mißgünstigen Blick auf Günther. Der las und ließ sich nicht stören.

Von drüben kamen Stimmen.

Zuerst konnte Alma nur hören, daß da etwas im Gange war, was nicht nach dem Dialog eines verliebten Paares klang.

Dann schrie eine Frau.

Dann schrie ein Mann: »Laß mich in Ruhe, verdammt noch mal.«

Und jetzt konnte sie auch die Frau verstehen, die rief keifend: »Ja ja, jetzt willst du wieder deine Ruhe. Immer wenn ich dich etwas frage, dann soll ich still sein. Behandelt man so die Mutter seiner Kinder?«

»Meine Kinder – o Gott – meine Kinder, sagst du. Sind das denn meine Kinder, du dreckige Schlampe? Hoffentlich weißt du wenigstens selber, von wem die Kinder sind.«

Alma tippte Günther auf die Schulter. »Hörst du das? Die sind wohl doch nicht so nett.«

»Hm.«

»Die schmeißen sich ja Sachen an den Kopf, das gibt's doch gar nicht.«

Alma stand vom Bett auf und lehnte sich gegen die Wand zum Nachbarzimmer. Als Günther mit der Zeitung zu laut raschelte, bedeutete sie ihm, still zu sein.

Da kamen schon wieder die Stimmen.

»Hör mit dem Geflenne auf.« Das war der Mann. Alma hörte ersticktes Schluchzen, das anschwoll und in ein lautes Gewimmer überging.

»Ich bring dich um, wenn du nicht augenblicklich still

bist. Das hören doch die Nachbarn, dann gibt's wieder Gerede.«
»Und ob das die Nachbarn hören«, sagte Alma. »Günther, hast du das mitgekriegt. Der will sie umbringen.«
»Wird sich schon wieder beruhigen«, sagte Günther.
Ein Schrei aus einer Frauenkehle.
»Du Mistkerl, du verfluchter. Dann tu's doch endlich. Tu's doch, stich doch zu, worauf wartest du noch? Alles ist besser als dieses Leben mit dir . . .«
Danach ein Poltern. Und dann Stille.
»Günther, Günther«, sagte Alma im Flüsterton, »jetzt hat er sie ermordet. Wir müssen das sofort den Lindemanns melden.«
»Misch dich nicht in alles ein, Alma. So hast du auch die Kinder aus dem Haus gejagt. Ich will hier wieder herkommen können.«
Aufgeregt rannte Alma zum Balkon, schaute hinaus, versuchte, um die Ecke ins Nachbarzimmer zu linsen – wo war die Leiche, was würde der Mann mit der toten Frau anfangen?
Und dann sah sie die beiden. Das junge Paar, Lucie und Lutz, trat auf den Balkon hinaus, innig umarmt.
»Günther, komm schnell her – du traust deinen Augen nicht.«
Und als er widerwillig sich von seinem Bett erhob und zu ihr hinauskam, flüsterte sie: »Guck nicht direkt hin, nicht so auffällig, aber sieh dir das an: Jetzt spielen sie uns was vor, weil sie denken, wir haben das gehört. Jetzt demonstrieren sie uns heile Ehe – ich sage dir, Günther, das gibt eine Katastrophe . . .«
Und nach einer langen dürren Zeit war Alma zum ersten Mal wieder richtig glücklich.

Die Familie Lindemann saß stumm um den Eßtisch

herum. Es herrschte eine gespannte Stimmung. Das Essen stand auf dem Tisch, aber alle warteten.
»Können wir endlich anfangen?« fragte Max. »Ich muß mich gleich wieder um die Gäste kümmern. Wir haben ein Geburtstagsfest und eine silberne Hochzeit. Warum kommt mein Vater nicht?«
Der segelte gerade herein, mit einem Lied auf den Lippen: *Yesterday, all my troubles seemed so far away . . .*
»Ist gerade in seiner Beatles-Periode«, sagte Manni.
Frank legte den Finger auf den Mund. »Pst, es steht schon in der Bibel, daß man seinen Großvater nicht lächerlich machen darf.«
»Kommst du jetzt essen, Opa?« Das war Max Lindemann.
»Heute«, sagte Opa, »kannst du mich nicht beleidigen, auch wenn ich nicht dein Opa bin, sondern dein Vater. Ich esse nicht mit euch, ich packe meinen Koffer und suche den Flugplan. Ich fliege nämlich morgen nach Hamburg.«
»Was willst du denn in Hamburg, Vater?«
Manni grinste. »Vielleicht zu deiner Mama, Mama?«
Albert Lindemann blieb stehen. Seine weißen Haare rund um den Kopf standen widerborstig ab. Er lachte: »Mitten ins Schwarze, mein Junge. Ich fliege nach Hamburg, um mir ein paar schöne Tage zu machen – mit meiner Freundin Sabine Linz. Das ist nämlich eine Frau, und nicht nur eure Oma. Und die wartet auf einen Mann wie mich. Sie hat mir ein Telegramm geschickt, und ich eile. So ist das.«
Max nahm einen Schluck Rotwein. »Wie lange willst du denn bleiben?«
»Solange ich Lust habe.«
»Also höchstens fünf Minuten. Nach fünf Minuten habt ihr doch den ersten Krach miteinander.«
»Irrtum. Wir haben uns wunderbare Briefe geschrieben und alle Vorurteile ausgeräumt. Jetzt wollen wir die Vor-

urteile in Urteile verwandeln. Und wie das Urteil aussehen wird, wissen wir schon ungefähr.«
Wieder begann er zu singen: »Love, Love, Love...« Dann ging er, mit dem Flugplan winkend, aus dem Zimmer.
Max lehnte sich zurück. »Wie schrecklich. Ich weiß nicht, was ich dazu sagen soll. Der wird doch nicht etwa auf seine alten Tage – und dann mit deiner Mutter, Lisa? Hast du das gewußt. Aber selbst wenn du es gewußt hättest, du hättest mir das doch verschwiegen, alte Kupplerin. Nein, als Vater ist der Mann ja schon schwer zu ertragen – aber dann auch noch als Schwiegervater?«

Der erste Ausflug über die Insel ermüdete Günther Happig schnell. Nach einer Stunde bereits wollte er sich gegen den Widerstand seiner wanderlustigen Alma auf einer Decke auf einem kleinen Felsplateau niederlassen.
»Wenn du Pfunde loswerden willst, mußt du mehr laufen, Günther«, sagte Alma spitz und tätschelte seinen Bauch.
»Ich will mich erholen, damit ich wieder fit fürs Geschäft werde. Pfunde kann ich auch zu Hause loswerden.«
Im Gegenlicht sah Alma weit hinten ein Paar laufen, das offenbar auf der Suche nach einem stillen Plätzchen war. Als sie näher kamen, stieß Alma ihren Mann an. Das waren doch die zwei von nebenan? Jawohl. Das waren sie. Lucie und Lutz verschwanden in einer Senke und waren nicht mehr zu sehen. Alma legte sich zurück und ließ sich die Sonne ins Gesicht brennen. Sie versuchte, sich ein Bild von diesen zwei jungen Menschen zu machen: waren sie überhaupt verheiratet, und wie

lange? Alma phantasierte: Vielleicht war die Frau eine reiche Erbin, die er nur wegen des Geldes geheiratet hatte, eine Art Tina Onassis, die schon Kinder aus erster Ehe hatte und jetzt auf diesen Lutz hereingefallen war, der sie in den Wahnsinn treiben wollte, oder umbrachte, damit er endlich an ihr Geld herankommen würde. Alle Filme dieser Art ließ Alma in ihrem Hirn abspulen, aber dann wurde sie in ihren Gedanken unterbrochen.

Aus der Gegend, in der die beiden verschwunden waren, hörte sie laute Worte. Nicht zu verstehen, aber eindeutig ein Streit.

Günther schien zu schlafen.

Sie weckte ihn roh auf: »Hör doch mal, die zanken sich schon wieder.«

»Wenn's ihnen Spaß macht.« Günther war mürrisch.

»Das ist kein Spaß«, sagte Alma. »Hör dir das doch an.«

Ein Wort war zu verstehen: »Hure«, und dann: »Du gemeine Hure«, und dann: »Du glaubst, mit deinem Geld kannst du mich kaufen?«

Alma spitzte die Ohren, aber da drüben war es jetzt still. Es war wie die Stille vor dem Sturm.

»Günther, wir müssen etwas tun. Die arme Frau wird doch bedroht.«

»Alma, dieser Urlaub ist nicht zuletzt deshalb so schön, weil wir unsere zänkischen Nachbarn zu Hause lassen konnten. Nun kümmere dich bitte nicht um diese Nachbarn, ja?«

In dieser Sekunde schrie jemand fürchterlich.

Ein langgezogener, spitzer schriller Schrei, der Alma und Günther durch Mark und Bein ging.

Alma erstarrte. Sie packte Günthers Arm und klammerte sich daran fest. »Jetzt hat er sie umgebracht. Wir müssen nachschauen.«

Sie gingen um den Felsen herum in die Richtung, aus der der Schrei gekommen war, aber sie konnten nichts entdecken.
Hier war ein Tälchen hinter dem anderen, und hinter jedem Felsen, jeder Düne konnte die tote Frau liegen.
»Wir müssen die Polizei informieren.«
»Mach dich nicht lächerlich, Alma. Ein Mord ohne Leiche – das sind doch alles nur Vermutungen.«
»Heute abend werden wir ja sehen, wer recht hat.«

Noch einmal jung sein, noch einmal das Leben und die Liebe so unbeschwert genießen, wie es ihre Söhne taten. Lisa Lindemann stand am Fenster des Büros und schaute nach draußen. Da saß Frank in seinem Rollstuhl, Nathalie halb auf seinem Schoß, und Lisas Herz krampfte sich zusammen bei der Vorstellung, daß auch Nathalie ihren verletzlichen Sohn enttäuschen könnte. Das ist so, wenn man älter wird: Immer sieht man das Ende einer Beziehung, während die jungen Leute in den Tag hineinleben. Auf seinem Motorrad kam Manni, hinten drauf Sarah, nackt die langen braunen Beine, die Arme um Mannis Hüften geschlungen, den Kopf auf seiner Schulter – welch ein Bild. Die vier jungen Leute alberten miteinander, lachende Jugend.
Lisa wollte gerade zu ihnen hinausgehen, als es an der Tür klopfte.
Es war Gregor.
»Carlos sagte mir, daß du hier bist.«
»Möchtest du etwas trinken? Kaffee, Cognac?« Ganz die Gastgeberin, ganz im Dienst.
»Ich möchte gern ein Zimmer, Lisa. Carlos hat mir zwar gesagt, daß alles belegt ist, aber vielleicht ...«
»Es ist besser, du wohnst bei Kroll. Dann bist du auch näher bei der Ausstellung.«

»Wegen deines Mannes?«
Lisa zögerte. Sie wollte Gregor nicht in ihre Probleme hineinziehen, aber auf der anderen Seite war er ein Teil dieser Probleme. Sie hatte Max gesagt, daß Gregor der Mann vor ihm gewesen war, sie hatte es ihm bröckchenweise zu verstehen gegeben, und sofort war sein Mißtrauen wieder erwacht. Diese ewige Eifersucht! Minderwertigkeitskomplexe hatten Max immer belastet, jetzt verglich er sich, den kleinen Hotelier, mit dem großen Kunstprofessor und fürchtete, der Mann werde ihm seine Frau wegnehmen – es war zum Verzweifeln.
»Ja«, sagte Lisa, »wenn du es genau wissen willst. Er ist sowieso schon eifersüchtig und ängstlich, weil ich Erfolg mit der Malerei habe, jetzt weiß er auch, daß wir beide früher mal – du weißt, was ich meine. Gregor, ich habe schließlich auch ein Hotel geheiratet. Max und Carlos könnten es zwar auch allein schaffen, aber Max rebelliert. Gegen alles. Gegen mich, gegen Horck, gegen Carlos und gegen Gabriele. Und gegen dich. Er weiß, daß ich dich einmal geliebt habe. Er weiß auch, daß ich mich danach verbissen in ein anderes, ein neues Leben gestürzt habe – und nun fühlt er sich betrogen. In seinen Augen entwertet das unsere Ehe. Er glaubt, ich hätte ihn nur genommen, weil ich dich nicht bekommen habe.«
Sie standen nebeneinander, und Gregor legte einen Arm um ihre Schultern. »Ich bin damals auch nur bei meiner Frau geblieben, weil du mich verlassen hast.«
Schnell entwand sie sich dem Griff dieses Mannes. Sie blickte ihn erstaunt und verwirrt an. Konnte ein Mann so die Wahrheit verdrängen, war das möglich, oder log er bewußt?
»Daran wollen wir lieber nicht mehr rühren. Gregor. Wie immer das damals war, über die Leidenschaften und Verwicklungen, die man mit zwanzig erlebt hat, kann

man mit fünfundvierzig nur noch mit milder Nachsicht lächeln.« Sie wußte, daß dies nicht ehrlich war, sie ahnte, daß auch er das wußte.
»Ich kann das nicht so sehen«, sagte Gregor. »Was wir erlebt haben, will ich nicht nachträglich abwerten. Es war groß, und es war wichtig.«
»Ich werte es nicht ab, Gregor. Es spielt nur keine Rolle mehr in meinem Leben. Es darf auch keine Rolle mehr spielen.«
»Nein?«
»Nein.«
»Ich habe es befürchtet«, sagte Gregor traurig. »Und trotzdem tut es weh, wenn ich es höre.«
»Bitte geh' jetzt. Wir sehen uns spätestens bei der Eröffnung der Ausstellung bei Kroll.«
Gregor Dellbrück nahm ihre beiden Hände und küßte sie. Es war wie ein Abschied von der Vergangenheit.

Im großen Speisesaal warteten Alma und Günther Happig gespannt darauf, ob das junge Paar Lucie und Lutz auftauchte. Alma behielt den Tisch im Auge. Zehn Minuten nach Beginn des Essens betrat Lutz den Speisesaal. Freundlich grüßend ging er durch die Reihen der Tische.
»Sieht so ein Mörder aus?« fragte Günther.
»Mörder sehen nicht wie Mörder aus. Wo ist denn die liebe Lucie? Warum kommt denn der Lutz allein? Günther, wir gehen jetzt sofort zu Herrn Lindemann und sagen ihm alles. Dann kann er entscheiden.«
Max und Carlos Riedmann standen am Empfang und sahen sich die neuen Eintragungen in den Gästebüchern an, als die beiden Amateurdetektive erschienen.
»Sag, was du zu sagen hast, Alma.«
»Nein, sag du's – das ist Männersache.«
Günther Happig holte tief Luft. »Verzeihung, wenn wir

stören, aber Sie müssen wahrscheinlich die Polizei informieren.«

»Im Himmels willen«, sagte Max, »sind Sie etwa bestohlen worden?«

»Nein, nein«, sagte Happig. Und sie berichteten – wie das Ehepaare so an sich haben, die eine Geschichte erzählen, sich gegenseitig unentwegt unterbrechend und berichtigend – von den Drohungen, die sie gehört hatten, und von dem Todesschrei, von dem plötzlich einsamen Lutz.

Max und Carlos sahen sich zweifelnd an. Sie schauten nach Lutz, der gerade wieder freundlich lächelnd durch die Halle ging, sich in eine Ecke setzte und Zeitung las.

Max flüsterte: »Meinen Sie nicht, daß es auch ein anderer Schrei gewesen sein könnte? Sie verstehen, was ich meine? Ich meine – das Gegenteil eines Todesschreis . . .«

»Ein Lustschrei«, erklärte Carlos trocken.

Jetzt war Günther Happig gefordert, man zweifelte also an den Worten seiner Frau, das ging zu weit.

»Zwischen diesen beiden Menschen herrscht Haß bis aufs Blut. Da ist jeder Zweifel ausgeschlossen. Wir sind sicher, daß dieser Mann seine Frau von einem Felsen ins Meer gestoßen hat.«

In diesem Augenblick bewegte sich die Drehtür und wirbelte die Leiche herein: Lucie, ganz offensichtlich frisch vom Friseur kommend, stürzte in die Halle auf Lutz zu, und die beiden umarmten sich so liebevoll, als hätten sie sich Wochen nicht gesehen.

Beschämt schlichen Alma und Günther weg. Auf dem Weg zum Lift sagte Günther: »Ich stehe da wie ein Idiot, nur weil ich dir geglaubt habe.«

»Du hast doch selber dran geglaubt.«

Als sie am Tisch von Lucie und Lutz vorbeigingen, schaute Günther wütend auf den Mann, der ihm das alles eingebrockt hatte. Er grüßte verbissen.

Lutz sprang auf. »Entschuldigen Sie bitte, Herr Happig. Sie gucken so ärgerlich, und ich vermute, daß wir Ihnen Grund dazu gegeben haben. Ich muß Ihnen das erklären. Wenn Sie sich gestört fühlen durch unser Geschrei, dann kann ich Ihnen versichern, es wird nicht wieder vorkommen. Wir üben jetzt nur noch draußen in der freien Natur.«

»Sie üben was?«

Lutz mußte lachen. »Wir sind Schauspieler. Nächste Woche gehen wir in Deutschland auf Tournee mit einem Stück, das Ehestreit heißt, eine ziemlich wilde Geschichte.«

»Es war also alles nur Theater?« fragte Alma.

»Alles nur Theater«, sagte Lutz. »Aber als Ausgleich für die Störung würde ich gern mit Ihnen eine Flasche Champagner in der Bar trinken.«

So wurde es doch noch ein reizender Abend.

6

Der Paradiesvogel

Die Ausstellung der Bilder von Lisa Lindemann war ein großer Erfolg. Hunderte von Inselbesuchern hatten den gläsernen Pavillon im PARKHOTEL KROLL aufgesucht, zum Ärger freilich von Max, der diese Besucher lieber in seinem Hotel gesehen hätte. Auch zur Eröffnung hatte man ihn schleppen müssen. Es kamen sogar Kunstkritiker aus Deutschland und hatten spontan ihr Entzücken geäußert. Carlos Riedmann, Horck und Dellbrück waren zufrieden. Sie hatten alle auf das richtige Pferd gesetzt, die Preise würden steigen.

An einem ruhigen Nachmittag ging Lisa noch einmal ganz allein in die Ausstellung. Sie war sich noch immer nicht klar, was sie aus ihrem Leben machen sollte. *What shall I do with the rest of my life?* Dieses Lied ging ihr seit Tagen nicht aus dem Kopf.

Die Galeristin Gabriele war gerade dabei, einige Bilder umzuhängen.

»Oh, Lisa, zufrieden so?«

»Wenn Sie zufrieden sind, Gabriele. – Aber Sie wirken so traurig. Haben Sie Schwierigkeiten mit Carlos?«

Gabriele stellte das Bild, das sie gerade in der Hand hatte, auf den Boden. Lisa war dieser Frau dankbar. Sie hatte alles organisiert, die anderen hatten nur Beziehungen spielen lassen, die Arbeit aber war an Gabriele hängengeblieben. Sie wirkte erschöpft, das schmale Gesicht ein bißchen verhärmt, was durch die streng nach hinten gekämmten Haare noch unterstrichen wurde.

»Lassen Sie uns beide ganz allein ein Glas Champagner trinken und einmal von Frau zu Frau reden.«

Sie setzten sich in eine Ecke des Ausstellungsraums. Gabriele nippte an ihrem Glas und setzte es dann viel zu hart auf. Der Stiel brach, und Gabriele hatte nur noch den Kelch in der Hand.

»Sie sind nervös, Gabriele. Haben Sie sich auch nicht zuviel aufgeladen?«

»Nein, das ist es nicht. Ich mache mir Sorgen um Carlos. Aber ich weiß nicht, ob ich Ihnen das sagen darf. Schließlich sind Sie seine Chefin.«

»Sie können mir alles sagen, ich verspreche Ihnen, daß ich es nicht mißbrauchen werde.«

»Lisa«, sagte Gabriele leise, »ich habe mich verliebt. Mehr als verliebt. Carlos ist ein ganz wunderbarer Mann. Er ist zärtlich, verständnisvoll, er kann auf eine Frau eingehen, so, wie ich es noch nie erlebt habe. Ja, auch im Bett, das sage ich ganz ehrlich. Wir haben herrliche Nächte zusammen gehabt, erfüllend, sinnlich, ich brauche einer anderen Frau nicht zu sagen, wie schön das sein kann. Aber dann hat er sich ganz langsam zurückgezogen, plötzlich schien eine gläserne Wand zwischen uns zu sein ...«

»Ein andere Frau?«

Gabriele legte das zerbrochene Glas in den Aschenbecher. »Wenn es das wäre – gegen eine andere Frau könnte ich kämpfen. Nun, es ist schon eine andere Frau, aber eine Art Phantom.«

Und sie schilderte ein langes Gespräch, in dem sich Carlos nach langem Drängen endlich zu seinem Problem bekannt hatte. In Rom hatte sich Carlos rasend verliebt in eine italienische Gräfin, die als Gast in dem Hotel wohnte, dessen Manager er war. Er glaubte, sein großes Glück gefunden zu haben. Nach ein paar Monaten mehrten sich die Diebstähle im Hotel. Wie sich herausstellte, war die Gräfin eine professionelle Hoteldiebin. Carlos selber ertappte sie beim Diebstahl von Juwelen. Aber diese Frau

stellte es so geschickt an, daß Carlos des Diebstahls beschuldigt wurde. Das Hotel entließ ihn fristlos, ein Prozeß folgte, in dem Carlos verurteilt wurde. Es dauerte viele Monate und kostete Carlos sein ganze Vermögen, aber er konnte seine Unschuld beweisen. Schließlich wurde er freigesprochen, die Gräfin verurteilt.
»Aber dies alles«, sagte Gabriele, »hat ihn mißtrauisch gemacht. Er kann keiner Frau mehr trauen, er will sich nicht mehr binden. Dafür entschuldigt er sich bei mir – aber was hilft mir das? Wie kann ich ihm beweisen, daß er mir vertrauen kann? Und als ich gerade glaubte, es sei nun alles gut, da hat mir Lionel Horck dazwischengefunkt. Er hat mir den Hof gemacht, er hat mir tausend Rosen geschickt, tatsächlich tausend – und Sie können sich vorstellen, wie Carlos darauf reagiert hat – wir konnten wieder bei Null anfangen.«
»Lassen Sie ihm Zeit«, sagte Lisa. »Ich bin froh, daß ich sein Geheimnis endlich kenne, ich bin froh, daß es nichts Schlimmes ist. Man hat ja immer ein wenig Mißtrauen gegen einen Menschen, von dem man so wenig weiß. Aber ich werde ich ein bißchen mit fraulicher List zusetzen, das hilft manchmal.«
»Danke, Lisa. Und jetzt sagen Sie mir, weshalb Frank nicht bei der Eröffnung der Ausstellung war. Interessiert er sich gar nicht für die Arbeiten seiner Mutter?«
»Wunder gibt es immer wieder«, sagte Lisa strahlend. »Stellen Sie sich vor, was passiert ist. Sie haben die kleine Nathalie kennengelernt, die sich so rührend um Frank gekümmert hat. Die hat einen Onkel in Hamburg – ein ganz berühmter Neurologe, der auf diese Art Querschnittslähmungen spezialisiert ist.«
»Und der glaubt, ihm helfen zu können?«
»Warten Sie, so einfach war das nicht.«
Es war wirklich nicht einfach. Immer wieder hatte Natha-

lie bei Frank gebohrt, doch einen letzten Versuch zu machen. Er hatte abgelehnt, es hatte immer wieder zu Verstimmungen zwischen den beiden Verliebten geführt. Frank wollte sich niemals, niemals mehr falsche Hoffnungen machen. Da hatte sich Nathalie hinter Lisa gesteckt und sie gebeten, die Röntgenbilder von Frank aus der Klinik zu besorgen und sie nach Hamburg zu schicken. Der Arzt aus Hamburg hatte schon nach einem Tag an Lisa telegrafiert, es bestehe berechtigte Hoffnung, daß man die Lähmung mit einer neuen Methode beseitigen könne – man solle ihm Frank schicken.

»Er ist mit Nathalie nach Hamburg geflogen, stellen Sie sich vor, es würde gelingen . . .«

Gabriele faßte nach den Händen von Lisa. Zwei Frauen, die hofften, zwei Frauen, die sich verstanden.

»Und darauf trinken wir, Lisa.« Gabriele holte ein neues Glas.

Manni hatte sein Motorrad auf Hochglanz gebracht. Die Fahrt ging in die Berge. Gekleidet wie ein Astronaut raste er über Stock und Stein, die engen Kurven der Bergstraße waren für diese Maschine ein Klacks – Manni schrie vor Freude gegen den Wind, wenn sich die Maschine flachlegte, er stand auf dem Motorrad, wenn er querfeldein über schmale Pfade raste.

Bis er einmal seine Kraft überschätzte. Die Maschine stellte sich quer, kippte und schlidderte meterweit über das Geröll.

Manni schüttelte sich einmal kurz, klopfte den Staub von seiner Montur und stand auf.

Als er den Gesichtsschutz hochklappte, sah er das Mädchen. Nun ja, ein Mädchen war dieses Geschöpf sicher unter ihrer Verkleidung. Ihr Gesicht war bemalt wie das eines Indianers, die Haare, blau und rot gefärbt, standen

hochgezwirbelt zu Berge, sie trug einen bunten Poncho a la mexicana. Neben ihr ein Schlafsack, eine zusammengeklappte Staffelei und eine Mappe mit Bildern.
»Hallo«, sagte Manni, »so ein Sturz gehört dazu.«
Er stieg mühsam aus seiner Kluft, nahm einen Schluck aus seiner Wasserflasche und bot dem Mädchen auch einen Schluck an.
»Du auch?«
Das Mädchen verzog keine Miene und schüttelte nur stumm den Kopf.
»Ich trainiere hier, weißt du«, sagte Manni. »Ich bin der Michael, aber meine Freunde nennen mich Manni.«
Das interessierte das Mädchen offenbar nicht. Sie setzte sich im Schneidersitz auf den Schlafsack, zog einen abgewetzten Lederbeutel aus der Tasche und drehte sich mit letzten Krümeln Tabak eine Zigarette.
Manni setzte sich neben sie. Ohne zu fragen, griff er nach der Mappe mit den Bildern. »Ich darf doch mal.«
Das Mädchen antwortete nicht, sie ließ ihn gewähren. Mit müden Augen starrte sie ins Leere, während er die Mappe durchblätterte. Es waren andere Bilder als die seiner Mutter. Die Bilder von Lisa zeigten die Insel in ihrer ganzen Schönheit, dieses Mädchen hier malte eine grauenvolle, zerklüftete Inselwelt mit traurigen Wolkenbergen. Aber die Bilder rührten Manni an, es waren Bilder einer Verzweifelten.
»Ich finde das hier schön«, sagte er.
»Willst du es kaufen?«
»Mädchen, du kannst ja reden. Ich dachte schon, das wird nichts mehr. Aber kaufen? Ich hab höchstens zweihundert Peseten bei mir. Dafür wirst du es ja wohl nicht hergeben wollen.«
Das Mädchen machte eine abwehrende Bewegung. »Ich schenk sie dir alle.«

»Spinnst du?«
»Da hast du es ja. Vega sagt auch, nicht mal geschenkt will er sie haben.«
»Wer ist Vega?«
»Besitzer einer kleinen Galerie in Deja. Vega sagt, die Bilder nehmen ihm nur Platz weg. Einmal hat er eins verkauft, da konnte ich mir ein Zimmer mieten und was zu essen kaufen. Jetzt leb ich davon, daß mir jemand ab und zu eine vertrocknete Pizza schenkt.«
Manni sah sie an. Sie sah hungrig und müde und total fertig aus. Das rührte ihn. Die brauchte ein Bad und eine warme Mahlzeit. Und ein Dach über dem Kopf. So ein armes Schwein, dachte er, da muß Sarah eben mal warten. Mit Sarah war er verabredet zu einer Tour in die Berge, er hatte die Maschine nur erst mal einfahren wollen.
»Wie heißt du denn?«
»Isolde«, sagte sie.
»Na gut, dann bin ich Tristan. Paß auf, du packst jetzt deine Sachen zusammen, klemmst sie hinten auf mein Motorrad und dich selbst auf den Rücksitz – und dann werd ich dich erstmal füttern.«
»Und was kostet mich das?«
Mißtrauisch sah sie ihn an, wie eine Straßenkatze, die sich nicht streicheln läßt, weil sie fürchtet, in einem Käfig zu landen.
»Brauchst keine Angst zu haben«, sagte Manni, »das kostet dich kein Geld – und auch sonst nichts, falls du Angst vor mir hast. Ich nehm dich mit. Du lernst meine Mutter kennen, die malt auch und kennt einen ganzen Haufen Leute im Kunstgeschäft – und dann kriegst du eine Bleibe, vielleicht nur eine Besenkammer, weil wir total ausgebucht sind im Hotel – aber hier bleibst du nicht, sonst fressen dich noch die Hunde . . .«

»Okay«, sagte Isolde. »Ich trau dir.«
Manni sah sie lachend an: »Wieso, ich will dich doch gar nicht heiraten.«
Einen Augenblick dauerte es schon, bis bei ihr der Groschen fiel. Dann lachte sie auch.

Max Lindemann raste mal wieder. Er stand im Pyjama im Schlafzimmer und wütete gegen das Badezimmer, in dem seine Frau Lisa ein Bad nahm. In diesen Tagen hatte er sich als nebenberuflicher Eheberater bei einem Gästepaar betätigt, das allein aus einem Wust von Mißverständnissen und Beschuldigungen nicht mehr herausgekommen wäre.
»Und während ich eine Ehe rette, meine liebe Lisa«, rief er gegen das rauschende Badewasser an, »geht hier im Haus alles drüber und drunter. Zufällig erfahre ich, daß mein Sohn Manni ohne mich zufragen so ein Hippie-Mädchen, so ein verwahrlostes Häufchen Elend, in der Wäschekammer untergebracht hat. Und weißt du auch, *wie* ich das erfahren habe?«
»Nein, erzähl doch«, rief Lisa aus dem Badezimmer, totale Unwissenheit vortäuschend.
»Weil ich in die Küche gekommen bin, wo Rafael verzweifelt seine Vorräte auffüllte. Dein lieber Sohn Manni hatte ihm nämlich in Unmengen Lachs und Kaviar und Kalbsbraten entführt, weil er dieses zerrupfte Vögelchen, diesen Paradiesvogel, mästen muß, als wenn er sie nächste Woche schlachten wollte. Oder was will er sonst von der Kleinen?«
Lisa kam aus dem Badezimmer, ein rosa Frotteetuch um sich geschlungen, mit nassen Haaren.
»Schlachten will er sie sicher nicht«, sagte sie heiter. »Aber ich glaube, auch sonst will er nichts von ihr. Wenn dein Sohn schon einmal seine soziale Ader entdeckt, dann laß

ihn ma. In seinem Alter sind sie normalerweise die Erfinder des Egoismus . . .«

»So«, sagte Max, während er im Schlafzimmer auf und ab tigerte, »und weshalb sitzt dann Sarah mit verheulten Augen in meinem Büro, wartet vergebens auf Manni, und ich muß sie trösten? Die weiß doch wohl mehr als du.«

»Weil sie eine kleine eifersüchtige Pute ist. Das paßt auch zu ihrem Alter. Wenn ein Mädchen mit Manni umgeht, dann muß sie wissen und akzeptieren, daß der Junge spontane Einfälle hat, aber nicht mit jedem Mädchen ins Bett hüpft, mit dem er ein bißchen flirtet.«

»Dein Wort in Gottes Ohr.« Er packte eine Kunstzeitschrift, die auf seinem Nachttisch lag, blätterte sie wütend auf und hielt die Zeitschrift vor ihre Nase. »Und was ist das?« Er las die Überschrift vor: »*Lisa Lindemann-Ausstellung nun auch in Hamburg.* Wie in den Witzen erfährt der Ehemann zuletzt davon. Da wird nicht gefragt, sondern einfach festgestellt.«

»Die Zeitschrift stellt fest, ja, und ich will fragen. Aber du bist ja seit Tagen nicht ansprechbar. Max, ich möchte für mindestens eine Woche nach Hamburg, nicht nur wegen der Ausstellung. Ich kann dann auch Frank im Krankenhaus besuchen, mit ihm reden und ihm Mut machen.«

»Ein Vorwand«, sagte er zynisch. »Die liebende Mutter besucht ihren Sohn, und ganz zufällig eröffnet sie auch eine Ausstellung ihrer Bilder. Der Ehemann spielt den Strohwitwer und läßt das Hotel über seinem Kopf zusammenstürzen. Wann hört das auf?«

Nebeneinander lagen sie jetzt im Bett.

»Es gehört nun mal dazu«, sagte Lisa. »Die Presse. Die Kritiker, das Fernsehen. Ich habe Erfolg, stört dich das? Und schließlich: Wer bezahlt denn die neuen Tennisplätze? Schließlich müssen wir keine neuen Hypotheken aufnehmen.«

»Satz und Sieg! Lisa, die Steffi Graf der Malerei ...«
Langsam glitt ihre Hand zu ihm hinüber. Ihre sanfte Stimme, ganz lieb: »Spielen wir noch eine Partie?«
»Gemischtes Einzel«, sagte er und kroch zu ihr hinüber.

Ewald Stronk stand an der Reling des Schiffes nach Mallorca, neben ihm seine Frau Gerda. Sie sahen hinüber zur Silhouette der Insel, dort wollte Ewald endlich seinen großen Schlag tun. Er hatte sich das lange überlegt. Nur die Schulden eintreiben, das war doch nicht genug gewesen. Und ein kostenloses Mietauto für den Urlaub, das glaubte dieser Klaus Feller doch selber nicht! Ewald Stronk hatte einen Fang getan, jetzt mußte die Beute eingebracht werden ...
»Meinst du denn wirklich, daß nichts passieren kann, Ewald?«
»Was soll den passieren? Wir machen alles nach Plan, kassieren die Versicherungssumme und hauen ab. Dann sind wir um eine Viertelmillion reicher, und die Fellers um dieselbe Summe ärmer. Ich hab alles gut vorbereitet.«
Das hatte er. Kaum in Düsseldorf zurück, hatte er sich überlegt, auf welche Weise er am besten diesen Harald Kuhn alias Klaus Feller erpressen könnte. Erst hatte er festgestellt, wer das Geld hatte. Das war einfach gewesen. Er hatte Harald Kuhn angerufen und ihm gesagt, er solle sofort 20000 Mark schicken, telegrafisch bitte, andernfalls würde er ihn anzeigen. Harald hatte ihm klipp und klar gesagt, daß er über solche Summen nicht verfügen könne – er solle ihn eben anzeigen.
Dann also Renate Feller. Es war nicht ganz einfach gewesen, ihre neue Adresse bei Ingo Hartmann in Hamburg zu ermitteln, aber ein paar Telefongespräche mit Leuten auf der Insel und mit dem HOTEL PARADIES hatten dieses

Problem gelöst. Dann war nur noch ein Telefongespräch mit Renate Feller nötig gewesen.
»Frau Feller, Sie sprechen mit Ewald Stronk. Ich wollte Ihnen nur sagen, daß Ihr Mann lebt.«
»Reden Sie keinen Unsinn, wie kommen Sie darauf?«
»Ich habe ihn auf Mallorca gesehen und gesprochen.«
»Das kann nicht sein. Mein Mann hatte einen tragischen Unfall, das wissen Sie doch. Sie wollten damals ja noch Geld von mir eintreiben, das ich nicht hatte.«
»Aber jetzt haben Sie Geld«, hatte Ewald Stronk gesagt, »und dieses Geld werde ich Ihnen abnehmen – oder ich zeige Sie beide an wegen Versicherungsbetrugs. Sicher können wir uns einigen. Ich werde Ihnen beweisen, daß Ihr Mann lebt, und dann werden Sie freiwillig zahlen. Oder ins Gefängnis gehen. Ihre Wahl. Wann kann ich Sie sprechen?«
Renate hatte das ganz cool gespielt. Stronk war sich plötzlich nicht mehr sicher, ob sie wußte, daß ihr Mann lebte, ob er vielleicht einfach nur mit der kleinen Bianca abgehauen war. So was gab's ja auch.
Renate sagte unbewegt: »Da müssen Sie etwas warten. Ich fahre übermorgen mit meinem Freund auf die Insel zum Tauchen. Wenn ich zurückkomme . . .«
»Nein, das trifft sich gut«, hatte er schnell eingeworfen, »ich komme auch nach Mallorca, dann kann ich Sie mit Ihrem Mann konfrontieren, und wir können unser kleines Geschäft schnell abwickeln.«
Ohne ein weiteres Wort hatte er aufgehängt. Der Fuchs war aus dem Bau gelockt – jetzt würde auf jeden Fall etwas geschehen. Wußte sie etwas? Eine schnelle Gegenprobe: Er hatte fünf Minuten später wieder bei Renate Feller angerufen. Besetzt. Dann schnell die Nummer von Kuhn auf der Insel. Auch besetzt. Das schien ihm Beweis genug. Sie wollte ihren Mann warnen.

»Gerda«, sagte Stronk jetzt zu seiner Frau, »wir werden reich, verlaß dich auf mich.«
»Wenn du dich weiter so aufregst, Ewald, wirst du es nicht mehr erleben. Denk an deinen Blutdruck.«
Aber Ewald Stronk dachte nur an die Viertelmillion.

Zwischen den Klippen lag Ingo Hartmanns Segelyacht und schipperte sanft vor sich hin. Renate Feller sonnte sich in ihrem Bikini auf dem Vordeck, während Ingo in der Kajüte die Taucherausrüstung kontrollierte. Das Leben könnte so schön sein, dachte Renate, wäre da nicht dieser furchtbare Mensch aufgetaucht. Heute würde er kommen, und sie mußte sich auf Stronk vorbereiten. Aber sie fürchtete auch, daß Ingo nach diesem ganzen Hin und Her abspringen könnte. So spielte sie Heiterkeit und Gelassenheit, wenn er in der Nähe war – aber wenn sie allein war, hatte sie das Gefühl, ihr Herz krampfe sich dauernd zusammen.
Ingo trat, eine Sauerstoffflasche in der Hand, aus der Kajüte. Sie lächelte ihn an.
»Alles klar?«
Ingo setzte sich neben sie und streichelte ihre Schulter.
»Du brauchst mir nichts vorzumachen. Ich weiß, wie dir zumute ist. Die Frage ist: Weiß er, daß du weißt, daß dein Mann lebt?«
»Er weiß es nicht, aber er geht wohl davon aus. Und ich muß davon ausgehen, daß er ernst macht. Ingo – er hat mit Klaus gesprochen, er hat ihn erkannt, Klaus hat es zugegeben, was ist da noch dran zu rütteln? Die einzige Chance ist, daß es nie zu einer Begegnung zwischen Klaus und mir in Gegenwart von Stronk kommt. Klaus hat sich in den Bergen versteckt, niemand wird ihn finden. Solange ich ganz stur bleibe, daß mein Mann tot ist, kann uns keiner was ...«

Ingo Hartmann nestelte an der Flasche. Seine Hände legten sich um ihren Hals, als wolle er sie würgen. »Trotzdem – der Mann gibt nie auf, ein typischer Erpresser. Man müßte ihn erschlagen, diesen miesen Typ.«
Renate sah ihn erstaunt an. So kannte sie diesen zärtlichen Mann nicht. »Möchtest du ihn erschlagen, weil er mich erpressen kann, ich meine – finanziell ausbeuten?«
»Ja sicher, das auch. Ist doch klar. Wer will sich schon um ein paar Hunderttausende erleichtern lassen? Weshalb fragst du? Renate, was geht in dir vor?«
»Es war«, sagte sie stockend, als fürchte sie die Wahrheit, »es war die Frage, was ich dir wert bin ohne Geld. Für den Fall, daß ich es zurückgeben muß an die Versicherung – würdest du dann auch bei mir bleiben?«
»Das kannst du fragen?« Ingo nahm sie in die Arme. »Renate, ich liebe dich so, wie du bist. Wenn du mir das nicht glaubst, dann hatte alles keinen Sinn.«
Ja, sie wollte ihm so gern glauben, aber es blieb ein Rest von Zweifel. Sie küßten sich, doch als er drängend wurde, löste sie sich schnell von ihm.
»Komm, laß uns tauchen.«
An seinem Blick sah Renate, daß er mit dieser Wendung nicht einverstanden war.
Er nahm sie bei den Schultern und sah ihr fest in die Augen. »Renate, ich verspreche dir eins: Auf irgendeine Weise werde ich dafür sorgen, daß dir der Kerl vom Leibe bleibt. Laß mich nachdenken, vielleicht fällt mir etwas ein. Irgendetwas, um ihn loszuwerden. Jetzt tauchen wir, unter Wasser habe ich immer die besten Einfälle, da ist der Kopf so schön frei.«
Nachdenklich sah sie ihn an, während er sich die Taucherausrüstung anlegte. Sie hoffte so sehr, daß er keine Dummheiten machte, die sie beide noch mehr in Schwierigkeiten bringen würden.

Das monatliche Sommerfest im HOTEL PARADIES war in vollem Gang. Glühende Lampionsketten schwankten über dem großen Garten rund um den Swimmingpool. Eine bunt gekleidete Kapelle spielte, und ein Sänger mit einer Stimme wie Julio Iglesias sang »Viva España«, viele der Gäste sangen mit. Aus einem Faß floß roter Riojawein, auf dem langen, weißgedeckten Tisch standen die Köstlichkeiten, die Rafaels spanische Küche bot: Langusten und Tintenfische, kräftig gepfefferte Salami, blaue und grüne Oliven, über einem offenen Feuer dampfte in einem riesigen Kupferkessel das köstliche spanische Fischgericht Zarzuela.

Der Paradiesvogel Isolde – noch bunter bemalt und noch wilder frisiert als damals in den Bergen – stand neben dem Swimmingpool an der Staffelei und warf im Schnellverfahren wilde surrealistische Bilder auf die Leinwand. Um sie herum standen Gäste des Hotels, die ihr die Bilder gegen schnelle Peseten aus der Hand rissen. Max Lindemann hatte Isolde aus der Besenkammer herauswerfen wollen, aber sie war gleich ein so großer Erfolg bei den Gästen geworden, eine hauseigene Attraktion, daß sie inzwischen ihr eigenes Zimmer im Hotel bezahlen konnte.

Manni tanzte mit Sarah. Wange an Wange. Sie schmiegte sich eng an ihn und flüsterte ihm ins Ohr: »Und auf die war ich eifersüchtig? Die kann mir doch nicht gefährlich werden.«

»Sag das nicht. Wenn man sie abwäscht, steckt drunter auch ein hübsches Mädchen.«

Sie kniff ihn in die Flanke, daß er aufschrie.

»Ist ja schon gut, Sarah. Ich will doch nur dich.«

Sie tanzten vorbei an Lisa und Carlos Riedmann, die am Rande der Tanzfläche standen.

Lisa sagte: »Tun Sie mir einen ganz persönlichen Gefallen, Carlos?«

»Für Sie tu ich doch alles, Lisa, das wissen Sie.«
»Kümmern Sie sich mehr um Gabriele, Carlos. Gabriele braucht Sie, auch geschäftlich. Da muß ein Mann her, der etwas von Geschäften versteht und den Laden in Ordnung bringt. Ich glaube, Gabriele ist in finanziellen Schwierigkeiten. Sie hat zu viele Bilder von den Straßenmalern gekauft. Und nicht jeder dieser Maler ist so erfolgreich wie unsere Isolde.«
»Wenn Sie meinen. Ich werde Gabriele gleich suchen.«
Zufrieden lächelnd ließ sich Lisa einen Teller füllen.
Sie überblickte die Schar der Gäste.
Dort in der Ecke saßen Renate Feller und Ingo Hartmann, liebgewordene Stammgäste. Es paßte Lisa gar nicht, daß sich das Ekel Stronk zu ihnen setzte. Ein Mann, der unentwegt Ärger machte, sich über alles beschwerte. Lisa hatte auf seinem Karteiblatt schon das berühmte rote Kreuz gemacht – das hieß: KEINE RESERVIERUNG MEHR.
»Sie gestatten doch?« Stronk stellte sein Glas auf den Tisch neben Renate.
»Wenn es sein muß.«
»Morgen ist es soweit«, sagte Stronk. »Sie begleiten mich doch, wenn ich Ihren Mann aufsuche? Dann können wir das Geschäftliche gleich regeln.«
»Mein Mann ist tot«, sagte Renate. »Ich finde es geschmacklos, daß Sie eine Witwe mit Ihren dummen Sprüchen belästigen. Ingo, würdest du den Herrn bitten, diesen Tisch zu verlassen.«
»Ich geh ja schon«, sagte Stronk mit einem teuflischen Grinsen. »Aber Sie hören noch von mir.«
Stronk setzte seine Runde fort, das Rotweinglas in der Hand. Sein Problem war, daß er Harald Kuhn nicht finden konnte. Er hatte einen Wagen bei Kuhn gemietet, mußte sogar bezahlen (weil Bianca sich stur weigerte, irgendeine Verabredung über kostenlose Mietwagen zu akzeptie-

ren), aber Kuhn selbst war verschwunden, und weder Bianca noch ihr Bruder Rex wußten angeblich, wo er zu finden war.
So wandelte Stronk zwischen den Gästen und fragte hier und da, ob irgend jemand zufällig wüßte, wo der Autoverleiher Kuhn zu finden sei. Niemand wußte etwas.
Schließlich landete er bei Max Lindemann.
»Was wollen Sie denn von Herrn Kuhn? Sie haben doch ein Auto gemietet, ist etwas nicht in Ordnung?«
»Doch, doch«, sagte Stronk. »Kuhn ist ein alter Freund von mir.«
»Vor ein paar Wochen haben Sie ihn als Betrüger beschimpft.«
Stronk lachte. »Aber ich bitte Sie, ich habe gesagt: Der alte Gauner. So wie Freunde übereinander reden. Nein, er hat mir mal einen großen Gefallen getan, jetzt will ich es gutmachen, aber er ist spurlos verschwunden.«
Auch Erpresser brauchen Glück. Es war der pure Zufall, daß Sarah in diesem Augenblick zu Max Lindemann trat.
»Wen suchen Sie? Den Kuhn? Ach, der ist rauf in die Berge, zu dem Einsiedler, dem Bartosch. Er will ein paar Tage ausspannen in der freien Natur. Der wird sich freuen, wenn Sie ihn besuchen. Er hat mir noch gesagt, daß es sehr einsam ist da oben, als er meinem Vater ein Auto gebracht hat.«
Stronk drehte sich um. »Danke für die Information. Ich werde gleich morgen früh hinauffahren.«
Kaum war er gegangen, schoß Manni herbei. »Was wolltest du mit diesem Stinkstiefel, Sarah?«
Sie sagte es ihm.
»Der hat nichts Gutes im Sinn. Morgen folgen wir ihm. Kuhn ist mein Freund. Ich muß aufpassen, daß da nichts passiert.«

Harald Kuhn stand vor Bartoschs Höhle und beobachtete mit einem Fernglas die gewundenen Straßen, die sich zu den Bergen hinaufzogen. Er hörte Motorengeräusche.
Der bärtige Bartosch trat hinter ihn.
»Hast du Angst, will dir einer was? Bei mir brauchst du keine Angst zu haben. Brauchst mir nicht zu sagen, was dich quält, will ich gar nicht wissen. Aber du hast mir geholfen, und ich helfe dir.«
Er wies auf seine Büchse mit dem Zielfernrohr.
Kuhn sah jetzt, was er befürchtet hatte. Einer seiner Mietwagen quälte sich den Berg hinauf. Am Steuer saß Stronk, neben ihm eine Frau. Dicht dahinter ein zweiter Kuhn-Wagen mit Renate und Ingo.
»Der hat Renate tatsächlich mitgebracht«, murmelte Kuhn. »Verdammt, worauf läßt sie sich ein!«
Stronks Wagen wurde jetzt von einem Motorrad überholt, auf dem Manni und Sarah saßen.
»Eine Invasion«, sagte Bartosch. »Man müßte sie stoppen.«
Er verschwand hinter einem Erdhügel. Von dort aus sagte er: »Harald, ich zeig dir einen Weg, wo du abhauen kannst. Vom Abhauen versteh ich was.«
»Nein. Ich bleibe. Ich muß da etwas regeln. Weglaufen hat keinen Sinn mehr.«
Er dachte an Bianca, an sein neues Leben, an eine Zukunft. Irgendwie würde es weitergehen. Wenn Renate das Geld wirklich rausrücken würde, dann wäre endlich Ruhe. Stronk würde sie schon nicht anzeigen, was hätte er davon . . .
Der Wagen mit Stronk war jetzt drei Serpentinenschleifen unter ihm, der Mann hatte eine ziemliche Fahrt drauf, er würde bald hier sein. Jetzt tauchte das Motorrad von Manni auf. Manni blieb stehen und sah sich nach dem

Wagen mit Stronk um. In einigem Abstand folgte das Auto mit Ingo und Renate.
Kuhn richtete sein Fernglas nur auf Stronk.
Was er sah, ließ ihn erstarren: Der kleine Seat fuhr in der Haarnadelkurve einfach geradeaus, schoß über die Böschung und überschlug sich beim Herabstürzen über 500 Meter Felsgeröll sicher zwanzigmal. Unten blieb der Wagen liegen, nichts rührte sich – dann schlugen Flammen aus dem Wagen, und es folgte eine Explosion . . .
Stille. Totenstille.
»Bartosch, Bartosch, hast du das gesehen? Wie ist das passiert? Du hast doch nicht geschossen? Das hätte ich doch gehört.«
Bartosch kam verwirrt hinter seinem Erdhügel hervor.
»Nein. Der ist einfach geradeaus gefahren, als hätte er die Kurve nicht gesehen. Das ist doch eins von deinen Autos – hast du etwa . . .«
So begann es. Mit Mißtrauen überall. Kuhn verdächtigte Bartosch, Bartosch verdächtigte Kuhn. Die spanische Polizei fand nach der Bergung des Wracks mit den zwei Toten die ganze Angelegenheit auch höchst seltsam und verdächtigte und verhörte: Was wollten all die Leute zur gleichen Zeit bei dem Einsiedler, wieso waren zwei Mietwagen von Kuhn beteiligt, was hatten Manni und Sarah, was Ingo und Renate gesehen? Aber alle Augenzeugen hatten nur gesehen, daß ein Auto ohne erkennbare Ursache in der Haarnadelkurve in den Abgrund gefahren war.
Es blieb ein Rätsel.

»Renate?«
Ingos Hand auf ihrer Brust. Das milde Licht der Nachttischlampen machte ihr Gesicht weich und zärtlich. Aber

sie wandte ihr Gesicht ab und legte seine Hand zurück auf seinen Teil des Doppelbetts.
»Warum sagst du nicht, was du denkst, Renate?«
Sie wandte sich ihm zu. »Ich denke gar nichts. Ich frage mich, ob das ganze meine Rettung oder mein Untergang ist. Wenn mein Mann nun ...«
»Du meinst, ob die was finden?«
Renate richtete sich im Bett auf. »Was können sie denn finden, Ingo?«
Einen Augenblick lang war er ganz still, bis er begriff, was sie meinte. »Du glaubst doch nicht etwa ..., weil ich auf der Jacht ein paar böse Bemerkungen gemacht habe, daß mir schon etwas einfällt? Du glaubst doch nicht ernsthaft, daß ich etwas manipuliert habe?«
»Du hast sehr schnell verstanden. Aber was ich glaube, ist überhaupt nicht wichtig, wichtig ist, was die Polizei glaubt. Und die verdächtigt uns alle irgendwie. Wo warst du denn heute nacht zwischen drei und vier?«
»Mein Gott, Renate, es war glutheiß, ich wollte dich nicht stören, da bin ich eben an die frische Luft gegangen. Weil ich nicht schlafen konnte.«
»Das hast du gesagt.«
»Das war so«, sagte er, und sie spürte, wie Wut in ihm hochkroch.
»Immerhin bist du Ingenieur, du kannst so was. Und du kannst mein Geld gut gebrauchen, damit du nach Schätzen tauchen kannst, die nur in deiner Phantasie existieren!«
Ingo sprang aus dem Bett. Nackt rannte er im Zimmer auf und ab, ein durchaus lächerlicher Anblick, fand Renate. Aber ihr war nicht nach Lachen zumute.
Sie starrte ihn an und hatte das Gefühl, in einer Situation zu stecken, die nicht mehr korrigierbar war.
Ingo lehnte sich über den Bettrand und schrie: »Ja. Kann

ich auch. Gebe ich doch zu. Aber nicht mit solchen Mitteln. Meine kleinen grauen Hirnzellen funktionieren nämlich noch – offenbar im Gegensatz zu deinen . . .«
Plötzlich wurde er ruhig. Er ging um das Bett herum und setzte sich zu ihr. Ganz ruhig, ganz beherrscht sagte er: »Liebling, wenn ich so was gemacht hätte, was wäre dann gewesen, wenn die schon auf dem Parkplatz irgendwo gegengefahren wären? Oder, wenn Stronk gar nicht selbst gefahren, sondern jemand anderer den Wagen gesteuert hätte, oder wenn Stronk darauf bestanden hätte, daß du mit ihm zusammen fährst? So was läßt sich doch nicht im voraus berechnen. Und ich bin Ingenieur – ich rechne. Das ist mein Beruf.«
»Ja«, sagte Renate, »das sehe ich ein. Aber glaubst du, daß dies ein Zufall ist, grade im richtigen Moment, so eine Art Fügung des Himmels?«
Ingo schlüpfte wieder unter die Decke ins Bett. Sorgfältig wählte er seine Worte. »Das weiß ich nicht. Aber ich glaube, daß dein Exmann mit allen Wassern gewaschen ist.«

Der Wagen mit der großen Aufschrift POLICIA hielt vor der Wellblechhütte mit dem Schild AUTOVERMIETUNG KUHN. Harald Kuhn alias Klaus Feller stieg aus, drehte sich noch einmal zu den Polizisten im Wagen um. Er sprach schnell, und immer wieder betonte er das Worte »nada«! Nichts. Nichts wußte er, nichts konnte er sich erklären, das sollten sie ihm doch endlich glauben.
Müde, mit hängenden Schultern, ging er auf die Hütte zu. In der Tür standen Bianca und Rex. Bianca, so jung, grazil und schwarzhaarig, eine kleine spanische Prinzessin. Ihr Bruder Rex ein stämmiger Bursche, der wie viele Spanier ein angeekeltes Gesicht beim Anblick der POLICIA zeigte.

»Was wollen die von dir, Harald?« Rex streckte seinen Mittelfinger hoch und reckte ihn gegen die abfahrende Polizei.
»Stronks sind tot.« Harald Kuhn stand bleich vor den beiden. »Abgestürzt – mit dem Wagen, den du ihnen gegeben hast, Rex. Ich habe es gesehen, und die Typen verdächtigen mich und jeden. Nun ja – etwas Besseres konnte mir nicht passieren, aber die Polizei hat keine Ahnung von den Zusammenhängen.«
»Hast du geschossen?« Bianca zitterte vor Aufregung.
»Geschossen? Ich? Auf das Auto? Ich hatte doch gar keine Waffe. Nein. Manfred Bartosch hat auch nicht geschossen. Der Wagen ist einfach in die Schlucht gestürzt. Und niemand weiß, warum. Bianca, ich muß etwas trinken. Wir sind frei von diesem Erpresser, darauf nehmen wir einen. Sie haben den Wagen geborgen, sie untersuchen jedes Schräubchen. Ich hoffe, sie finden nichts.«
Er sah Rex durchbohrend an.
»Was sollen sie denn finden?« fragte Rex.
»Wenn du sicher bist, daß sie nichts finden, dann finden sie auch nichts.«
Rex ging wortlos zum Eisschrank im Büro, holte eine Flasche spanischen Sekt heraus, und während er den Korken drehte, sagte er leise: »Du bist mein Freund, Harald, ich würde alles für dich tun, das weißt du. Aber einen Wagen präparieren, nein. So weit geht die Freundschaft nicht.«
Alle drei sahen sich an, zweifelnd.
Es würde nie wieder so werden, wie es war.
Sie tranken, aber der Sekt schmeckte bitter, obwohl er so süß war.

7

Ein väterlicher Freund

Das Licht in dem kleinen Hotelzimmer im Anbau des Hotel Paradies war gedämpft. Auf dem gläsernen Tisch zwei Gläser mit Weißwein. Aus zwei Stereoboxen erklang weiche Musik, *Hold me closer*, sang eine zärtliche Männerstimme.

Manni hielt Sarah beim Tanz noch enger, ihre Leiber rieben sich aneinander, die Füße bewegten sich kaum.

Mannis Mund ganz dicht an Sarahs Ohr: »Bleib doch hier heute nacht . . .«

»Ich würde gerne, Manni, aber . . .«

»Kein aber, ich bin auch ganz brav – ich mach nichts, was du nicht willst.«

Schweigend tanzten sie weiter, immer heißer, immer sehnsüchtiger begegneten sich ihre Körper.

»Vielleicht will ich's ja auch«, sagte sie leise. Er hatte das Gefühl, daß Sarah in seinen Armen schmolz. Seine Hand glitt an ihrem Rücken hinunter und tastete unter dem Bund ihrer Bluejeans die kleine Falte an ihrem Po. Sie drückte sich fester an ihn. Endlich, dachte er, endlich habe ich es geschafft: Sarah ganz allein mit mir in meinem Zimmer. Musik und Tanz und romantische Stimmung nach all den Aufregungen. Sachte drängte er Sarah zum Bett hin, fast unmerklich, bis sie mit den Kniekehlen an den Bettrand stieß und langsam nach hinten fiel. Atemlos lagen sie auf dem Bett, seine Küsse wurden drängender, seine Hände überall auf ihrem Leib. Ein wenig ungeschickt, wie Jungen sind, versuchte er den Knopf ihrer Hose zu öffnen . . .

In diesem Augenblick klopfte es.
Mit heißen, geröteten Gesichtern sprangen sie beide vom Bett auf. Sarah schlüpfte blitzschnell in eine Jacke und setzte sich auf einen Stuhl. Sie nahm ein Weinglas in die Hand.
»Na so was«, sagte Manni, »habe ich jetzt Sprechstunde, oder will uns einer stören im schönsten Augenblick unseres jungen Lebens . . .«
»Mach dein Hemd zu«, sagte Sarah nüchtern.
»Moment bitte, ich mach gleich auf.«
Manni ging zur Tür und drehte den Schlüssel um.
Im Türrahmen eine Menschenansammlung. Lisa und Max und dahinter der spanische Kriminalkommissar mit dem Herrn Beck vom deutschen Konsulat. Der übersetzte mehr schlecht als recht, wie Manni bei den bisherigen Verhandlungen mit der Polizei festgestellt hatte. Nun ja, die Herren wollten noch mal mit Manni über die Einzelheiten des Unfalls sprechen, der ihrer Ansicht nach kein Unfall sein konnte, weil es einige Unklarheiten gab.
»Ich geh dann mal«, sagte Sarah. »Tschüß, Manni . . .«
»Einen Augenblick, Fräulein Kroll«, sagte Beck, »wir möchten auch mit Ihnen sprechen. Schließlich sind auch Sie Zeugin dieses angeblichen Unfalls.«
Manni wurde es ganz kalt. Sarah hatte so eine Angewohnheit, einfach drauflos zu plappern, das konnte schiefgehen. Wenn Kuhn etwas mit dieser Sache zu tun hatte – was der Kommissar ja schon bei der ersten Untersuchung unterstellt hatte –, dann konnte sie ihm gefährlich werden. Aber das war wohl nicht zu ändern.
»Brauchen Sie einen von uns?« fragten Lisa und Max Lindemann fast gleichzeitig.
»Nein«, sagte Herr Beck und drängte ins Zimmer. Sie setzten sich rund um den gläsernen Tisch, Herr Beck, ein

etwa vierzigjähriger Attaché, stellte die Fragen und übersetzte dann die Antworten ins Spanische, bis Manni ihm klarmachte, daß seine eigenen Kenntnisse der Sprache wirklich ausreichten.
Worum es ging war dies: Harald Kuhn hatte an diesem Tag einen Flug nach Barcelona gebucht, dann aber seinen Monteur namens Rex geschickt. Außerdem fanden die beiden Herren dieses sonderbare Interesse an dem Einsiedler Bartosch verdächtig: zwei Autos und ein Motorrad zur gleichen Zeit auf dem schlechten Weg in die Berge. Herr Stronk, der unbedingt Herrn Kuhn sprechen wollte, Herr Kuhn, der angeblich auf dem Festland war, aber dann doch nicht, Manni mit dem Motorrad, Ingo und Renate ebenfalls – da mußte etwas dahinterstecken.
»Wissen Sie, Herr Lindemann, was Herr Stronk bei Herrn Kuhn wollte? Er hatte doch ein Auto von Kuhn, aber wenn damit etwas nicht in Ordnung war, dann wäre er doch zur Werkstatt gefahren?«
»Ich weiß es«, sagte Sarah schnell, und Manni hätte ihr am liebsten den Mund zugehalten.
»Weshalb?« fragte der Kommissar.
»Um ihm für etwas zu danken. Stronk sagte, er sei ein alter Freund von Kuhn. Er war so enttäuscht, daß er ihn nicht sprechen konnte. Deshalb habe ich ihm ja gesagt, wo er war.«
»Und was wollten Frau Feller und Herr Hartmann zur gleichen Zeit da oben? Wissen Sie das, Herr Lindemann?«
»Keine Ahnung. Da müssen Sie die beiden schon selber fragen. Wahrscheinlich einfach ein Ausflug.«
»Zufällig – an solche Zufälle glaube ich nicht.« Das war Beck. »Aber auf jeden Fall danken wir Ihnen.«
Die beiden verabschiedeten sich.
Manni nahm Sarah in die Arme.

»Mann o Mann, hab ich die Luft angehalten, als du angefangen hast zu erzählen, wie Stronk nach Kuhn gefragt hat. Aber die Schlußpointe, daß Stronk dem Kuhn viel verdankt, war Klasse. So – wo waren wir stehengeblieben?«
Sie lachte. »Nein, laß mal, Manni, mir ist die Stimmung verdorben. Jetzt muß ich wieder an das brennende Auto denken. Ich geh nach Hause.«

In der Kombüse brutzelten die Spiegeleier in der Pfanne, als Renate das Polizeiboot hörte.
Sie ging an Deck, ein Handtuch in der Hand, an dem sie sich die Hände abputzte.
»Was wollen Sie denn schon wieder, Herr Beck? Hat das Konsulat denn keine anderen Aufgaben...?« (Sag so was nie zu einem Beamten, der ja ›nur‹ seine Pflicht tut, dachte sie im gleichen Augenblick.)
»Es tut mir leid«, sagte Herr Beck, »dürfen wir an Bord kommen? Es sind noch ein paar Fragen offen.«
»Herr Hartmann taucht gerade.«
»Doch hoffentlich nicht bei dem alten Boot? Das ist nämlich verboten. Weil es viel zu gefährlich ist. Schon zwei Taucher sind da umgekommen.«
»Nein«, log Renate, »der guckt nur nach bunten Fischen.« Als Ingo schließlich nach oben kam, gingen die enervierenden Fragen weiter: Weshalb sie beide mit den Stronks in die Berge gefahren seien, ob sie so gut bekannt waren mit den Stronks, ob die Stronks ihnen sympathisch waren, ob sie Herrn Kuhn kennen, was Manni und Sarah mit der ganzen Sache zu tun hatten. Renate und Ingo sagten aus und widerriefen und widersprachen einander und schafften immer mehr heillose Verwirrung.
»Gab es nicht vielleicht doch einen triftigen Grund, wes-

halb Sie mit den Stronks in die Berge fuhren?« fragte der Kommissar, und Beck übersetzte stockend.
»Nein«, sagte Renate. »Was soll es denn für einen triftigen Grund gegeben haben? Stronks hatten uns eingeladen. Einfach so. Und ich bin froh, daß Ingo gefahren ist, sonst hätte ich im Auto von Stronks gesessen und wäre vermutlich jetzt genauso tot wie die beiden.«
»Ach – das hat Herr Hartmann verhindert?«
Ingo ließ die Gabel fallen, mit der er in seinem Spiegelei herumstocherte. Er stellte den Teller beiseite und sprang auf.
»Zum Donnerwetter, was reimen Sie sich denn da zusammen? Ich habe nur zu Frau Feller gesagt: Wenn wir schon mit den beiden in die Berge fahren, dann in unserem Mietwagen. Nicht weil ich hellsehen kann und wußte, daß der Wagen in die Schlucht stürzte, sondern weil ich weiß, daß die armseligen 76 PS schon mit zwei Personen die Bergstraße kaum hochziehen.«
»Aber wir wissen von Frau Lindemann, daß die Stronks Ihnen nicht gerade sympathisch waren.«
»Mann«, sagte Ingo, »wir hatten auch nicht die Absicht, mit den Stronks da oben zu picknicken oder Freundschaft fürs Leben zu schließen. Stronk kannte den Weg, und wir haben uns angeschlossen. So was macht man doch im Urlaub. Und ich bereue es, mitgefahren zu sein. Erstens hat Renate durch den Unfall einen Schock erlitten, und zweitens fragt mir die Polizei wegen dieser Geschichte Löcher in den Bauch. Wir haben nichts damit zu tun, begreifen Sie das endlich!«
Kaum waren die beiden wieder auf ihrem Polizeiboot, wandte sich Renate zu Ingo: »Mußtest du so unhöflich sein? Damit machen wir uns doch nur verdächtig.«
Ingo pellte sich wütend aus seinem Taucheranzug.
»Soll ich dir was sagen? Du gehst mir langsam auf den

Geist. Warum sagst du ihnen denn nicht – aber bitte sehr sehr höflich, Madame – die Wahrheit und nichts als die Wahrheit? Ich versuche doch nur, aus der Sache rauszukommen. Du kannst es ihnen ja aufs Butterbrot schmieren, daß er dich erpressen wollte, daß er dir deinen Mann vorführen wollte, der angeblich tot ist. Sag mal, habe ich eigentlich dieses Gaunerstück inszeniert oder du und dein Mann?«
Entgeistert starrte sie Ingo an.
»Na ja, ist doch wahr . . .«
Ruhig, aber eisig sagte Renate: »Fahr bitte sofort zum Hafen zurück. Es gibt nichts mehr zu sagen.«
»Stimmt es etwa nicht, was ich gesagt habe?«
»Fahr los, bitte.«
Schweigend fuhren sie zurück, schweigend gingen sie ins Hotel. Es herrschte eine drückende Atmosphäre zwischen den beiden. Wie viele Frauen in solchen Situationen rettete sich Renate in Routine: Sie setzte sich vor den Spiegel und schminkte sich sorgfältig. Männer haben es schwerer, fand Ingo. Er setzte sich in einen Sessel und suchte Renates Blick im Spiegel – aber sie wich ihm aus.
Schließlich faßte er sich ein Herz. »Sprechen wir jetzt nie mehr miteinander?«
Renate trug gerade eine Antifaltencreme für ihre Augen auf. »Ich reise ab. Heute noch. Du kannst machen, was du willst.«
»Bist du sicher, daß dich die Polizei abreisen läßt? Die verdächtigen dich doch auch. Jedenfalls ist denen manches unklar.«
»Von einem Ausreiseverbot ist mir nichts bekannt.«
Sie begann im Zimmer hin und her zu gehen, hier ein Griff in die Wäschekommode, dort einen Koffer herausholen, aufs Bett legen und Kleidungsstücke in den Koffer werfen.

Ingo gab so schnell nicht auf. »In so einer Lage drehen auch andere durch. Der Druck ist einfach zu groß. Da spielen die Nerven nicht mehr mit.«
Renate sah Ingo zum ersten Mal wieder an. »Warum sagst *du* ihnen nicht die Wahrheit?«
»Was, bitte?«
»Du hast mich vorhin gefragt, warum ich ihnen nicht die Wahrheit sagen. Jetzt frage ich dich, warum du sie ihnen nicht sagst. Wenn wir jetzt für immer Schluß machen, kannst du dich im Falle des Falles immer damit rausreden, du hättest bis heute von nichts etwas gewußt. Also entscheide dich.«
»Wenn du mich einer solchen Gemeinheit für fähig hältst, dann weiß ich nicht ...«
Das Telefon klingelte.
»Das wird meine Flugbestätigung sein«, sagte Renate. »Ich geh schon ran.«
In blinder Wut starrte er sie an.
»Na gut, wenn du meinst. Ich habe nichts mehr zu sagen.« Er knallte die Tür hinter sich zu.
Ein Abschied ohne Versöhnung.
Renate nahm den Hörer auf. Am anderen Ende sprach Harald Kuhn, der Mann, dem sie dies alles zu verdanken hatte, aber auch die Viertelmillion auf ihrem Bankkonto.
»Hast du schon gehört, Renate?«
»Nein, was denn?«
»Herr Beck war eben bei mir, zusammen mit dem Kommissar.« Kuhn ließ ein ersticktes Schluchzen hören.
»Haben sie dich verhaftet?«
Dann war also alles vergebens, alles verloren.
»Nein, nein«, sagte er, »es ist alles in Ordnung. Der Gerichtsmediziner hat festgestellt, daß Ewald Stronk einen Herzinfarkt erlitten hat da oben auf dem Berg. Das war die Ursache des Unglücks ...«

Sie war ganz starr.
»Bist du noch dran, Renate? Freust du dich nicht?«
»Ich muß das erst verarbeiten.«
»Ja, so ging es mir auch. Ich habe geheult vor Glück. Man kommt ja auf die dümmsten Gedanken. Bianca war auch schon am Ausflippen. Und ich hatte schon den Koffer gepackt, um abzuhauen.«
»Ich auch«, sagte Renate. »Danke für die Nachricht.«
Sie legte den Hörer auf und begann wie in Trance, weiter ihren Koffer mit Kleidungsstücken vollzustopfen. Plötzlich hielt sie inne und rannte aus dem Zimmer.

Dies war so ein Tag für Manni. Der Junge mit dem blonden Lockenkopf stand am Strandkiosk und verkaufte wie rasend Hamburger aus dem Magnetronofen, schenkte Unmengen Cola aus – und ärgerte sich, weil er sich nicht genug um die Mädchen kümmern konnte. Aber er ärgerte sich auch über sich selber, weil er sich nicht entscheiden konnte. Die Bienen wimmelten um ihn herum, wie er es Lisa gegenüber ausdrückte, die dann zu sagen pflegte: Mädchen, keine Bienen.
Jetzt standen drei an seinem Kiosk.
Sarah im winzigen Bikini, Isolde, plötzlich weniger bunt bemalt, oben ohne, und Nathalie, die Freundin seines Bruders Frank. Frank lag noch im Krankenhaus, Nathalie wollte morgen mit Lisa nach Hamburg fliegen. Inzwischen sonnte sie sich am Strand, und jetzt flirtete sie mit Manni.
»Wenn du nicht die Freundin meines Bruders wärst, dann . . .«
»Was dann?« fragte Sarah und war schon wieder beleidet.
»Dann würde er mit Nathalie machen, was er gern auch mit mir machen würde«, sagte Isolde. »Mit dir, Sarah,

mit Nathalie, mit mir – schau dir diesen jungen Hengst doch an. Macho! Der läuft doch hinter seinem Schwanz her ...«

Die Mädchen lachten.

In diesem Augenblick ging ein blutjunges Ding vorbei, Haare über die Schultern, kleine wippende Brüste, ein schwenkender Popo – und Manni konnte seine Blicke nicht von dieser Erscheinung abwenden.

Die drei Mädchen an seinem Kiosk sahen es und blickten sich verständnisinnig an. Sarah sagte: »Ein Boykott wäre angebracht. Mädels, wir gehen.«

Arm in Arm verschwanden sie, kichernd wie Backfische.

»Blöde Gänse«, sagte Manni vor sich hin. Er füllte den Eisschrank mit einem neuen Vorrat an Cola und Fruchtsäften.

»Manni, Manni, hast du Ingo gesehen?« Renate stand ganz abgehetzt vor der Theke.

»Allerdings«, sagte Manni. »Der ist vor zehn Minuten hier gewesen, stinksauer, mit einem Gesicht wie sieben Tage Regenwetter, dann hat er sich ein Fläschchen Fundador hinter die Binde gegossen.«

»Na ja, so ein kleines«, sagte er beruhigend, als er das erschrockene Gesicht von Renate sah, »und dann ist er wieder abgezogen. Habt ihr Krach?«

»Das kann man sagen, Manni. In welche Richtung ist er abgezogen?«

Manni deutete mit dem Finger die Richtung an.

Sie rannte atemlos den Strand entlang.

Mit einem Handkarren beförderte Opa gerade eine neue Ladung Getränke zu Manni. Gemeinsam räumten sie die Regale ein. Wenn Manni ihn ansah, dachte er: Der ist in den letzten Wochen um fünf Jahre jünger geworden. Das Gesicht straff, die weißen Haare artig nach hinten gekämmt, und sicher hatte er zehn Pfund abgenommen. Der

Besuch bei Oma Linz in Hamburg hatte ihm offenbar gutgetan. Oft lief er singend am Strand entlang, er spielte Golf und war auch seinem Sohn Max gegenüber sehr viel toleranter.

»Opa, sieh mal . . .«

In der Ferne sahen sie Renate und Ingo Arm in Arm am Rande des Wassers über den Strand laufen. Es machte ihnen offenbar nichts aus, daß ihre Schuhe vom Meer naß wurden, sie schienen ganz ineinander versunken zu sein.

»Ja, was ist?« fragte Albert Lindemann seinen Enkel.

»Die zwei da, Ingo und Renate, die beobachte ich schon seit dem Frühsommer. Das geht immer hin und her. Heute verliebt, morgen sprechen sie nicht mehr miteinander. Kriegste ja alles warm mit so 'nem Hotel. Vor 'ner halben Stunde waren sie noch Gift und Galle, er wollte am liebsten zum Alkoholiker werden, sie wollte ihn suchen und doch nicht suchen. Und jetzt schau sie dir an. Da taumeln sie glückselig den Strand entlang. Opa, was ist das bloß für 'ne Krankheit?«

Opa klapperte mit den Flaschen und sah nur kurz hoch: »Liebe, was sonst.«

»Bleibt das immer so?«

»Immer«, sagte Opa versonnen. »Liebe ist immer auch Streit und Arbeit. Liebe ist kein Fertighaus. Was meinst du, was zwischen deiner Oma Linz und mir los ist? Da funkt es noch immer, und das ist gut so.«

»Aber doch nicht ganz so heftig?«

»Hast du eine Ahnung«, sagte Opa Lindemann und lächelte vergnügt vor sich hin.

»Ist ja furchtbar. Ich glaub, ich geh ins Kloster . . .«

»Und dann denkst du daran, wie man Nonnen vernascht, was?«

»Ja«, sagte Manni, »du hast mein Problem erkannt. Ich

will sie alle haben. Alle Mädchen. Ich kann mich nicht für eine entscheiden, und deshalb kriege ich keine. War das bei dir früher auch so?«

»Manchmal«, sagte Opa.

»Bis du die richtige gefunden hast?«

»So etwa«, sagte Opa knapp.

»Und woran merkt man das bitte?«

Opa Lindemann sah seinen Enkel fest an. »Daran, daß man nicht mehr so dumm fragen muß.«

In diesem Augenblick schlug Ingo Hartmann mit der flachen Hand auf die Theke.

»Champagner«, rief er fröhlich. »Champagner für jeden, der mitmachen will.«

Manni faßte in den Eisschrank. »Der ist noch nicht kalt.«

»Trinken wir ihn eben warm. Und hol all deine Bräute dazu, Manni. Wir feiern Verlobung, Renate und ich.«

Renate sah unendlich glücklich aus. »Übrigens, Manni, der Fall Stronk ist geklärt.«

»Wer war es?« fragte Manni. »Wahrscheinlich wie in jedem guten Krimi der Gärtner?«

»Nein«, sagte Renate, »Stronk hatte einen Herzinfarkt. Es gibt keinen Täter, die Ermittlungen sind eingestellt.«

Im Nu war ein Fest im Gange. Die Mädchen Sarah, Nathalie und Isolde scharten sich um den Kiosk. Und wie das auf Mallorca so ist: Wo die Mädchen sind, sind auch die Jungs, und wo die Jungs sind, kommen die Frauen, und wo die Frauen sind, kommen die Männer – es wurde ein Strandfest sondergleichen, und niemand dachte mehr an den toten Erpresser Stronk.

In Hamburg, sagt man, regnet es bei jedem Wetter. An den Scheiben der Galerie am Harvestehuder Weg rannen an diesem schwülen Augusttag dicke Tropfen herunter, während drinnen die Ausstellung der Bilder von Lisa

Lindemann stattfand. Lionel Horck, der Kunsthändler und Entdecker von Lisa, hatte in letzter Minute neue Preisschildchen angebracht und die Preise um dreitausend Mark pro Stück erhöht.

»Was nichts kostet, Lisa, ist nichts wert. So denken die Kunstkäufer nun mal. Und wenn wir nicht verkaufen, können wir immer noch runtergehen. Wichtig ist, daß die Kritiker diese Preise in ihren Blättern nennen. Das hebt das Niveau.«

Lisa lief etwas unruhig zwischen den Besuchern hin und her. Mitten aus einer dieser typischen quälenden Smalltalk-Unterhaltungen über die tiefere Bedeutung ihrer Kunst lief sie ohne Abschied von Horck und der Galeristin Brigitte aus dem Laden, hielt ein vorbeifahrendes Taxi an und ließ sich zur Privatklinik von Professor Bress am Bellevue fahren. Die Klinik lag in einer ruhigen Seitenstraße der Sierichstraße, mit vielen grünen Bäumen vor den Fenstern, ein weißer alter Hamburger Bau, die frühere Villa eines Senators der Hansestadt.

Es war, als hätte sie gewußt, daß die Entscheidung bevorstand. Fühlen Mütter so etwas? Lisa glaubte fest daran.

Mit klopfendem Herzen ging sie durch die Halle, durch die weißgekalkten Gänge, die alte Marmortreppe hinauf bis zum Zimmer 49. Leise klopfte sie an die Tür. Von drinnen rief Frank »Herein«. Vorsichtig öffnete sie die Tür.

In einem gelben Bademantel saß Frank an einem kleinen Tisch, neben ihm Nathalie. Beide wirkten unglaublich jung und unglaublich ängstlich. Sie hielten sich an den Händen, und das Bild rührte Lisa. Wie zwei Kinder, die sich allein im Wald fürchten.

»Na, ihr beiden, was ist denn los?« sagte Lisa munter.

»Wir warten.« Frank schob nervös seinen Rollstuhl hin und her, der neben ihm stand.

»Mein Onkel kommt gleich mit dem Ergebnis der Untersuchung«, sagte Nathalie. Ihre braunen Strubbelhaare standen zu Berge: ein weiblicher Pandabär.
Professor Bress kam munter durch die Tür, begrüßte Lisa und brachte frische Luft ins Zimmer: ein Fünfziger, dem man zutraute, daß er alles regeln, alles heilen konnte und der diesen Eindruck auch erwecken wollte. Er hatte einen sonoren Bariton, mit dem er seinen unerschütterlichen Optimismus verbreitete.
»Wir werden, mein lieber Frank, morgen operieren, uns wird es danach gutgehen, von jetzt an sollten wir aber nichts mehr essen. Wir brauchen keine Angst zu haben...«
Frank sah ihn mißtrauisch an. Nach sechs Jahren und endlosen Untersuchungen, immer zwischen Hoffnung und Verzweiflung schwankend, war er nicht mehr so leicht zu beruhigen.
»Und Sie versprechen sich was von der Operation, Herr Professor?«
»Wenn unsere Diagnose stimmt – das wissen wir allerdings nur mit neunzigprozentiger Sicherheit –, dann ist die Operation selber reine Routine. Wir vermuten eine Pseudoarthrose – und daß wir das vermuten und nicht wissen, liegt daran, daß Röntgenaufnahmen manchmal nicht so leicht zu analysieren sind, zum Beispiel, wenn Bindegewebsteile in den Bruchspalt wachsen...«
»Und das ist bei Frank der Fall?« fragte Lisa.
Professor Bress spielte mit seiner Brille. »Vermutlich. Man spricht dann von einer sogenannten Falschgelenkbildung. Das kann zu diesen Lähmungserscheinungen führen.«
»Aber wieso hat das in all den Jahren niemand entdeckt?« Frank schrie das fast. »Ich war immer ein hoffnungsloser Fall, ich sollte mich gefälligst mit meinem Zustand abfin-

den. Und jetzt kommen Sie und sagen: Überhaupt kein großes Problem, reine Routine.«
Bress lachte ihn an. »Enttäuscht, Frank, weil Sie kein hoffnungsloser Fall sind? Ich will Ihnen das erklären. Alle Ärzte haben wohl die Ursache in den Nervensträngen vermutet und nicht in einem schlecht verheilten Bruch. Mit unseren modernen Methoden konnten wir eben nicht mehr sehen. Schauen Sie jetzt nach vorn, Frank, und nicht nach hinten – und schauen Sie zu Nathalie, die auf die gute Idee gekommen ist, mich zu informieren.«
Er schenkte seiner Nichte einen zärtlichen Blick.
Frank faßte nach Nathalies Hand. »Reiner Egoismus. Sie will unbedingt spazierengehen mit mir.«
»Das können Sie sehr bald, schätze ich«, sagte Bress. »Morgen schneiden und kratzen wir die Bindegewebsteile heraus. Dann bekommen Sie eine Spongiosaplastik – das ist eine Art Knochenteig aus dem Beckenraum. Danach bauen wir Ihnen Fixateurschienen ein, die gukken dann hier aus der Seite raus, und eine Woche später sind Sie davon befreit. Danach viel Gymnastik – aber das können Sie vielleicht auch zu Hause im warmen Klima auf Mallorca machen.«
Der Pieper in der Brusttasche seines weißen Mantels gab Lichtzeichen von sich.
»Ich muß zu einer Operation. Also nur Mut, junger Mann. Wir werden wieder ganz gesund.«
Als er gegangen war, mußte Frank lachen. »Wir werden gesund, wir sind mutig, wir essen nichts mehr bis morgen früh. Dein Onkel tut so, als wenn *er* operiert wird.«
»So fühlt der eben«, sagte Nathalie, »so war der immer. Das ist eben kein Mediziner, sondern ein richtiger Arzt. Bei dem kannst du dich beruhigt unters Messer legen.«

Zwei junge Männer tummelten sich im Swimmingpool. Sie sprangen übereinander, bewarfen sich mit einem Ball und konzentrierten sich dann gemeinsam auf eine junge Frau von etwa fünfundzwanzig Jahren, die am Rande des Pools in einem Liegestuhl lag. Wie einen Schutzwall hatte sie rund um sich Bücher aufgestapelt, sie machte sich auf einem Schreibpult Notizen und beachtete die jungen Männer nicht.

Katinka Schröder wollte allein sein und allein bleiben.

Aber seit drei Tagen, seit sie mit dem Schiff vom Festland gekommen war, fühlte sie sich wie Freiwild. Die beiden jungen Männer hatten sie schon auf dem Schiff angemacht, sehr uncharmant und direkt, ein Zimmernachbar namens Martin hatte sie später vor den Zudringlichkeiten schützen wollen – und war dann selber aufdringlich geworden. Habe ich irgendwas an mir? hatte Katinka sich gefragt und sich prüfend im Spiegel betrachtet. Nein, sie war eher ein unauffälliger Typ mit ihren mittellangen brünetten Haaren, dem weichen mädchenhaften Gesicht und einer rundlichen Figur, mit der sie bei keinem Schönheitswettbewerb einen Preis gewonnen hätte. Sie sah sich selber nüchtern und kritisch. Deshalb wunderte sie sich um so mehr, daß so viele Männer hinter ihr her waren – hier, auf dieser Insel, wo es von attraktiven jungen Mädchen nur so wimmelte.

Sahen die Männer ihr an, daß sie allein war, daß niemand auf sie wartete, daß sie nach dem Elend der Trennung von Gert eine geheime Sehnsucht in sich barg? Gert hatte sie verlassen wegen einer anderen, sie hatte ihn gehen lassen ohne Klagen, nach fünf guten Jahren. Aber so war das Leben. Was blieb, war die Arbeit an einem Katalog für die städtische Bibliothek, in der sie angestellt war. Sie hatte sich Bücher mitgenommen in den Urlaub, weil sie es haßte, in einem Restaurant allein an einem Tisch zu sit-

zen, oder am Strand, und von den Männern angestarrt zu werden.
Aber es nützte nichts. Jetzt fingen die beiden jungen Männer an, sie vom Schwimmbad aus naßzuspritzen.
»Laßt das doch«, sagte sie ruhig.
Die ganzen Tage schon hatte sie ihnen ohne Aggression klargemacht, daß sie nicht zu haben war.
Aber die beiden gaben nicht auf. Die stachelten sich gegenseitig an – und einmal hatte sie gehört, wie der eine zum anderen sagte: »Bist du jetzt dran – oder soll ich noch mal?«
Jetzt kam ihr Zimmernachbar Martin. Er setzte sich neben ihren Liegestuhl und rückte mit seinem Stuhl näher. Er war etwa dreißig und sie schätzte ihn als einen etwas farblosen Beamten ein. Am Tage vorher hatte er sie zu einer Autofahrt nach Valldemosa eingeladen, sie hatte eindeutig abgelehnt. Aber der Mann war nicht wegzutreiben.
»Wollten Sie nicht nach Valldemosa?« Sie sah ihn nur aus den Augenwinkeln an und tat, als lese sie weiter.
»Seien Sie doch froh, daß ich nicht gefahren bin. So kann ich Sie vor diesen aufdringlichen jungen Playboys schützen.«
»Zu gütig, aber ich kann gut auf mich selbst aufpassen.«
Er rückte noch ein Stück näher. »Gehen wir zusammen schwimmen?«
Katinka las weiter, ohne aufzuschauen sage sie: »Können Sie nicht schwimmen – oder soll ich Sie notfalls retten?«
»Ich bin Fuldaer Vizemeister im Hundert-Meter-Kraulen.« Er sagte es ganz ernst, ohne auf ihre scherzhafte Bemerkung einzugehen.
»Na, dann kraulen Sie mal, aber nicht mich«, sagte Katinka. »Im übrigen bin ich niedersächsische Vizemeisterin in Karate. Und wenn Sie also Stück für Stück so weiterrük-

ken wollen, bis Sie auf meinem Schoß sitzen, und vielleicht noch an mir herumtätscheln wollen, dann gebe ich Ihnen eine kleine Kostprobe...« Sie stand auf, packte ihren Liegestuhl und entfernte sich sehr demonstrativ von ihm.

Die beiden jungen Männer sprangen aus dem Wasser heraus und bauten sich neben Katinka auf.

Der eine sagte barsch: »Falls dieser Kerl Sie belästigt, sagen Sie es. Wir werfen ihn ins Wasser.«

»Gern«, sagte Katinka. »Wenn Sie bei dieser Gelegenheit gleich selbst drin bleiben.«

Martin lachte hellauf. »Gut gekontert nenn ich das.«

»Paß auf, Jüngelchen«, sagte der zweite junge Mann. »Geh zu deiner Mama und laß dir das Fläschchen geben, sonst setzt es was.«

Er stieß ihn vor die Brust, und Martin machte eine abwehrende Handbewegung.

Jetzt war es genug. Womit hab ich das verdient, dachte Katinka, packte die Bücher zusammen mit ihrer Decke und verzog sich. Auf der Terrasse des Hotels suchte sie einen freien Tisch, aber alle Tische waren besetzt. Nur an einem Tisch saß allein, umgeben von Büchern und Prospekten, der Rechtsanwalt Dr. Anselm Hoog. Katinka hatte den eleganten Mann am ersten Tag beim Empfang kurz kennengelernt. Er hatte sich mit einem angedeuteten Handkuß vorgestellt, ein Gentleman der alten Schule. Er erinnerte sie an den französischen Schauspieler Michel Piccoli. In diesen drei Tagen hatte sie ihn öfter gesehen, immer hatte er ihr freundlich und zurückhaltend zugenickt.

Jetzt winkte er lässig. »Bitte, kommen Sie doch an meinen Tisch.«

Sie schlüpfte in ihren Bademantel, legte die Bücher auf seinen Tisch und sagte: »Danke.«

»Ist doch selbstverständlich. Ich dachte schon, ich müßte eingreifen, aber wie ich sehe, haben Sie sich gut gewehrt. Männer sind manchmal lästig, wie?«
»Wie Mücken«, sagte sie. »Aber ich will allein sein.«
»Ich bin auch gern allein. Sie sehen, ich arbeite an einem Reiseführer über Mallorca. In den nächsten Tagen kommt meine Lektorin, ich muß mich beeilen . . .«
»Oh, ich will Sie nicht stören.«
»Bleiben Sie ruhig.« Er hatte eine angenehme sanfte und warme Stimme. Stimmen waren für Katinka immer das erste, was sie bei Männern wahrnahm, Stimmen und Gerüche. Er roch gut nach einem französischen Rasierwasser.
»Möchten Sie etwas trinken?«
»Einen Campari Soda, bitte.«
»Mens sana in Campari soda«, sagte er heiter, und sie mußte lachen. Er war so gelassen, so souverän, es war, als würde sie ihn schon lange kennen. Und so behandelte er sie auch, ein bißchen wie ein väterlicher Freund. Er bestellte den Drink. Dann hob er das Glas. »Wenn Sie Lust haben, würde ich Ihnen gern einmal die Insel zeigen. Ich weiß alles von dieser Insel, es ist mein Hobby. Eigentlich bin ich Rechtsanwalt in Bochum, aber meine Kanzlei läuft fast allein. Dann wären Sie die lästigen Bewunderer los.«
»Und hätte einen dazu?«
Milde lächelnd sah er sie an. »Einen Bewunderer, aber keinen lästigen, das verspreche ich Ihnen.«
Sie war nicht sicher, ob sie auf sein Angebot eingehen sollte. Bei Männern wußte man nie . . .
Aber dann sah sie die beiden jungen Männer auf den Tisch zusteuern. Die gaben wohl nicht auf.
Anselm Hoog sah es auch.
»Jetzt kommt der Generalangriff«, sagte er gelassen.

»Und jetzt reicht es mir auch«, sagte Katinka. »Würden Sie wohl ein Spiel mitspielen?«
»Welches Spiel?«
Sie antwortete nicht auf seine Frage. Statt dessen nahm sie wortlos seinen Arm und drückte ihn. Mit einem strahlend-verliebten Lächeln blickte sie ihn an. Und als die beiden Jungen ganz nah am Tisch waren, sagte sie: »Komm, Liebster, wir gehen aufs Zimmer, hier sind zu viele Zuschauer.«
»Du hast recht, Schätzchen. Komm.«
Arm in Arm gingen sie über die Terrasse ins Hotel.

Als Lisa nach vierzehn Tagen auf die Insel zurückkehrte, war das Hotel Paradies nur noch ein Paradies für die Gäste. Lisa hatte in Hamburg mit viel Erfolg ihre Bilder ausgestellt, mit Kunsthändlern und Presseleuten gesprochen – und sich hauptsächlich um Frank gekümmert. Die Operation war gelungen, und nun mußte Frank mühsam wieder laufen lernen. Sie hatte sich gefühlt wie die Mutter eines Babys, das seine ersten Schritte tut. Jeden Tag hatte sie mit Frank nach den Anweisungen einer Krankengymnastin gearbeitet. Es war geglückt: Frank ging, humpelnd noch, mit einem Stock – aber es wurde von Tag zu Tag besser. Und Nathalie war für Frank ein großer Ansporn.
Auf dem Flughafen wurden sie von einem überarbeiteten Max erwartet, nervös und reizbar wie nie – und ziemlich verwahrlost. Das hatte er so an sich. Wenn sie nicht dafür sorgte, daß er regelmäßig aß und die Kleidung wechselte, dann kümmerte sich der Mann nur ums Geschäft und nicht um sich selber.
Schlimmer war, daß neben ihm Manni in einem Rollstuhl saß – Rollstühle hatte sie nie wieder sehen wollen. Aber Manni streckte sein rechtes Bein vor, das bis zum Oberschenkel in Gips saß.

»Wie ist das passiert, um Himmels willen?«
Max umarmte beide. Seinen Sohn Frank ganz fest und lange. »Junge«, murmelte er, »wie schön, daß du wieder da bist.«
»Wie das passiert ist, will ich wissen«, sagte Lisa.
»Ich hab eine Bergrallye gefahren«, sagte Manni mit Galgenhumor, »und bin gestürzt. Sonst wäre ich erster geworden.«
Gleich war sie in der richtigen Stimmung. »Max, wie kannst du das zulassen. Eine Rallye mitten in der Saison.«
»Wer Männer will«, sagte Max, »muß Knaben wagen.«
»Aber gefälligst nicht meine Knaben.« Lisa war wütend. »Ich sehe schon, daß ich die Sache hier wieder in die Hand nehmen muß. Wer macht den Strandkiosk?«
»Opa«, sagte Max. »Manni ist zu nichts zu gebrauchen.«
»Dann muß Frank jetzt ran«, sagte Lisa. »Frank, traust du dir das zu?«
»Na klar. Endlich kann ich draußen arbeiten – und Manni kann das Telefon bedienen. Dafür schenk ich dir meinen elektrischen Rollstuhl, Manni. Mutter wollte ihn in Hamburg lassen, aber ich habe gesagt, ich will ihn zur Erinnerung behalten. Jetzt ist er doch noch zu was nutze.«
»An die Arbeit«, sagte Lisa.

Als sie dann alle im Lieferwagen des Hotels vom Flughafen nach Hause fuhren, fragte Lisa, weshalb Max ihr nicht am Telefon gesagt habe, was los war.
»Wir wollten dich nicht beunruhigen. Schließlich hattest du ja andere Aufgaben mit deiner Ausstellung. Du hattest Wichtigeres zu tun – und wir können auch mal ohne dich . . .«
Lisa hörte den Vorwurf: Du hast uns im Stich gelassen, und jetzt werden wir es dir zeigen. Wenn du unbedingt

malen und Erfolg haben willst – bitte sehr, du wirst schon sehen ...

Die weißgekalkten alten Häuser des maurischen Bergdorfs Valldemosa schimmerten im grellen Sonnenlicht. Katinka war überwältigt von der Schönheit dieses pittoresken Dorfes.

»Es war noch vor siebenhundert Jahren von den Arabern besiedelt«, sagte Anselm. Er wies auf ein großes Gebäude mit mehreren Türmen. »Und das ist die Cartuja de Jesús Nazareno. Das Kartäuserkloster. Hier hat mal Chopin gewohnt, im verregneten Winter 1838 auf 39. Die mallorquinischen Zeitgenossen waren nicht gerade begeistert von ihm – er war für die damaligen Zeiten ja auch ganz und gar unmöglich, dieser Chopin. Er war mit einer Frau hier, die zwar verheiratet war, aber nicht mit ihm, der Schriftstellerin George Sand, die erste echte Feministin der Welt. Sie hat dann ein Buch geschrieben, ›Ein Winter in Mallorca‹, darin rechnet sie mit den Mallorquinern ab, die ihr so zugesetzt haben.«

»Sie kennen die Geschichte der Insel wohl halb auswendig«, sagte Katinka mit ehrlicher Bewunderung.

»Halb? Ganz und gar, hoffe ich doch.«

Später aßen sie zusammen auf der Terrasse eines kleinen malerischen Restaurants.

»Sie wirken manchmal so traurig, Katinka«, sagte Anselm.

Katinka lächelte ihn an. »Ist das so? Ich kann Ihnen das erklären. Kennen Sie die Geschichte von dem weißen Forscher in Afrika, der auf Expedition ausgeht? Ich erzähle sie Ihnen: Drei Tage hintereinander wandert er mit seinen schwarzen Trägern durch die Wüste. Unermüdlich sind die Schwarzen. Doch am vierten Tag wollen sie nicht mehr weitergehen, um keinen Preis. Er fragt sie, ob sie müde sind. Nein, sagen sie, das ist es nicht. Wir sind nur viel zu schnell gegangen, und dadurch ist unsere Seele zurückgeblieben, jetzt müssen wir warten, bis sie uns eingeholt hat, dann können wir weiter ...«

»Und Ihre Seele, Katinka, ist noch woanders? In Hannover, bei einem Freund zu Hause?«

Woher weiß der Mann das, fragte sich Katinka und überlegte kurz, ob sie ihm von der Trennung von Gert erzählen solle, von dem Schmerz, den sie noch nicht überwunden hatte. Und dann beschloß sie zu lügen, sonst könnte auch er denken, sie wäre frei, frei für eine neue Liebe. Aber so war es nicht.

»Na ja«, sagte sie leise, »ein bißchen ist es schon so. Mein Freund in Hannover sitzt gerade bei seinem zweiten Staatsexamen, deshalb konnte er nicht mitkommen, das macht mich natürlich traurig. Also, meine Seele ist bei ihm geblieben – deshalb will ich auch keine flüchtigen Kontakte mit anderen Männern, verstehen Sie?«

»Und ich bin kein anderer Mann?«

»Ich empfinde Sie wie einen väterlichen Freund.«

»Das ist nicht gerade ein Kompliment. Welcher Mann hört schon gerne, daß er ungefährlich ist?«

Spontan legte sie ihre Hand auf seine Hand und hielt diese Hand eine Minute lang fest. Sie sah ihm in die Augen: graue Augen mit einem schimmernden Sprenkel darin, Augen, die ironisch schauen konnten und ganz lieb.

»So habe ich das nicht gemeint, Anselm.«

Anselm Hoog entzog ihr die Hand und sagte sehr kühl:

»Falls Sie eines Tages mit Ihrem Freund auf die Insel kommen, will ich gerne als Reiseleiter fungieren, für ein oder zwei Tage. Ich würde mich freuen.«

Katinka errötete. »Das ist nett.«

»Ja, das heißt, wenn Sie mit Ihrem Freund hier sind,

brauchen Sie mich nicht. Dann werden Sie ja nicht belästigt.«
»Das war keine gute Bemerkung. Ich bin nicht nur mit Ihnen zusammen, weil ein paar junge Kerle hinter mir her sind. Ich mag mit Ihnen zusammensein.«
»Das tut mir gut«, sagte er und stand auf. »Aber jetzt muß ich gehen, ich habe eine Verabredung mit meiner Lektorin.«
Auf der Rückfahrt zum Hotel schwiegen sie.

Es war ein Abschied nach zwei Tagen im Hochland. Nach Kirchenbesuchen und schönen Essen zu zweit und guten Gesprächen. Am Hoteleingang hatte Anselm ihr kühl und formvollendet die Hand gedrückt und dann noch einen Handkuß darauf gehaucht, als wäre sie eine Fremde. Aber Katinka fühlte sich nicht fremd bei diesem Mann. War sie ihm zu kühl, zu zurückhaltend begegnet, hätte sie ihm mehr zeigen müssen, daß sie ihn wirklich mochte? Sie wußte es nicht.
Nicht einmal flüchtig umarmt hatte er sie.
Traurig ging Katinka in ihr Hotelzimmer. Von draußen erklang fröhlicher Lärm. Es war Abend, und auf der Terrasse tranken und sangen sie. Katinka war allein.
Sie trat auf den Balkon und lehnte melancholisch an der Brüstung. Plötzlich die Stimme vom Balkon nebenan. Martin.
»Da sind Sie ja endlich. Ich hab schon auf Sie gewartet. Eben war ich in der Bar – alles nur Pärchen, kommt man sich ganz blöd vor. Wollen wir nicht zusammen runtergehen? Zwei Einsame sind nicht mehr einsam.«
»Ich bin nicht einsam, ich bin nur allein.« Katinka wandte sich um, sie wollte mit diesem Mann nicht länger sprechen. »Gute Nacht.«
»He, Moment mal«, sagte er rasch, »warum machen Sie es

so spannend? Dieser ganze Zirkus vorher, diese idiotischen Rituale der Annäherung, kleinbürgerlicher Scheiß – das ist doch nur Zeitverlust. Ich bin frei, Sie sind frei – ich komm einfach rüber, alles klar?«

»Nichts ist klar«, sagte Katinka. Eilig verließ sie den Balkon und schloß die Läden.

Sie legte sich angezogen aufs Bett und begann zu weinen. Das Weinen kam von ganz innen heraus, und sie wußte nicht, ob sie um Gert weinte oder um Anselm ...

Oder um eine Sehnsucht, die sie nicht beschreiben konnte.

Als sie am nächsten Morgen vom Licht der Sonne erwachte, hörte sie unten vor dem Hoteleingang Stimmen.

Vorsichtig schaute sie nach draußen. Da stand Anselms Mercedes, die Klappe des Kofferraums offen, und Anselm, wie immer in einem eleganten weißen Anzug gekleidet, verlud gerade seine Koffer. Im Wagen saß bereits eine junge Frau, die in einem Manuskript las. Das war wohl die Lektorin.

Anselm gab dem Hoteldiener ein paar Scheine, stieg in den Wagen und fuhr los.

Er blickte nicht einmal mehr hoch zu ihrem Zimmer.

Katinka setzte sich aufs Bett. Das war es also. Das war's. Weg ist er. Nicht mal auf Wiedersehen. Paßt eigentlich nicht zu ihm. Ist aber vielleicht ganz gut so. Sehr gut sogar. Ich hätt mich noch in den Mann verliebt. Wahrscheinlich ist er verheiratet in Bochum. Oder verliebt in diese Lektorin. Sah ja auch ganz gut aus. Was bilde ich mir ein? Andererseits hat er mir doch was versprochen. Wollte mir die Kathedrale von Palma zeigen. Und mit mir nach Alfabia und Manacor fahren. Wahrscheinlich war ich nicht begeistert genug. Ach, ich hab mir da was eingebildet, ich bin wohl bescheuert. So ein Mann. Aber von dem laß ich mir die Laune nicht verderben. Ich miete mir ein

Fahrrad und sehe mir die Gegend an. Ich wollte ja allein bleiben.

In Gedanken versunken ging Katinka später durch die Halle. Manni lehnte am Empfang, sein Gipsbein weit abgestreckt.

»Hallo, schönes Kind«, sagte er, »Herr Dr. Hoog wollte Sie wecken, aber ich habe Ihren Schlaf behütet. Hier ist eine Nachricht für Sie.«

Sie riß das Briefchen auf.

Ohne Anrede.

Nur: »Paguera. Östliche Ortseinfahrt. Das Haus neben der Töpferei. Wenn Sie Lust haben, ich erwarte Sie. A.«

Katinka legte das Blatt auf die Empfangstheke, griff mit beiden Händen nach Mannis blondem Lockenkopf, wühlte in seinen Locken und küßte ihn auf den Mund.

»Das war nicht für Sie bestimmt.«

»Dachte ich mir schon«, sagte Manni. »Aber schön war's doch.«

8

Blumen für Katinka

Sarah Kroll kämmte gerade ihr langes rotblondes Haar vor dem Spiegel in ihrem Mädchenzimmer, das mit Postern von Prince bepflastert war, als sie von unten ein wütendes spanisches Geschrei hörte. Sie eilte zum Fenster und sah hinaus.

Die Szene vor dem Eingang des PARKHOTEL KROLL war gespenstisch. Da stand eines der klapprigen Taxis von Mallorca, eine Dame mit einem riesigen weißen Hut versuchte auszusteigen und wurde von Sarahs Vater, dem dicken kleinen glatzköpfigen Augustin Kroll daran gehindert. Es war wie in einem Slapstick-Film. Von innen wurde die Tür aufgedrückt, Kroll stemmte sich dagegen und drückte sie wieder zu.

Dabei schrie er wilde spanische Flüche, die mit seinem deutschen Akzent komisch wirkten.

»Fahren Sie weiter, Sie Idiot«, schrie er den Taxifahrer an, »diese Hure steigt hier nicht aus, niemals, dieses Luder wird mein Hotel nicht betreten.«

Aus dem Wagen kam eine keifende Frauenstimme, die man nicht verstehen konnte.

Es dauerte Minuten, bis Sarah begriff, wer das war in dem Taxi. Und das auch erst, als es der Dame gelang, Kroll beiseite zu drücken. Sie stand da im grellem morgendlichen Sonnenlicht, riß sich den weißen Hut vom Kopf und schlug damit auf Kroll ein, der die Hände vors Gesicht schlug, um sich zu schützen.

Sarah zitterte.

Diese Dame mit dem schwarzen Haar, den übertrieben rot geschminkten Lippen, den schlanken Leib gehüllt in ein

superbuntes Kleid, war ihre Mutter: Rosita Kroll, geborene Sanchez.
Sie war also heimgekehrt.
Krolls Assistent Bob versuchte beruhigend auf Kroll einzuwirken: »Aber Chef, das können Sie doch nicht machen . . .«
»Halt's Maul, Bob – misch dich da nicht ein. Hast du nichts anderes zu tun, ich regle das selbst.«
Jetzt entriß er Rosita den Hund und warf ihn wie eine Diskusscheibe durch die Luft.
»Hier ist kein Zimmer frei. Nicht in meinem Hotel. Und in meinem Haus wirst du auch keinen Platz finden, du Aas. Such dir was anderes . . .«
»Etwas anderes?« schrie Rosita. »Du Lump willst mich aus meinem Haus vertreiben? Das ist auch mein Haus, das ist auch mein Hotel – ich bleibe hier!«
Nun holte der Taxifahrer die Koffer aus dem Wagen und stellte sie vor den Eingang. Kroll riß die Koffer an sich und warf sie ungestüm wieder in den Kofferraum.
Dabei schrie er: »Jawohl, das wage ich, und ich wage noch ganz andere Sachen. Es war ein schmerzlicher Tag, als du mich verlassen hast, du gemeines Miststück, aber der Tag deiner Rückkehr ist eine Heimsuchung. Verschwinde, sofort . . .«
Zu dritt rangelten sie um das Gepäck, der Taxifahrer, Rosita und Kroll rissen sich gegenseitig die Koffer aus der Hand, rein, raus. Rosita schrie: »Ich vernichte dich. Du wirst bluten, bis zu schwarz wirst . . .«
Kroll knallte den Kofferraum zu. Er rief dem Taxifahrer zu: »Die Dame fährt weiter, von mir aus in die Hölle!«
Mit einem wilden Blick bedachte Rosita ihren Mann. Dann stieg sie wieder in das Taxi.
»Zum HOTEL PARADIES.«
Das Taxi setzte sich in Bewegung, und Kroll, mit hoch-

rotem Kopf, wandte sich an Bob und andere Mitglieder seines Personals, die feixend am Eingang herumlungerten: »Kratzt die Kurve, los – sonst laß ich meine Wut an euch aus.«

Rasch schlüpfte Sarah in ihre Bluejeans, lief zum Hintereingang, sprang in ihren Sportwagen und raste in halsbrecherischer Fahrt zum HOTEL PARADIES, um vor ihrer Mutter dort anzukommen. Diese Frau, daß wußte Sarah aus langer Erfahrung, war unberechenbar. Ein paar Jahre hatte Sarah bei ihrer Mutter in Argentinien zugebracht, auf der Rinderfarm jenes reichen Mannes, mit dem Rosita Hals über Kopf ihrem Mann durchgebrannt war. Dann hatte Kroll als Vater sich durchgesetzt und Sarah in ein Internat gesteckt – schon dieser Kampf um Sarah war ein Kampf auf Leben und Tod gewesen, und Sarah war froh, daß nun alles geregelt schien. Wieso war Rosita plötzlich aufgetaucht, um alles wieder durcheinanderzubringen?

In der brütenden Morgenhitze lag Manni – das Gipsbein auf einem extra Stuhl gelagert – unter einem Sonnenschirm am Swimmingpool. Er hatte gelesen, das Buch war heruntergefallen, und er schlief. Wenn er schläft, dachte Sarah, wirkt er wie ein Engel mit seinen blonden Locken. Sie rüttelte ihn an der Schulter. »Manni, wach auf, ich brauche dich.«

Erschrocken schlug er die Augen auf. »Was ist denn? Ist das Hotel explodiert?«

»Nein«, sagte Sarah, »nur mein Vater. Meine Mutter ist plötzlich zurückgekommen, schlechte Stimmung.«

Manni schloß die Augen wieder, gähnte und streckte sich. Lässig sagte er: »Wie schön – alles ist in Butter, schon erscheint die liebe Mutter.«

»Sei ein andermal albern, Manni. Wir müssen etwas tun. Die will sich bei euch einnisten, und dann haben wir wieder den größten Familienkrach zwischen den Krolls

und den Lindemanns. Diese Frau kann nur intrigieren und stänkern, du machst dir keine Vorstellungen – da ist sie schon!«
»Da hat sie Pech. Wir sind total ausgebucht.«
»Um so was hat sich meine Mutter nie gekümmert. Die bohrt so lange, bis sie eine Bleibe hat.«

Am nächsten Morgen wachte Katinka in einem fremden Zimmer auf. An einem kleinen Fenster wehten Tüllgardinen, auf dem Tisch stand ein riesiger Strauß mit blauen und gelben Freesien – mit einem kleinen Zettel daran: »Ich muß für ein paar Stunden weg. Isabella wird für Sie sorgen. A.«
Dann war Anselm also ganz leise in ihrem Zimmer gewesen, während sie schlief. Ihr Herz klopfte schneller. Noch immer war sie verwirrt von eigenartigen Gefühlen, und doch war da auch eine große Freude.
Ein sonderbarer Mann, merkwürdig.
Sie ließ die Ereignisse des vorherigen Tages noch einmal ablaufen, wie einen romantischen Film. Mit dem Fahrrad war Katinka in die Berge gefahren zu dem beschriebenen Haus. Es war eine lange Tour von mehr als vier Stunden gewesen. Verschwitzt war sie angekommen, die Haare verklebt, das Gesicht fast schwarz vom Staub der vorbeibrausenden Autos. Die letzten Kilometer hatte sie das Rad schieben müssen, weil sie einen Platten hatte. Und da lag das Haus: ganz einsam am Rand des Dorfes Paguera. Ein altes, langgestrecktes steinernes Bauernhaus, umringt von einem verwilderten Garten mit riesigen Büschen von roten und weißen Heckenrosen. Weißes Haus mit roten Fensterläden, wie wunderbar, hatte sie gedacht.
Anselm Hoog war an die Tür gekommen. »Wie schön, daß Sie da sind, Katinka. In einer Stunde können wir essen.« Als hätten sie eine Verabredung gehabt.

»Haben Sie denn mit mir gerechnet?«
»Ich habe gehofft, daß Sie kommen. Ich wollte Sie nicht drängen, ich will alles Ihnen überlassen.« Was noch, was will er mir überlassen?
Er reichte ihr die Hand und zog sie über die Schwelle. »Kommen Sie rein. Mein Haus. Gestern ist es fertig geworden, wir haben innen alles umgebaut und neu eingerichtet.«
In den niedrigen Zimmern standen herrliche alte Eichentische, Kommoden, alte Bilder hingen an den Wänden, die weiß und rauh verputzt waren. Das nennt er neu eingerichtet.
Es war kühl in dem stillen Haus. Katinka fröstelte leicht. Anselm Hoog sah sie an. »Um Himmels willen, Sie sehen ja aus wie eine entflohene Strafgefangene. Nehmen Sie vor dem Essen ein Bad, das wird Ihnen guttun. Badeschaum und Bademantel finden Sie drinnen . . .«
Er öffnete eine Tür und ließ Katinka vorangehen. Aha, dachte sie, dies war also *seine* Art des Eröffnungszuges. Man steckt ein Mädchen ins Bad, das natürlich nicht abschließbar ist, man gibt dem Mädchen Zeit, bis sie im Bad liegt, man kommt dann zufällig herein, man setzt sich auf den Rand der Wanne, man fragt, ob sie sich im Bad nicht allein fühlt, und steigt mit in die Wanne, oder man bietet dem Mädchen an, sie abzutrocknen. Nun ja. Aber Katinka fühlte sich so erschöpft und elend nach der anstrengenden Radtour, daß sie dankbar für ein Bad war.
Die Tür war natürlich nicht abschließbar, und natürlich hatte sich diese Tür – während Katinka im Schaumbad lag – nach einer Weile vorsichtig geöffnet. Er war mit einem »Ich darf doch« hereingekommen, in der Hand ein Holzbrettchen mit Käse und Brot und einem Glas Wein (immerhin hatte er sich etwas einfallen lassen, das tat schon wohl nach den plumpen Angriffen der jungen Männer).

»Eine kleine Mahlzeit voraus, damit Sie mir nicht vom Fleisch fallen, Katinka«, hatte er gesagt, das Holzbrettchen auf den Rand der Badewanne gestellt und war ohne näher hinzuschauen, was vielleicht unter dem Schaum verborgen sein könnte, hinausgegangen.

Später hatten sie zusammen gegessen, bedient von einer sehr alten, schwarzgekleideten Spanierin namens Isabella, waren spazierengegangen, und am Abend hatten sie zusammen am Kamin gesessen (die Nächte in den Bergen sind sehr kühl) und Musik gehört. Sie hatte sich warm und zu Hause gefühlt, bis er sagte:

»Bleiben Sie doch über Nacht im Gästezimmer. Sonst müßte ich Sie noch mit dem Wagen ins Hotel zurückbringen. Ehrlich gesagt wäre mir das ziemlich lästig.«

Aha.

Anselm hatte sie zu ihrem Zimmer gebracht und vor der Tür einen väterlichen Kuß auf ihre Stirn gehaucht. »Gute Nacht, schlafen Sie gut . . .«

In dem alten Bauernschrank im Gästezimmer hatte sie ein altmodisches Nachthemd gefunden, nach Lavendel duftend, und dann hatte sie im Bett gelegen – Geräusche in der Nacht, Mondlicht durch das Fenster schimmernd, Schritte. Schritte – kommt er? Aber die Schritte waren an ihrer Tür vorbeigegangen, kein leises Klopfen, nichts. Und dann der Schlaf, aber vor dem Schlaf ein wunderliches Gefühl der Enttäuschung . . .

Jetzt stand Katinka auf, duschte sich und ging zum Frühstück hinunter. Draußen im Garten zwischen den Rosenhecken auf einem verwitterten Holztisch hatte Isabella ein reiches Frühstück gedeckt: mit frischem Orangensaft, Eiern, spanischer Wurst und einem Korb mit Früchten.

Unten in der kleinen einsamen Bucht lockte das Meer. Kein Mensch weit und breit . . .

So stieg Katinka die in den Stein gehauenen Stufen zum

Strand hinunter, warf unten den Bademantel ab, streckte ihren nackten Körper in der Sonne und schwamm ins Meer hinaus.

Als sie zurückschwamm nach einer Viertelstunde, sah sie Anselm schon von weitem. Er saß neben ihrem Bademantel und wartete geduldig auf ihre Rückkehr.

Einen Augenblick der Scheu mußte sie überwinden, sie spielte im seichten Wasser – dann stand sie auf, das Wasser perlte über ihre Haut, und aufrecht ging sie auf den Mann zu.

Anselm saß da in seinem eleganten weißen Anzug, stand auf und ging ihr ein paar Schritte entgegen, den Frotteemantel in der Hand.

Vor ihr blieb er stehen, ein paar Schritte entfernt. »Du bist schön, Katinka, wunderschön.« Und er sagte das mit seiner weichen warmen Stimme (eine Stimme wie brauner Samt, dachte Katinka).

»Bitte geben Sie mir den Mantel, Anselm.«

Er trat hinter sie und legte ihr den Bademantel um die Schulter, ohne sie zu berühren.

Ohne sie zu berühren ...

Gemeinsam gingen sie die steinernen Stufen zum Haus hinauf. Katinka fragte: »Alles zur Zufriedenheit erledigt?«

»Ja. Den Rest des Tages haben wir frei.«

»Wir?«

»Ja, wollten wir nicht zur Nordspitze nach Cabo Formentor fahren?«

»Ich muß ins Hotel zurück. Alle meine Sachen sind da, und überhaupt ... Bitte bringen Sie mich zurück.«

Er blieb stehen, neben einer der seltsam verwachsenen Koniferen der Insel. »Ist es denn im Hotel schöner als in meinem Haus?«

»Sie wissen sehr gut, was ich meine. Muß ich das noch umständlich erklären? Eine Nacht ist genug, ich will Ihre

Gastfreundschaft wirklich nicht länger in Anspruch nehmen.«
Mit einem ironischen Lächeln quittierte er ihren geschraubten Satz. »Hast du Angst, daß ich diese Gastfreundschaft, wie du es nennst, ausnutzen könnte? Ich respektiere die Tatsache, daß du zu Hause einen Freund hast.«
Spontan platzte sie heraus: »Ich habe doch keine Angst vor Ihnen, Anselm, merken Sie das nicht?«
»Na gut. Dann frage ich mich aber eines: Warum sagst du wieder Sie zu mir. Gestern abend am Kamin waren wir doch längst beim Du?«
»Stimmt«, sagte sie. »Ich wußte nur nicht, ob du es wirklich so gemeint hast.«
»Ich meine immer, was ich sage.«
»Dann fahren wir jetzt nach Cabo Formentor?«
»Ja, und dann ins Hotel, um deine Sachen zu holen.«
Anselm nahm sie bei den Schultern, zog sie an sich heran und küßte sie auf beide Wangen. Wie ein Vater seine Tochter küßt, ein Freund den Freund.

Im HOTEL PARADIES herrschte große Unruhe. Die Ankunft von Rosita Kroll hatte zu sehr merkwürdigen Folgen geführt und zu großen Diskussionen innerhalb der Familie Lindemann. Zuerst zwischen Sarah und Manni, denn Manni hatte die Ankunft von Rosita benutzt, um auch Sarah der Wankelmütigkeit – »Du bist genau wie deine Mutter« – zu beschuldigen, was Sarah nicht auf sich sitzenlassen wollte. Manni hatte gerufen, er werde nie heiraten, daraufhin war Sarah in Tränen ausgebrochen und hatte sich an Lisas Brust geflüchtet. Lisa wiederum hatte Sarah verteidigt und gegen ihren Sohn Stellung genommen, was ihr den Vorwurf der Männerfeindlichkeit eingetragen hatte. Auf der anderen Seite war Lisa strikt dagegen, Rosita in ihrem Hotel wohnen zu lassen, weil man damit wieder nur die Feindschaft zu Kroll schüren würde, während Max die Idee von Rosita ganz gut fand, die hatte nämlich geschrien: »Du bist Feind von Augustin, ich bin Feind von Augustin, wir verbünden.«

Dazwischen war die Ankunft von Oma Linz gewesen, ganz überraschend, so daß auch für sie kein Zimmer reserviert war, und Oma Linz konnte sehr beleidigt sein, wenn im Hause »meiner Tochter kein Plätzchen mehr für mich frei ist«. Das mußte alles geregelt werden – und schließlich bot Opa Lindemann den Ausweg an, daß Oma Linz in seinem Zimmer schlafen könne. Eine Lösung, die Oma Linz zunächst weit von sich wies (»Ihr wollt mich verkuppeln, aber Albert und ich haben unser eigenes Tempo«). Schließlich gab sie nach, als sich herausstellte, daß Opa Lindemann in seinem Werkraum schlafen konnte. Lauter Mißverständnisse. Nachdem die meisten dieser Mißverständnisse geklärt waren, und Max am Empfang endlich wieder seinen täglichen Pflichten nachgehen konnte, surrte das Telefon.

Kroll am Apparat.

»Ich bitte dich, Max, nimm Rosita auf. Wenn sie bei dir wohnt, dann wohnt sie nicht bei mir. Sie ist jetzt zwei Tage in einer Spelunke am Hafen untergekommen, das ist unerträglich, und jetzt steht sie wieder bei mir vor der Tür. Ich will sie nicht hier haben, der Schmerz ist zu groß – und die Leute würden mich doch auslachen, wenn ich diese untreue Person einfach wieder aufnehme.«

»Aber es ist nichts frei, Kroll. Ich würde dir ja gern helfen.«

»Max, Max, Rosita ist schon unterwegs zu dir. Du wirst das schon meistern.« Er hängte einfach auf.

Und dann segelte Rosita schon durch die Drehtür, übertrieben bunt gekleidet wie immer.
»Einen Moment bitte, Señora Kroll . . .«
Schließlich besteht der Alltag eines Hoteliers in der Hochsaison nicht nur aus Freundschaftsdiensten. Erst einmal mußten die Wünsche der Gäste erfüllt werden. So schickte er Rosita erst mal in die Bar, wo sie auf Kosten des Hauses einen Drink nehmen sollte. Max wußte schon nicht mehr, wo ihm der Kopf stand, da tippte ihm Carlos auf die Schulter: »Aber Max, unser Problem ist doch längst gelöst. Frau Schröder will vorzeitig abreisen, ihr Zimmer kann Rosita Kroll haben. – Ja, natürlich, Frau Schröder, Sie bekommen die Differenz sofort zurück, wir haben das Zimmer ja schon wieder vermietet.«

Es war der letzte Tag ihres Urlaubs.
Wieder ankerten Renate und Ingo mit der Jacht direkt über dem gesunkenen Frachter. Wieder legte Ingo seine Taucherausrüstung an.
»Kommst du mit, Renate?«
»Nein«, sagte Renate. »Ich komme überhaupt nicht mehr mit. Was soll ich um den rostigen Kahn rumschwimmen. Ich habe Angst, und ich habe auch Angst um dich. Irgendwann verhedderst du dich so, daß niemand dich mehr befreien kann. Verdammt noch mal, was willst du denn da unten? Du hast doch gehört, daß sie die alten Münzen auf dem Markt kaufen und dann versenken, um die Touristen anzulocken.«
»Ich suche keine alten Münzen«, sagte Ingo, »ich suche ein Vermögen.«
»Wozu brauchen wir ein Vermögen? Wir haben beide unsere Arbeit, wir verdienen gut in Hamburg – und du gefährdest dein Leben wegen eines Traums, der nie in Erfüllung geht.«

Ingo schlüpfte wieder aus dem Taucheranzug.
»Na gut, dann tauche ich jetzt nicht, wenn du meinst. Aber ich werde dir mein Geheimnis verraten. Ich weiß, daß da unten ein Schatz liegt, der achtzig Millionen Mark wert ist.«
»Aber woher denn?« Sie lachte. »Und was sollen wir mit achtzig Millionen?«
»Leben«, sagte Ingo. »Einfach leben ohne Sorgen. Dein Geld geht zu Ende. Du hast deinem Exmann hunderttausend gegeben, der Rest deines Geldes ist bald alle, wenn wir so weitermachen. Und ich soll nicht mehr tauchen? Renate, der Bruder meines Großvaters ist mit diesem Schiff untergegangen. Ich habe Unterlagen aus seinem Besitz. Sie liegen in Hamburg im Banksafe, weil es mir viel zu gefährlich erschien, sie hierher mitzubringen. Das Gold sollte nach Venezuela gebracht werden, das Gold der Nazibonzen . . .«
»Wir fliegen morgen zurück. Zeig mir die Unterlagen, und dann reden wir weiter.«
Sie sah ihn strahlend an. »Und jetzt tauchen wir!«
»Doch tauchen?« fragte er erstaunt.
»Wir tauchen in die Kajüte runter«, sagte sie. »Der Gedanke an so viele Goldbarren macht mich sinnlich.«
Eng umschlungen gingen sie nach unten.

Katinka packte ihre Koffer in dem kleinen Gästezimmer aus, legte die Blusen und Pullover in den alten Bauernschrank, hängte die Hosen über die Bügel. Sie ging ins Bad und wusch sich endlos, sie föhnte ihr Haar – und spürte schließlich, daß dies alles Ersatzhandlungen waren, um nicht zu Anselm hinuntergehen zu müssen, denn was auch immer geschehen mochte, beichten mußte sie ihm ihre Lüge, ihren kleinen Schwindel von dem Freund, der angeblich in Hannover auf sie wartete.

Das war ein schwerer Schritt, aber Anselm hatte ihr soviel Vertrauen geschenkt, das durfte sie nicht länger enttäuschen.
Als sie die leicht geschwungene Holztreppe hinunterging, fühlte sie sich wie ein kleines Mädchen, das seinem Vater ein Geständnis machen muß und dafür Strafe zu erwarten hat.
Die Haushälterin Isabella war schon nach Hause gegangen, Katinka war mit Anselm allein im Haus. Sie suchte ihn im Wohnzimmer, dann in der kleinen Bibliothek. Aber Anselm rief aus der Küche.
»Katinka? Hol dir was zu trinken . . .«
Sie ging in die Küche. Er stand dort, eine Schürze vorgebunden, vor der Anrichte und bereitete Fische und Scampis vor. Auf dem Herd dampfte ein kupferner Topf.
»Du kochst?« Katinka war verwirrt. Dieser Mann wirkte so, als würde er niemals einen Handgriff in der Küche tun.
»Ich verachte Männer, die nicht kochen können«, sagte Anselm und wischte sich die Hände an der Schürze ab. »Wer wirklich genießen will, der muß viel vom Essen wissen, und nur wer selber kocht, weiß viel vom Essen.«
Dies war nicht der richtige Moment für Geständnisse.
»Darf ich helfen?«
»Gerne.«
Gemeinsam putzten sie das Gemüse, schnitten die Tomaten und die grünen und roten Paprika, er erzählte dabei von den Feinheiten der spanischen Gerichte, die er gern zubereitete. Katinka fühlte sich wohl und geborgen.
Anselm hatte vorher schon den Tisch gedeckt. Altes Silberbesteck, Blumen auf dem Tisch, Kerzen, ein Tonkrug für den Wein. Eichenscheite brannten knisternd im Kamin. Sie liebte es, ihm beim Essen zuzusehen, es war ein ästhetischer Genuß. Er wählte langsam, zögerte, bevor er einen Bissen in den Mund steckte. Zum ersten Mal in all

diesen Tagen verglich sie ihn mit Gert, diesem ungestümen jungen Mann, der gierig fraß – das Essen, das Leben, die Liebe, alles in sich hineinfraß, als könnte es morgen nichts mehr geben. Auch das hatte seinen Reiz, fand Katinka, aber es war nur eine Seite des Lebens.
Anselm nahm einen Scampi aus der kupfernen Pfanne, die auf dem Tisch stand. Mit seinen langen schmalen Fingern schälte er ihn sorgfältig, dann steckte er ihn Katinka in den Mund.
Sie aß und sah Anselm dabei verliebt an. Es war die erste Intimität, die sie teilten: ein Scampi, immerhin. Als sie aufgegessen hatte, sagte sie leise: »Ich muß dir etwas gestehen . . .«
»O Gott, nein, bitte nicht. Geständnisse und Beichten machen mich immer so müde.«
»Doch, Anselm. Ich muß. Lach jetzt nicht. Vorgestern waren wir im Kartäuserkloster, und du wolltest mir die alte Apotheke des Klosters zeigen . . .«
»Du hattest keine Lust. Da ist dir etwas entgangen.«
»Wir können es nachholen«, sagte sie leise. »Vorgestern konnte ich noch nicht. Apotheke, das tat mir zu weh. Weißt du, Anselm, ich habe dich angeschwindelt: Es gibt keinen Mann mehr in Hannover. Ich bin frei. Aber ich war all diese Tage noch nicht frei genug für eine neue Beziehung. Ich hatte die Trennung von diesem Mann noch nicht überwunden. Er wird Pharmakologe und arbeitet neben seinem Studium in einer Apotheke. Da habe ich oft mit ihm gesessen, wenn er Nachtdienst hatte. Deshalb.«
»Und diese Trennung hat *er* vollzogen?«
»Ja«, sagte Katinka. Und es war plötzlich ganz leicht: »Aber für mich war es einfacher zu sagen, daß ich meinem Freund treu sein will, als ehrlich zuzugeben, daß er mich hat sitzenlassen, verstehst du das?«
»Natürlich verstehe ich das.«

Sie nahm seine beiden Hände, die auf dem Tisch lagen, und streichelte sie.
Anselm stand auf und zog Katinka zu sich hoch. Sie sahen sich an, und plötzlich verlor Katinka alle Scheu.
»Hoho«, sagte er, als wolle er ein durchgehendes Pferd zügeln, »langsam, langsam, wir wollen das genießen . . .« Er hielt sie bei den Schultern ein wenig von sich ab. »Ich liebe Rituale, und Rituale brauchen Zeit.«
Ganz zärtlich und wie ein Hauch küßte er Katinka auf den Mund, dann auf den Hals. Quälend langsam öffnete er einen Knopf ihres Kleides nach dem anderen, und immer, wenn er ein Stück Haut freigemacht hatte, warf er kleine Küsse auf dieses Stückchen Haut. Katinka zitterte vor Begierde, vor Angst, vor Freude, vor Erregung.
Als sie ganz nackt war, legte er sie auf den weichen weißen Wollteppich vor dem Kamin.
»Warte, meine Liebste . . .«
Sie lag auf der Seite und blickte in die züngelnden Flammen, deren Widerschein sich auf ihrer nackten braunen Haut spiegelte. Sie drehte sich nicht um, während er sich hinter ihr auszog. Nichts sollte die sonderbare Verzauberung stören, die sie spürte. Dann lag er bei ihr, ganz still, nur seine Hände glitten über ihren Körper, sanft. Sanft tasteten sie die Rundungen ab, verweilten am Hals, die Fingerspitzen strichen über ihre Brust, dann über ihren flachen Bauch, tasteten sich tiefer. Katinkas Hände wollten den Liebkosungen antworten. Anselm hielt ihre Hände fest.
»Nein, Liebste, tu nichts, lieg ganz still, ich will, daß du genießt, nur du.«
Sein Mund auf ihren Brüsten, sein Mund auf ihrem Bauch, eine schnelle Bewegung der Zunge, und tiefer noch. Nie, nie hatte Gert das gemacht, immer war er schnell zu ihr gekommen, als müsse er einen Zug errei-

chen, der schon abgefahren war. Dies war anders, neu, aufregend, wahnsinnig …
Sie stöhnte. Aber immer wenn sie das Gefühl hatte, gleich zu explodieren, dann hielt er mit seinen Zärtlichkeiten inne, begann von neuem, wieder ganz am Anfang, bis sie wieder soweit schien – er wußte es, er spürte es, sie brauchte nichts zu sagen, brauchte keine Bewegung zu machen, brauchte ihm nicht entgegenzukommen oder seine Zärtlichkeiten steuern.
Es war eine süße, endlose Qual, es war so, wie sie sich Liebe in ihren Mädchenphantasien vorgestellt hatte, und es machte ihr nichts aus, daß die Haut des Mannes nicht mehr jung war.
Dann ließ sie sich gehen. Ganz still, ganz intensiv genoß sie den Orgasmus, der in langen Wellen kam und wieder kam und endlos zu dauern schien, und Anselm betrachtete sie mit einem glücklichen Gesicht, wie sie sich gehen ließ, und nichts Fremdes war daran, daß er sie so betrachtete und immer wieder sagte:
»Du bist schön, Katinka. Gott, bist du schön …«
Dann kam er zu ihr, und sie genoß es, wie er erst nach langer Zeit in ihr verströmte.
»Ich liebe dich«, sagte sie. Das hatte sie noch nie gesagt, auch nicht zu dem Mann, der sie verlassen hatte.
»Ich liebe dich sehr, Anselm.«

Lisa war mit ihrem Mann gerade auf dem Weg ins Krankenhaus. Dort machte Frank seine gymnastischen Übungen, und Manni wurde der Gips abgenommen.
»Dann haben wir wieder zwei gesunde Söhne«, sagte Lisa. »Zwei Söhne, die neuen Unsinn anstellen können. Ist das nicht zum Verzweifeln?« Aber sie lachte bei diesem Satz. Mütter mit großen Söhnen haben nur zwei Möglichkeiten, nämlich Verzweiflung oder Toleranz, das wußte

Lisa. »Man sollte ein Gesetz machen, daß die Jungen erst mit dreißig aus dem Haus dürfen.«
»Das ganze Elend der Welt«, sagte Max philosophisch, »beginnt sowieso damit, daß die Leute nicht auf ihren Zimmern bleiben.«
Sie mußten beide lachen.
»Schau mal, da sitzt Kroll in tiefer Betrübnis«, sagte Lisa. »Halt mal an, wir haben noch Zeit. Wir müssen mal wieder ein bißchen Eheberatung betreiben, habe ich das Gefühl.«
Der dicke kleine Kroll hielt sich an einem Bierglas fest, das auf einem Tisch auf der Terrasse eines Straßencafés stand. Max gesellte sich zu ihm. »Du siehst aus, als hätte es dir die Ernte verhagelt, Kroll. Habe ich dir zu viele Gäste weggenommen, bist du pleite?«
»Nimm ihn nicht so scharf ran, Max«, sagte Lisa. Sie spürte ein wenig Mitleid mit dem gehörnten Ehemann, dem auch seine Tochter nicht mehr parierte. Allen Untaten der Kroll-Sippe zum Trotz empfand sie insgeheim Sympathie für den kleinen Glatzkopf.
Kroll antwortete, sein Gesicht wirkte jetzt wie das Gesicht eines zerknautschten Bullenbeißers: »Dich zerquetsche ich doch wie eine Laus, wenn ich will. Mit deinem komischen Paradies-Schuppen kannst du mir doch keine Konkurrenz machen.«
Max strich ihm über die Glatze. »Wie der Popo meiner Frau fühlt sich das an . . .«
Das war etwas für Kroll. Er bekam listige Augen, fuhr sich ganz langsam mit der Hand über den Kopf und sagte versonnen, als freue er sich an einer köstlichen Erinnerung: »Stimmt, du hast recht . . .«
Lisa lachte hellauf. Männer waren schon was Komisches, wenn sie sich wie Hähne gebärdeten.
»Also«, sagte Max, »spuck's aus. Was ist los?«

»Ich bin ruiniert, Max. Hier habe ich einen Brief vom Anwalt von Rosita.«
Er knallte ein Schreiben auf den Tisch, ließ aber die behaarte Hand darauf liegen. »Wenn ich Rosita nicht wieder bei mir aufnehme, dann verlangt sie von mir 400 Millionen Peseten. Das ist ihr Anteil am Kapital und am Grundvermögen, verzinst über zehn Jahre. Ich habe meinen Anwalt befragt, und der sagt, das kann die fordern und das kriegt sie auch. Wenn ich soviel Geld aus dem Hotel nehme, kann ich aufgeben. Ich habe investiert...«
»Aber dann nimm sie doch wieder auf«, sagte Lisa heiter. »Die ganzen Jahre über hast du erzählt, wie sehr du Rosita vermißt. Jetzt ist sie da, und du stößt sie zurück.«
»Eher bringe ich sie um. Ja, ich bin zu einem Mord fähig. Wenn ich nur an diesen argentinischen Ochsenzüchter denke, kocht mir das Blut. Diese Frau setzt mir Hörner auf und kommt dann zurück mit der Forderung: Entweder dein Geld oder deine Vergebung. Wie stehe ich denn vor den Leuten da? Ich mache mich doch lächerlich. Lisa, Max, wir sind hier in Spanien und nicht bei der toleranten Gesellschaft vom Kurfürstendamm. Begreift ihr das nicht?«
»Nein«, sagte Lisa, »ich habe von dieser Art Männerstolz nie etwas begriffen. Wenn du Rosita noch immer liebst, dann nimmst du sie zurück. Sie will dich, und du willst sie – was kümmern dich die Leute!«
»Was hat das denn mit meiner Liebe zu tun?«
»Alles«, sagte Max, »alles mit der Liebe und alles mit dem Hotel. Du kannst dein Hotel behalten und deine Rosita, wenn du auf das Geschwätz der Leute pfeifst.«
»Ein Mann hat seinen Stolz. Ich kann nicht. Lieber geh ich vor die Hunde.«
Max lehnte sich genüßlich zurück. »Mir kann es nur

recht sein. Ich beteilige mich an der Versteigerung, wenn du ruiniert bist. Dein Hotel käme mir sehr gelegen, so brauche ich nicht zu erweitern. Und dann wäre ich Kompagnon von deiner Rosita. Überleg dir das also gut. Ich muß jetzt los mit Lisa, die Jungen aus der Klinik abholen.«
Kroll sagte kein Wort mehr. Er sah den beiden nachdenklich nach.

In der Bar herrschte an diesem Abend Hochbetrieb. Carlos Riedmann, Manager und Mann für alle Fälle, ging dem Barmixer zur Hand, der mit seiner Arbeit nicht fertig wurde. Es war eine heiße Nacht, und die Menschen hatten mehr Durst als sonst. Auf der Tanzfläche bewegte sich hauptsächlich die Schar der jungen Gäste zum neuen Modetanz Lambada.

Manni konnte endlich wieder tanzen. Nur langsam, weil sein Bein immer noch schmerzte. Aber dafür um so intensiver.

»Hey, hey«, sagte Sarah, als er seinen Unterleib zu eng an sie preßte, »willst du es gleich hier machen? Dann können wir uns hier aber nicht mehr sehen lassen . . .«

»Irgendwie muß man ja anfangen«, flüsterte er.

»O nein«, sagte Sarah, und Manni bezog das auf sich und wollte noch enger tanzen, um ihr zu beweisen, daß es »O ja« heißen mußte, aber Sarah blieb stehen und fügte hinzu: »Schau dir das an – da kommt mein Vater mit einer aufgedonnerten Blondine. Und da tanzt meine Mutter mit diesem Krösus Bruce – jetzt gibt's Zunder, wie ich die beiden kenne.«

Carlos Riedmann hatte es auch gesehen. Er schielte immer mit einem Auge zu Kroll, mit dem anderen zu Rosita, die als temperamentvolle Spanierin mit dem Engländer Mr. Bruce eine selbsterfundene Mischung zwischen Lambada und Kastagnettentanz aufführte.

Gabriela saß an der Bar und klopfte an ihr Glas. »Carlos, du hörst mir überhaupt nicht zu . . .«
»Entschuldige, Liebling. Aber du siehst ja, was hier los ist.«
Die Galeristin mußte ihre Neuigkeiten trotzdem loswerden. Sie nahm die Hand von Carlos und hielt sie einen Augenblick fest, damit er nicht wieder ans andere Ende der Bar laufen konnte. »Ich war auf Ibiza, Carlos. Ich könnte dort den Antiquitätenladen einer Bekannten übernehmen. Die gibt auf.«
»Wahrscheinlich weil sie pleite ist.«
»Nein, der Laden geht gut. Sie will das Geschäft ihres Vaters in Deutschland übernehmen. Aber ich müßte natürlich erst mein Geschäft verkaufen. Kannst du mir dabei helfen?«
Plötzlich war er ganz konzentriert auf Gabriela. »Wahnsinn. Weißt du was? Ich habe ein Angebot von Ibiza. Ich soll die Leitung eines Hotels mit 500 Betten übernehmen. Ich habe bisher nicht zugesagt, weil ich dich und Max Lindemann nicht im Stich lassen will – aber wenn du rübergehst, Gabriela – das wäre doch was . . . Ich hör mich mal um, ob wir einen Käufer für die Galerie finden. Viel Geld verlangen wir nicht – Hauptsache, wir kommen mit einem blauen Auge davon.«
Gabriela sah ihn strahlend an. »Carlos, du hast zum ersten Mal wir gesagt, hast du es gemerkt? Sonst hast du immer von meiner Galerie gesprochen . . .«
Ehe er antworten konnte, wurde seine Aufmerksamkeit abgelenkt von den Geschehnissen auf der Tanzfläche.
Carlos sah, wie Rosita am Ende eines Tanzes mit ihrem Mr. Bruce auf Kroll und seine Blondine zusteuerte. Direkt vor ihm hielt sie an und schrie: »Du Schuft, willst du mich eifersüchtig machen? Das hast du geschafft!« Die spanischen Worte sprudelten nur so heraus. Und mit einem

»Olé!« versetzte sie Kroll eine gewaltige Ohrfeige. Verblüfft hielt sich Kroll die Wange – und das war für Rosita offenbar Anlaß genug, ihm sofort noch einen Schlag auf die andere Wange zu geben. Wie in einem Reflex schlug Kroll zurück, Rosita taumelte.

»You goddam bastard«, rief Mr. Bruce und versetzte Kroll einen Stoß vor die Brust. Kroll kugelte über die Tanzfläche.

Jetzt kam es zu einem Handgemenge. Carlos konnte nicht mehr übersehen, wer hier mit wem raufte. Die Blondine kratzte Rosita, Bruce kämpfte mit dem ›wieder auferstandenen‹ Kroll. Carlos wollte sich einmischen. »Herrschaften, bitte, beruhigen Sie sich doch . . .«

Aber die Kampfhähne waren so leicht nicht auseinanderzubringen. Auf einmal geschah etwas Verwunderliches auf der plötzlich wie leergefegten Tanzfläche.

Ganz allein standen sich Rosita und Kroll gegenüber. Beide noch zitternd – und es war dieser entscheidende Moment, in dem sich Zuschauer fragen, ob es nun ein blutiges Drama wird. Aber die beiden blitzten sich an und brachen ohne jeden Anlaß plötzlich in Lachen aus.

»Rosita«, rief Kroll.

»Stino«, rief Rosita.

»Komm nach Hause«, sagte Kroll. »Schluß mit dem Unsinn.«

»Ich komme«, sagte sie drohend, »worauf du dich verlassen kannst.«

Er nahm sie bei der Hand, und zusammen verschwanden sie durch die Mitte. Erstaunte Zuschauer blieben ratlos zurück.

»Was war *das* denn?« fragte Carlos. Und Max Lindemann, der von seinem Empfangspult herübergekommen war, sagte lakonisch: »So ging das schon jahrelang, bevor Rosita mit dem Viehzüchter abhaute. Jede Ehe ist eben

anders. Die zwei können es nur mit Hauen und Stechen. Jetzt haben sie sich mal wieder zusammengerauft. Bis zum nächsten Krach. Aber bei denen gehören Ohrfeigen zum Liebesspiel.«
»Wäre das nicht ohne dieses niveaulose Handgemenge in aller Öffentlichkeit gegangen?«
»Nein«, sagte Max, »bei anderen geht das vielleicht. Bei Rosita und Kroll muß das so sein. Jetzt kann er sie wieder aufnehmen, ohne seinen Stolz zu verlieren.«

Katinka kuschelte sich in Anselms Armbeuge. Seine Hand glitt an ihrem Rücken herunter, er atmete noch schwer. Sie lagen auf dem breiten Doppelbett in Anselms Schlafzimmer, durch die geschlossenen Gardinen drang das mittägliche Sonnenlicht herein. Es war die Zeit der Siesta, wenn Liebende nach einem guten Essen und einem guten Wein beseligt zusammen ins Bett sinken und so selbstverständlich Liebe machen, wie sie essen und trinken und schlafen. Der vierzehnte Tag. Aber Katinka hatte nicht nur die Tage gezählt, sie hatte auch die zärtlichen Umarmungen gezählt – und immer war es anders gewesen, immer neu, immer aufregend.
Sie sah hoch zu seinem Gesicht.
Seine Augen waren geschlossen.
»Schläfst du?«
»Nein«, sagte er. Katinka sah eine Träne in seinem Augenwinkel.
»Was hast du?«
»Nichts, Liebste.«
Katinka richtete sich auf und beugte sich über ihn. Sie sah die Falten unter seinen Augen, sie liebte dieses Gesicht, das von durchlebtem Leben zeugte.
»Sag mir, warum du weinst, bitte sag es mir. Wir wollen doch ehrlich miteinander sein.«

Wieder schloß er die Augen, als fürchte er, sie könnte etwas in diesen Augen entdecken, was ihr nicht gefiel. Dann sprach er ins Leere, mit trauriger Stimme: »Katinka, ich bin alt, du aber bist jung. Ich weiß, daß ich dich verlieren werde. Morgen fährst du nach Deutschland, und ich bleibe hier. Ich nehme den Abschmiedsschmerz vorweg. Es tut jetzt schon weh. Wenn man älter wird, weiß man, wenn etwas zu Ende geht und nie wieder anfängt. Das macht mich sehr traurig, entschuldige bitte. Ich will nicht weinerlich sein.«

»Willst du, daß ich bleibe?«

»Ewig«, sagte er leise.

Sie streichelte über die grauen Haare auf seiner Brust. »Aber dann bleibe ich doch.«

Anselm griff nach ihrer Hand und hielt sie fest. »Nein. Wenn du nicht morgen gehst, dann gehst du in einem halben Jahr. Dann ist der Schmerz noch größer. Du hast mich sehr, sehr glücklich gemacht, Katinka. Ich will nicht, daß dies alles alltäglich und zum Schluß grau und grausam wird.«

»Du hast mich auch glücklich gemacht.« Sie lächelte und versuchte, das ernsthafte Gespräch auf eine heitere Bahn zu schieben: »Und mehr als einmal hast du mich glücklich gemacht . . .«

»Du weißt, daß es darum nicht geht, Katinka.« Er war sehr ernst, wollte nicht auf ihre Anspielung eingehen. »Es ist dieser verdammte Altersunterschied. Uns trennen zu viele Jahre.«

»Eine verblüffende Feststellung. Wann hast du sie gemacht? Für vierzehn Tage kann sich also ein Fünfzigjähriger mit einer Fünfundzwanzigjährigen einlassen. Für länger nicht? Und ich bin zu dumm und zu jung, um deiner unendlichen Altersweisheit zu folgen, meinst du das?«

»Ach, Katinka, mach es mir doch nicht so schwer. Deine Ironie tut mir weh.«
»Ach ja, wie hättest du es denn gern, was wäre dir denn lieber?«
Sie sprang aus dem Bett und stellte sich nackt ans Fenster und achtete nicht auf sein gequältes Gesicht, als sie mit mit verstellter Stimme sagte: »Aber lieber Anselm – ich bitte dich, du glaubst doch nicht im Ernst, daß ich diesen kleinen Urlaubsflirt als große Liebe genommen habe! So was stecke ich doch weg wie nichts, da mache dir mal keine Gedanken. So etwas erlebe ich doch jede Woche mindestens zweimal, ein modernes Mädchen von heute wird doch so ein bißchen netten Sex nicht zur Tragödie werden lassen. Da hätte ich aber viel zu tun, wenn ich jedesmal für die Ewigkeit investiere, ich nehme das Leben und die Liebe, wie es kommt. Mal so, mal so . . .«
Traurig sagte er: »Wenn du so wärst, könnte ich dich nicht lieben.«
Jetzt hatte sie sich in Wut geredet. Sie trat näher an das Bett heran: »Liebe nennst du das, wenn du mich wegschickst? Was soll ich denn tun? Wenn meine Jugend eine Krankheit ist, die dich stört . . . Ich werde zu einem Schönheitschirurgen gehen, ich lasse mich älter machen.« Sie griff nach ihren kleinen festen Brüsten und strich darüber hin. »Ich werde mir einen Hängebusen machen lassen, damit ich akzeptabel bin.« Sie drehte sich um und packte ihren Po: »Hier, mein Po ist zu straff, bitte schön . . .« Jetzt beugte sie sich zu ihm hinunter, ganz dicht an sein Gesicht: »Und hier werde ich Krähenfüße einbauen lassen. Falten, Runzeln, was du willst, du brauchst es nur zu sagen . . .«
Er wandte sich ab. »Du machst alles kaputt. Warum tust du das, Katinka?«
»Katinka, Katinka«, höhnte sie, und der Schmerz da drin-

nen zerriß sie fast. »Katinka hat nichts kaputtgemacht. Anselm hat alles kaputtgemacht. Katinka reist ab. Heute noch.«
Sie rannte zur Tür und warf sie hinter sich ins Schloß.

Neben ihrem Köfferchen saß Katinka auf dem Flughafen von Palma de Mallorca auf einer Bank gegenüber dem Abfertigungsschalter. Sie stand auf der Warteliste. Mit dem Geld, das sie vom HOTEL PARADIES zurückbekommen hatte, hatte sie ein Ticket gekauft. Und den Taxifahrer bezahlt, der sie von Anselms Haus in den Bergen zum Flughafen gebracht hatte; denn warten auf Anselm – nein. Sie wollte ihn nicht mehr sprechen. Nie mehr sehen.
Nein, nein. Sie fühlte sich tief verletzt. Und natürlich fielen ihr alle möglichen Bemerkungen der letzten Tage ein, die Anselm so nebenbei gemacht und die sie nicht weiter beachtet hatte: Wenn du das nächste Mal kommst . . . Bei deinem nächsten Urlaub müssen wir aber mal die Höhle besuchen . . . Vielleicht sehen wir uns ja mal in Hannover. Lauter Bemerkungen, die sie für humorvoll gehalten hatte – denn so konnte etwas so Wunderbares doch nicht enden.
Zu alt, zu jung – was spielte das denn für eine Rolle, wenn man zum ersten Mal in seinem Leben das Gefühl hatte, zu lieben, wirklich zu lieben mit Haut und Haar. Aber wenn man nicht liebte, dann konnte freilich jedes Jahr eine Rolle spielen. Oder hatte er wirklich Angst, daß sie ihn nur als Abenteuer benutzt hatte – das wäre nach allem, was geschehen war, noch beleidigender. Der Mann mußte doch verdammt noch mal spüren, fühlen, in sich aufnehmen, wie es um sie stand.
»Frau Schröder.« Das war die Stewardess. »Es tut mir leid. Alle Plätze sind besetzt. Wir können Sie für morgen buchen . . .«

Ihre Hände krampften sich zusammen.
Zurück zu Anselm? Nein, nie, niemals.
Ins Hotel? Die waren ausgebucht, sie waren ja direkt froh gewesen, als sie vorzeitig ausgezogen war.
»Soll ich Ihnen eine Unterkunft besorgen für diese Nacht?« fragte die Stewardess. »Wir haben für solche Fälle Notquartiere.«
Vom Ende der Halle kam eine Männerstimme.
»Nein, meine Frau hat eine Unterkunft.«
Katinka fuhr herum.
Anselm.
Sie sprang auf. »Was hast du gesagt?«
Anselm kam und nahm sie bei der Hand und zog sie ein Stück weiter. Mitten in der Flughafenhalle standen sie, weitab die anderen Menschen. Anselm nahm sie bei den Schultern. »Du bist meine Frau, Tinka. Und du bleibst bei mir, so lange du willst. So lange es dauert. Ich will nicht ohne dich leben. Das ist es doch, was du hören willst. Und ich sage es nicht nur, weil du es hören willst. Ich meine es so.«
Sie sah zu ihm auf, er war einen Kopf größer als sie. Über ihre Wangen liefen Tränen.
»Du bist mein Mann«, sagte sie. »Du dummer, dummer Mann du. Du dummer alter Mann.«
Hand in Hand gingen sie hinaus in die Sonne.

9

Mildernde Umstände

Es gibt Tage der Liebe und Tage der Konflikte ...
Dies waren solche Tage für Manni. Sein Motto war immer gewesen: Lieber fünf vor zwölf als keine nach eins. Mädchen hatten ihn umschwirrt, und er hatte an jeder Blume nicht nur gerochen. Aber seit Sarah da war, träumte er nur von Sarah.
An diesem Abend allerdings war Sarah vollständig mit den Vorbereitungen zur silbernen Hochzeit ihrer Eltern beschäftigt. Es sollte ein großes Fest werden.
Manni ging allein ins Bett. Und träumte süße Träume ...
Es war lange nach Mitternacht, als er von einem sonderbaren Geräusch erwachte und sich zunächst immer noch im Traum wähnte. Es war ein Traum, in dem er nicht allein im Bett lag, sondern ein Mädchen sich dicht an ihn kuschelte und ihn an wichtigen Stellen berührte. Nun haben junge Männer solche Träume öfter, deshalb blieb Manni auch länger mit geschlossenen Augen liegen, um sich diesem Gefühl hinzugeben. Oder war Sarah doch heimlich gekommen, um ihn zu überraschen?
Er schreckte im Bett hoch. Es war dunkel im Zimmer. Er drehte sich um und tastete einen Mädchenkörper.
»Sarah?«
Keine Antwort, nur ein Murmeln und ein paar heftige Bewegungen. Mannis Hand griff nach dem Schalter der Nachttischlampe. Und dann das Erschrecken: »Was machst *du* denn hier?«
Da lag nicht Sarah mit ihrem langen rotblonden Haar, sondern die kurzgeschorene Isolde, sie versuchte ein hilfloses Lächeln.

»Ich wollte bei dir sein, Manni.«
»Hast du noch alle Tassen im Schrank? Du kannst doch nicht einfach hier . . .«
»Ich kann schon«, sagte sie frech, »siehst du ja.«
»Aber was soll das?«
Sie richtete sich auf. »Du hast mich aus den Bergen hierher geschleppt, du hast mich gerettet – und seit Wochen kümmerst du dich überhaupt nicht um mich. Ich hab mich aber verliebt, Manni. Ich will dich. Und weil du mich nicht anguckst, kann ich nicht mehr malen, und weil ich nicht mehr male, verdiene ich kein Geld, und weil ich kein Geld verdiene, kann ich die Hotelrechnung nicht mehr bezahlen, also komme ich eben zu dir.«
Gegen seinen Willen mußte er lachen. »Eine wahnsinnige Logik, Isolde – aber du hast Pech. Ich gehöre nun mal zu Sarah, und du mußt dir einen anderen suchen. Ich bin besetzt. Tut mir leid. Eigentlich weise ich nicht gern Mädchen aus meinem Bett – aber leider . . .«
»Wenn ich dich anfasse, reagierst du aber ganz gut.« Wieder begann sie zu streicheln, aber Manni hielt ihre Hände fest und legte sie auf die Bettdecke.
»Im Schlaf«, sagte er lachend, »das gilt nicht. Nee, Isolde – geh du mal wieder auf dein Zimmer und laß mich bitte in Ruhe. Ich brauche meinen Schlaf.«
Sie sprang aus dem Bett, tief beleidigt. »Dann gehe ich zu Horck. Der will mich haben.« Sie schlüpfte in ihren Morgenrock, der am Bettende lag. »Dann kann ich kostenlos wohnen und essen und wieder malen.«
»Und was sonst noch?« rief er ihr nach, als sie schon an der Tür stand.
»Das geht dich einen Dreck an.« Und zu war die Tür. Kopfschüttelnd drehte sich Manni auf die Seite.
Am nächsten Morgen erschien ihm das Ganze wie ein Traum, immer noch. Aber es war wohl wirklich gesche-

hen. Das stellte sich bald heraus. Auf der Hotelterrasse hatte Lisa ihre Staffelei aufgestellt, vor ihr saß Sarah Modell für ein Porträt, das sie ihren Eltern zur silbernen Hochzeit schenken wollte.
Da saß also Sarah mit einem lieben Lächeln auf dem Gesicht stocksteif auf einem Stuhl in der Sonne, und Manni stand hinter seiner Mutter, um zu beobachten, wie das geliebte Gesicht auf der Leinwand sichtbar wurde.
In diesem Augenblick fuhr der schwarze Rolls-Royce von Horck vor, am Steuer der englische Chauffeur-Butler des reichen Kunsthändlers: George. George ging zum Hoteleingang, packte einen Rucksack mit spitzen Fingern, und hinter ihm her trippelte Isolde.
Fröhlich winkte sie zu Manni hinüber und rief: »Ich hab's dir gesagt.«
Dann stieg sie in den Fond des Rolls-Royce.
»Was hat sie dir gesagt?« fragte Sarah.
»Ach nichts«, sagte Manni. »Wieder mal eine, die sich verkauft an Reichtum und Luxus.«
»Weil sie dich nicht kriegt?« fragte Sarah mißtrauisch.
»Wie kommst du denn darauf?«
»Ich sehe alles.«
Lisa trat hinter ihrer Staffelei hervor, den Pinsel in der Hand. »Bitte sitz doch still, Sarah – kabbeln könnt ihr später noch genug. So wird mein Bild nie was.«
Inzwischen hatten sich Zuschauer aus dem Hotel eingefunden. Da war der junge Fred, ein Zwanzigjähriger, der zu Mannis Ärgernis immer mit Glupschaugen Sarah anstarrte und dauernd versuchte, mit ihr ins Gespräch zu kommen. Sarah hatte ihn mehrfach abgewiesen und ihm klargemacht, daß sie fest in Mannis Händen war, aber er gab nicht so schnell auf.
Er betrachtete das halbfertige Gemälde. »Das ist wunderbar ...«

»Das Bild oder das Mädchen?« fragte Manni bissig.
»Beides«, sagte der junge Mann schwärmerisch.
Und dann erschienen die Moerschs wieder auf der Bildfläche. Ein älteres Ehepaar aus dem Ruhrgebiet, das von Manni respektlos immer als »Dick und Doof« bezeichnet wurde: sie eine hagere Bohnenstange, zwei Kopf größer als ihr kleiner dicker Mann, der den Eindruck vermittelte, im siebten Monat schwanger zu sein, so stolz trug er seinen Bierbauch vor sich her.
»Können wir nicht dieses Bild kaufen, Frau Lindemann?« Moersch schwenkte einen Blankoscheck in der Hand. »Sie können die Summe selbst eintragen.«
»Ich habe Ihnen schon gesagt, Herr Moersch, ich habe im Augenblick keine Bilder. Die ganze Sammlung ist in Hamburg verkauft. Und dieses Gemälde ist unverkäuflich. Also drängeln Sie mich doch bitte nicht . . .«
Am Hoteleingang erschien jetzt der Hotelbus, der neue Gäste vom Hafen abgeholt hatte. Lisa, Manni und Sarah gingen zum Bus, um die Gäste zu begrüßen.
Als sie nach einer halben Stunde zurückkehrten, war die Staffelei leer. Sarahs Bildnis war gestohlen.

Als der Rolls-Royce den knirschenden Kiesweg zu Horcks Prachtvilla hoch über den Hügeln von Palma entlangfuhr, hörte Isolde durch die geöffneten Fenster schon von weitem Geschrei. George hielt vor dem Haupteingang. Isolde, in ihrem knappen Minirock, um die Brust ein buntes Tuch geschlungen, die kurzen Haare wie Borsten hochstehend, ging durch die gläsernen Türen und landete direkt an dem riesigen Swimmingpool.
An der Treppe stand ein schwarzhaariges Mädchen, bekleidet nur mit einer Bikinihose, Horck vor ihr: »Was machst du hier noch, du Schlampe. Ich hab dich gestern rausgeworfen, du hast hier nichts mehr zu suchen.«

»Wir sind uns über die Abfindung nicht einig geworden.«
»Die Abfindung, die Abfindung!« schrie Horck – und es war nichts mehr von dem eleganten älteren Herrn an ihm. »Ich habe dir eine Million Peseten gegeben.«
»Davon kann ich mein Kind höchstens ein halbes Jahr ernähren. *Dein* Kind, verdammt noch mal.«
Horck wirbelte herum und sagte zu Isolde: »George zeigt dir dein Zimmer. Du brauchst bei dieser Szene nicht zuzuschauen.«
George führte Isolde in ein Zimmer im ersten Stock. Es lagen überall noch Sachen dieses anderen Mädchens herum: Slips und Büstenhalter, ein paar hochhackige Schuhe, eine Handtasche.
Isolde war die Sache nicht geheuer. Auf was hatte sie sich da eingelassen? Horck hatte ihr gesagt, er wolle sie nicht anrühren, sie könne bei ihm wohnen, ohne jede Verpflichtung. Ob er das dieser anderen auch gesagt hatte? Na ja, sie würde sich zu wehren wissen.
Unten ging die Auseinandersetzung weiter.
»Mein Kind?« rief Horck. »Ich kann keine Kinder zeugen. Das wird dieser Matrosenlümmel gewesen sein, mit dem ich dich neulich nach der Party nackt im Swimmingpool erwischt habe.«
Feine Sitten bei diesen feinen Leuten, dachte Isolde.
»Ich werde dir das Kind in einer lauen Sommernacht auf die Terrasse legen«, sagte das Mädchen. »Du wirst sehen, was das kostet.«
»Also gut. Du kriegst noch eine Million Peseten – und dann raus mit dir. Mich kannst du nicht erpressen. Aber du hast mir Spaß gebracht für ein paar Wochen. Komm mit rein.«
Ein paar Minuten später stürmte er ins Zimmer, packte die Sachen des Mädchens zusammen und warf sie die Treppe hinunter.

Das Mädchen schrie von unten: »Kleines, paß auf. Das wird die Hölle für dich mit diesem Ekel. Zieh am besten gleich Leine!«
Horck hatte sich wieder gefangen. »Mach dir nichts draus, Isolde, fühl dich wie zu Hause. Dieses Miststück sagt viel, wenn der Tag lang ist. Die hat mich nach Strich und Faden hintergangen, und jetzt ist sie sauer.«

Oft hatte Lisa während der Hochsaison das Bedürfnis, alle privaten Probleme beiseite zu schieben. Aber leider ging das nicht – das Leben in der Familie lief weiter, ob das Hotel Paradies ausgebucht war oder nicht.
Lisa war immer ein bißchen stolz darauf gewesen, daß sie jung und heiter geblieben war – eben nicht so richtig erwachsen. Sie konnte mit ihren Jungen jung sein und lachen wie ein Teenager, und manchmal hatte der ernstere Max sie gefragt: »Wann wirst du endlich erwachsen?«
In diesem Sommer hatte sie tatsächlich zum ersten Mal selber das Gefühl, erwachsen zu werden. Und das kam durch die Erkenntnis, daß sie plötzlich als einzige ›Vernünftige‹ zwischen den Generationen stand. Sie mußte die Mutter ihrer Söhne sein und auch ihre eigene Mutter bemuttern, und natürlich auch ein bißchen ihren Mann Max. Alle erwarteten sie diese selbstlose Hingabe. Unentwegt mußte sie Schiedsrichter und Besänftiger zwischen Opa Lindemann und Oma Linz spielen. Die kabbelten sich wie junge Leute, die zum ersten Mal verliebt sind. Oma Linz drohte jeden zweiten Tag mit Abreise, und Opa Lindemann sagte dann: »Bitte sehr, niemand hindert dich daran. Du glaubst doch nicht, ich laufe einer Straßenbahn nach, in der ich schon sitze.« Und dann mußte Lisa ihrem Schwiegervater klarmachen, daß ein Mann heutzutage nicht mehr so reden kann – schon gar nicht mit einer

emanzipierten Frau wie ihre Mutter. Aber Opa mäkelte an der Art herum, wie Oma Linz ihm die Rühreier machte, und daß sie bestimmte Bücher nicht kannte und daß sie ihr gemeinsames Leben lieber in Hamburg als auf Mallorca beginnen wollte – es war eine Crux. Dabei sah Lisa ganz deutlich, daß sich die zwei liebten auf eine besondere Art, und sie war froh darüber, daß die beiden alten Menschen die Chance auf ein neues Glück hatten. Max dagegen machte ihr dauernd Vorwürfe, weil sie sich so sehr um ihre Malerei kümmerte, nicht genug um das Hotel und schon gar nicht ausreichend um sein Seelenheil – da wurde er plötzlich wieder zum Kind, der sich von seiner Mutter verlassen fühlte. Und wo bleibe ich als Geliebte? fragte sich Lisa oft.

Aber wie sonderbar ist das doch alles: Frank war vollständig genesen, er konnte wieder Ball spielen und radfahren. Aber nun kümmerte er sich kaum noch um Nathalie. Nathalie schloß sich eng an Lisa an und schaute mit traurigen Augen zu, wie Lisa malte. Lisa hatte Frank beiseite genommen und ihm gesagt, er möge doch Nathalie seine Zuneigung deutlicher zeigen. »Ich bin nun mal nicht so spontan wie Manni«, hatte Frank gesagt. »Außerdem habe ich das Gefühl, daß Nathalie mehr von mir will, als ich ihr geben kann. Mutter, ich hab sechs Jahre meines Lebens verloren, ich war nicht frei. Jetzt bin ich frei, und ich will leben. Ich kann mich nicht an ein Mädchen binden, auch wenn ich ihr noch so dankbar bin. Ich hab ganz andere Pläne: lernen, Karriere machen. Ich will in andere Hotels, um das Fach richtig von der Pike auf zu lernen. Da kann ich keine feste Bindung brauchen.«

Nathalie reiste bald darauf ab.

Probleme, Probleme.

Ein bißchen verantwortlich fühlte Lisa sich auch für die kleine Isolde. Nun ja, jedes Mädchen mußte selber wissen, wie sie leben und lieben wollte – aber Isolde war wie ein schwankendes Rohr im Winde. Lisa hatte sie wieder zum Malen gebracht, doch anstatt die Chance zu nützen, hängte sie sich an diesen Horck, der dafür bekannt war, daß er nur junge Gespielinnen suchte, die er, wenn er ihrer überdrüssig war, wieder aus dem Haus warf.

Auch um Isolde wollte sie sich kümmern. Was bin ich doch für eine Glucke, dachte sie. Aber wer kann schon aus seiner Haut.

Und jetzt noch das gestohlene Bild.

Im Hotel Paradies war man stolz darauf, daß Diebstähle praktisch nicht vorkamen – und wenn doch mal ein Hoteldieb sich einschlich, dann hatten sie ihn immer schnell dingfest gemacht. Die Gäste sollten bei ihnen das Gefühl haben, daß sie nicht ständig auf der Hut sein mußten. Obwohl Lisa sich manchmal wunderte, wie leichtfertig manche Gäste mit ihren Wertsachen, ihren Juwelen, Reiseschecks, Flugtickets und Pässen umgingen.

Wer konnte das Bild gestohlen haben, ein Bild, das noch nicht einmal ganz fertig war? Lisa fielen eigentlich nur die Moerschs ein, diese Leute, die unbedingt ein Bild von ihr kaufen wollten.

Sie sagte es Max.

»Wir werden nachschauen«, sagte Max.

»Das ist mir aber unangenehm.«

»Die Leute werden es nicht merken, das verspreche ich dir. Wir durchsuchen das Zimmer, wenn die beiden am Strand sind. Und Carlos kann uns warnen, falls sie vorzeitig zurückkommen.«

Lisa hatte das Gefühl, als breche sie im eigenen Hotel ein. Es war nun wirklich nicht üblich, die Sachen von Gästen zu durchwühlen.

»Und wenn wir das Bild finden, was machen wir dann, Max?«

»Mitnehmen, so einfach ist das. Die werden uns ja nicht anzeigen, die sollen froh sein, wenn wir nichts der Polizei melden.«
So durchsuchten sie das Zimmer der Moerschs, suchten im Schrank, in und unter den Betten, in den Schubladen. Es war ein ziemlich großes Bild und gewiß nicht leicht zu verstecken.
»Die Koffer«, sagte Lisa schließlich.
»In einen Koffer paßt das Bild nicht, Lisa. Da brauche ich nicht zu suchen.«
»Vielleicht haben sie die Leinwand zusamengerollt.«
»Na gut«, sagte Max.
Die beiden Koffer des Ehepaars standen auf dem Schrank. Max hob sie herunter, sie waren erstaunlich schwer. Er legte die Koffer aufs Bett und öffnete sie.
Beide starrten darauf wie Kinder in einer Märchenvorstellung, wenn die Schatzkammer des Kalifen geöffnet wird und die Preziosen herauskullern.
»Da schau her«, sagte Max und begann die Koffer zu entleeren; dabei zählte er auf: »eine Badematte, zwei Frottee-Bademäntel vom Hotel, ein Handtuch, noch ein Handtuch, ein Badelaken vom Pool, ein Messer, zwei Teelöffel, drei Schnapsgläser, ein Aschenbecher, zwei Espressotassen mit Untertassen – und hier das kleine Bild aus der Bar vom Hotel, das wir seit einer Woche vermissen. Du kriegst die Tür nicht zu – der stiehlt wie ein Rabe.«
»Pack's wieder ein«, sagte Lisa streng. »Stammgäste wie die Moerschs sammeln eben manchmal Andenken.«
»Andenken! Das kostet uns jedes Jahr ein kleines Vermögen. Und der hier sammelt Andenken en gros, das ist kein Mundraub mehr, das ist richtig Klauen.«
»Aber wir haben nur ein bestimmtes Bild gesucht. Ich will jetzt keinen Skandal.«

»Vielleicht hast du recht. Aber irgendwas müssen wir tun. So geht das nicht.« Max überlegte, dann hatte er eine Idee. Er ging nach draußen, auf dem Gang stand der Wagen des Zimmermädchens mit dem abgeräumten Frühstücksgeschirr. Er nahm zwei Salzstreuer, zwei gewöhnliche Kaffeetassen, ein Päckchen Brot und zehn Stückchen Seife und legte sie mit in die Koffer, die er sorgfältig schloß und wieder auf den Schrank legte.
»Du wirst sehen, Lisa, dieser psychologische Trick wird die Moerschs Mores lehren, sie fühlen sich ertappt und lassen alles im Hotel. Wer ihnen das reingelegt hat, werden sie nie erfahren.«
»Mir wäre lieber, wir hätten das Bild gefunden. Ich muß jetzt gleich ein neues anfangen, sonst hat Sarah kein Geschenk für ihre Eltern.«

Ein Tag der Aufregung für Lisa. Morgen im Büro sprach sie den muffigen Frank an, was ihm denn über die Leber gelaufen sei. Plötzlich brach es aus ihm heraus: »Ich bin gesund, ich bin belastbar, aber was mache ich? Ein bißchen Verkauf am Kiosk, ein paar Rechnungen schreiben, das Telefon bedienen ... Das reicht mir nicht mehr. Ich will richtig was tun, und ich sehe nicht ein, wieso wir einen teuren Manager bezahlen müssen, wenn ich hier rumsitze.«
»Sollen wir vielleicht auf Carlos Riedmann verzichten? Der Mann ist Gold wert. Du hast doch selbst gesagt, daß du noch lernen willst – von der Pike auf.«
»Eben«, sagte Frank. »Und das kann ich, wenn Carlos mich einarbeitet und ihr beide mir über die Schulter guckt. So kriege ich auch Erfahrungen ...«
»Du bist sehr jung, Sohn«, meinte Max.
»Du sagst das, als wenn Jungsein eine Art Krankheit wäre. Ich will endlich zu etwas nütze sein.«

Lisa merkte, wie sehr die Idee Max gefiel. Max war immer ein bißchen traurig, weil sein ältester Sohn sich nie wirklich für das Hotel interessierte. Manni hatte viel mehr Interesse für Motorräder und Autos. Das aber entsprach nicht dem Ideal von Max, er wollte gern, daß auf dieser Insel Mallorca eine Lindemann-Dynastie entstand, möglichst mit mehreren Hotels und mehreren Randbetrieben – ein eigener Delikatessenhandel, ein Supermarkt, eine eigene Wäscherei –, und er sah sich schon im Kreise seiner Kinder und Enkel als eine Art ›Pate‹ über ein Imperium herrschen. Aber wenn Manni nicht mitmachte, was sollte dann werden? Lisa selbst war viel nüchterner und fand *ein* Hotel genug; sie hätte lieber mehr Zeit für ihre Ehe und ihre Malerei gehabt.

»Wie sollen wir das Carlos verständlich machen?« fragte Lisa. »Er fühlt sich mittlerweile bei uns zu Hause.«

Den ganzen Tag über ging sie mit schweren Gedanken herum. Wie sollte sie es Carlos beibringen? Frank hatte sie und Max vor die Wahl gestellt: entweder eine Lösung in seinem Sinne, oder er werde für ein paar Jahre in anderen Hotels arbeiten.

Am Nachmittag war es soweit. Carlos kam ins Büro, um die Veranstaltungen der nächsten Wochen zu besprechen.

Lisa druckste herum.

»Ich möchte etwas anderes mit Ihnen besprechen, Carlos. Sehen Sie, Frank fühlt sich nicht ausgelastet, er sieht keine Perspektive für sich hier, und deshalb . . .«

Rasch unterbrach er sie. »Ein begabter Junge, der Frank. Man muß ihn fördern, in dem steckt Hotelblut. Ich will ihn gern einarbeiten.«

»Wieso einarbeiten?«

Carlos beugte sich vor. »Lisa, ich muß Ihnen etwas sagen, was mir sehr schwer fällt. Ich habe mich hier sehr wohl

gefühlt, das wissen Sie, aber Gabriele geht nach Ibiza, wie Sie vielleicht gehört haben – und ich . . .«, er zögerte, sagte dann etwas verlegen: »Ich habe heute nachmittag mit einem Hotel auf Ibiza einen Vertrag abgeschlossen.«
Er atmete auf, als wäre ihm eine schwere Last von der Seele gefallen.
Eine Weile sagte Lisa gar nichts, dann schien sie sich aufzuraffen. »Das ist ein schwerer Schlag für uns, Carlos. Gibt es keine Möglichkeit, Sie zu halten?« Sie genoß das Spiel und schämte sich ein bißchen dafür.
»Ich werde so lange wie möglich bleiben«, sagte Carlos. »Das verspreche ich Ihnen. Und Frank wird von mir eingeführt. Ach, übrigens, da ist noch etwas: Carmen hat beim Aufräumen das gestohlene Bild gefunden. Im Zimmer von Fred Schulz. Sie bringt das Bild gleich. Und Sie sollten wohl mal mit Herrn Schulz reden, oder soll ich?«
Lisa lächelte. »Nein, das ist meine Sache, ich regele das.«
Es war jetzt sechs Uhr, die Gäste waren vom Strand zurück. Sie wählte die Nummer von Freds Zimmer. Ob sie wohl mal zu ihm kommen könne, sie habe da ein kleines Problem.
»Haben sich Gäste beschwert, weil ich zu laut Musik höre?«
Nein, das sei es nicht. Er werde es schon erfahren. Als Lisa das Zimmer betrat, saß Fred auf einem Sessel neben dem Bett, er stand auf, begrüßte Lisa freundlich und setzte sich wieder hin.
»Es ist«, sagte Lisa, »eine Tatsache, daß Sie ein Bild von mir gestohlen haben.«
Mit einer spontanen Bewegung griff der junge Mann nach dem Bett.
»Nein«, sagte Lisa, »da ist es nicht mehr. Das Zimmermädchen Carmen hat es gefunden und zurückgebracht.«
Mit hochrotem Gesicht wie ein ertappter Schuljunge saß

er da, stotternd: »Ich will es Ihnen gern bezahlen, ich hätte es doch nie gestohlen, wenn ich nicht ...«
»Das Mädchen liebte? Die Freundin meines Sohnes?«
Fred nickte. »Ich mußte es haben, ich mußte einfach. Noch nie habe ich so etwas getan. Aber dieses Mädchen – es hat mich getroffen wie ein Blitz.«
»Mein lieber Junge, verlieben Sie sich in ein Mädchen, das nicht in festen Händen ist. Im übrigen – ich habe das Bild noch einmal kritisch betrachtet, es ist nicht besonders gelungen.«
»Das Bild ist wunderbar«, rief er aus.
»Sie sehen das Mädchen, nicht das Bild. Nein, ich habe inzwischen ein zweites Bild gemalt, und das ist besser.«
»Sie zeigen mich nicht an?«
»Ach, wissen Sie, Sie haben aus Liebe gehandelt. Das Bild ist zurück, warum wollen wir noch weiter darüber reden? Mildernde Umstände nenne ich das. Es war ja noch nicht ganz fertig, und ich habe auch keine Lust, daran weiterzumalen ...« Sie zögerte kurz. »Kommen Sie später in mein Büro. Ich schenke Ihnen das Bild. Aber nur, wenn Sie mir versprechen, Sarah zu vergessen.«
»Und es bleibt unter uns?«
»Unser kleines Geheimnis«, sagte Lisa und ließ den verdutzten Fred mit seinen Gedanken allein.
Als sie zum Büro zurückging, begegnete ihr Carmen. Sie sagte: »Die Sache mit dem Bild ist erledigt. Es war ein Mißverständnis. Vergessen Sie die Angelegenheit.«
»Ist gut, Chefin, aber ich will Ihnen etwas anderes zeigen, ich bin stinksauer ...« Sie ging mit Lisa zur Wäschekammer auf ihrem Stockwerk. »Sehen Sie sich das an. Heute morgen habe ich alles aufgeräumt, jetzt liegen hier lauter Handtücher und Seifestückchen und Salzstreuer und was sonst noch alles. Das war doch bestimmt wieder der Manni, der hinter seiner Isolde aufgeräumt hat. Sagen Sie

ihm doch bitte, er soll in Zukunft zu mir kommen – ist ja alles extra Arbeit.«
»Das werde ich ihm stecken, Carmen, darauf können Sie sich verlassen. Diese Jungs, sie lernen es aber auch nicht.«
Dabei lächelte sie in sich hinein.

Zwei Wochen im Haus von Horck, und Isolde wurde von Tag zu Tag trauriger. Der Kunsthändler war ein paar Tage in Amerika gewesen, jetzt war er zurückgekehrt und hatte sich beschwert, weil Isolde ihn nicht freundlicher begrüßt hatte. Aber was sollte sie tun? Sie war nicht das Mädchen, das Begeisterung heucheln konnte. Sie kam sich vor wie ein Vogel im goldenen Käfig – für Horck war sie wohl nicht mehr als eine Galionsfigur auf seinem Schiff. Er wollte seinen Bekannten vorspiegeln, daß er auch in seinem Alter noch eine so schöne Nixe becircen konnte. In den letzten Tagen war ihr auch klargeworden, worauf das hinauslief. Horcks Bemerkungen und seine kleinen Berührungen wiesen darauf hin, daß er sie irgendwann auch in seinem Bett sehen wollte.
An diesem Nachmittag kamen Gabriele und Carlos zu Besuch, um mit Horck über die Übernahme der Galerie zu verhandeln. Isolde saß im Bikini am Swimmingpool, ließ die Beine im Wasser baumeln und starrte ins Leere. Gabriele wollte von ihr wissen, ob sie neue Bilder gemalt habe. Isolde brummelte nur, sie habe keine Inspiration. Kaum waren die beiden verschwunden, stand Horck hinter ihr.
»Wäre es zuviel verlangt, wenn ich dich bitte, meine Gäste liebenswürdiger zu behandeln?«
»Ich habe Heimweh«, sagte Isolde.
»Heimweh? Wonach denn? Wo ist denn deine Heimat? In Deutschland? Bei den Hippies in den Bergen?«

Isolde antwortete nicht. Sie wußte selber nicht, wonach sie Heimweh hatte – nach irgendeinem anderen Leben, das es doch auch geben mußte.
»Na gut«, sagte Horck, »dann hab eben Heimweh. Ich lege mich ins Kühle.« Er sah sie durchdringend an. »Komm dann rein und leiste mir Gesellschaft. Vielleicht vertreibt *das* dein Heimweh.«
Sie ließ ihn gehen. Noch eine Weile blieb sie nachdenklich sitzen, dann zog sie sich ihre Jeans an, schlüpfte in ein T-Shirt und ging im Park spazieren. Es mußte etwas geschehen.
Plötzlich hörte sie von jenseits der Mauer die süßen Töne einer Panflöte. Sie kletterte auf die Mauer, um zu sehen, wer da spielte. Von oben sah sie einen Schafhirten, der auf seiner Flöte spielte. Er saß, eingehüllt in einen weiten bunten Mantel, mitten zwischen seinen Schafen in dem wildwuchernden Gras – ein Junge von vielleicht neunzehn Jahren mit langen schwarzen Haaren. Sie sprang von der Mauer und schlenderte langsam zu ihm hin.
»Buenos dias«, sagte sie. »Du spielst aber schön.«
Der Hirt reichte ihr die Flöte. »Willst du auch mal?«
»Nein, nein. Spiel du weiter.« Der Hirt legte die Flöte neben sich, holte aus einem Sack ein Stück Schafskäse und eine bauchige Flasche Rotwein.
»Willst du einen Bissen?«
Sie aßen und tranken zusammen. Es war so selbstverständlich, daß sie Brot und Wein teilten.
»Ich heiße Alletas.«
»Ich Isolde.«
»Wohnst du etwa hier?« fragte er und deutete auf die große Villa hinter der weißen Mauer.
»Ich bin nur zu Besuch.«
Sie schwiegen eine Weile.

Es wurde kühl, Isolde fröstelte in ihrem dünnen T-Shirt. Alletas sah es, nahm seinen Mantel und legte ihn ihr um die Schultern.
So saßen sie und sahen über die Berge auf das Meer. Zum ersten Mal seit langer Zeit hatte Isolde wieder das Gefühl: Das bin ich, das bin ich wirklich.

10

Zwei sind eine zuviel

Das Telefon in Zimmer 304 surrte leise. Uli Merz tastete nach dem Hörer. Es war dunkel im Zimmer, die Gardinen waren vorgezogen.

»Ja bitte . . .«

»Guten Morgen, Herr Merz, Sie wollten geweckt werden. Es ist neun Uhr.«

Schlaftrunken bedankte er sich und legte den Hörer auf. Seine Hand tastete in das Bett neben seinem, berührte eine nackte Schulter.

»Evelyn, Schätzchen, wach auf.«

Nur ein liebevolles müdes Schnurren antwortete ihm. Verliebt betrachtete er das lange brünette Haar auf dem Kopfkissen und das Profil der jungen Frau. Evelyn Haupt. Nun kannte er Evelyn seit zwei Jahren, und in diesen zwei Jahren waren es immer verstohlene und gestohlene Wochenenden gewesen – und immer die Angst vor der Entdeckung. Noch immer staunte er über sich selber, wie es ihm denn gelungen war, seiner Frau weiszumachen, daß er vierzehn Tage auf Geschäftsreise nach Spanien gehen müsse. Anrufe angeblich aus Barcelona, Madrid, aus San Sebastián, immer hastig, immer aus Telefonzellen und Büros von Geschäftsfreunden – sie hatte es geglaubt. Und in Wahrheit dieser Traumurlaub ganz allein mit Evelyn im Hotel Paradies.

Vierzehn lange Tage und Nächte, in denen sie sich besser kennengelernt hatten als in den Jahren der heimlichen Begegnungen. Mit dieser Frau wollte er zusammenbleiben – und er hatte es ihr versprochen, nach einer langen zärtlichen Umarmung: »Ich will dich, nur dich.«

»Ein verlockender Gedanke«, hatte sie gesagt. »Aber meinst du es auch wirklich? Willst du dich scheiden lassen?«
Jetzt schlug sie die Augen auf, große graugrüne Augen wie die einer Katze. Evelyn wandte sich ihm zu und umarmte ihn. Ihre Fingernägel kratzten liebevoll seinen Rücken. Sie kroch mit unter seine Decke.
»Noch einmal«, sagte sie, »meinst du es wirklich?«
»Ja«, er drängte sich dichter an sie, »ich meine es, meine es genau wie vor fünf Tagen, vor drei Tagen, gestern abend. Heute abend bin ich in Frankfurt und sage es meiner Frau.«
Evelyn drückte seine Schultern nach unten und schob sich über ihn. Ihre langen Haare fielen über sein Gesicht, und ihre Brüste streichelten seine Brust. »Ich liebe dich, Uli, ich liebe dich so sehr . . .«
Später packte sie die Koffer, die Maschine nach Deutschland ging gegen Mittag. Uli hatte es eilig. »Ich gehe dann schon mal runter, bezahlen . . .«
»Nur keine Hektik, Liebling. Der Bus zum Flughafen geht erst in einer halben Stunde.«
»Da hast du auch wieder recht. Komm doch mal her, Schätzchen . . .«
Sie ging zu ihm und schmiegte sich in seine Arme. Er streichelte sie, preßte sie an sich. »Ab jetzt gehöre ich dir, nur dir, ganz fest, für immer. Spätestens fünf Minuten nach der Ankunft in Frankfurt werde ich zu Elfriede sagen . . .«
»Ja? Wirst du sagen . . .« Sie war ganz atemlos vor Glück.
»Ich liebe eine andere Frau. Ich liebe Evelyn. Ich verlasse dich.«
»Ich glaube dir, Uli. Ich will dir so gern glauben.«
An der Tür drehte er sich noch einmal um und entdeckte wieder das Mißtrauen in ihrem Blick. Ich will dir so gern

glauben, hatte sie gesagt. Das hieß: Noch glaube ich dir nicht. Vielleicht hatte er doch einmal zuviel gesagt, daß er seine Frau verlassen wolle . . .

Das Motorrad legte sich in die Kurve, und Sarah auf dem Rücksitz schrie und klammerte sich an Mannis Taille fest. »Ras nicht so«, schrie sie, aber er hörte sie nicht. Vor der Wellblechhütte der Autovermietung Kuhn bremste er scharf, so daß das Motorrad sich quer stellte. Staubwolken wirbelten auf. Harald Kuhn kam aus seinem Büro.
»Na, Manni – so eilig war es nun auch wieder nicht.«
»Ich hab gehört, Sie wollen verkaufen? An wen denn und warum?«
»Ich habe genug«, sagte Harald. Er faßte seine Bianca, die hinter ihm hergekommen war, um die Hüfte. »Will das Leben mit Bianca noch ein bißchen genießen. Ich denke, wir gehen nach Brasilien, versuchen einen neuen Start. Aber sag das keinem. Willst du kaufen?«
»Sofort. Ich habe hier dreihundert Peseten, reicht das?«
Kuhn lachte. »Als Anzahlung, meinst du? Nein, der Käufer zahlt ein bißchen mehr. Wir sind uns einig. Der Verkauf wird im Herbst perfekt, wenn ich eine Bedingung erfüllt habe . . .«
»Und die wäre?«
»Deshalb wollte ich mit dir sprechen, Manni«, sagte Kuhn verschmitzt. »Der Käufer will, daß ich dich hier einarbeite. Bis zum Verkauf also.«
Manni konnte es nicht fassen, dann dämmerte es ihm. »Mein Vater? Mensch, deshalb hat der Hund so geheimnisvoll getan. Ist das wahr?«
Kuhn schlug ihm auf die Schulter. »Kleine Überraschungen dürfen Väter doch mal machen, oder? Das war doch dein Wunsch – irgendwas mit Autos und Motoren. Dein Vater kauft den Laden für dich – aber Chef wirst du erst

später. Ab Morgen trittst du hier an. Dein Vater hat mir gesagt, daß Frank später mal das Hotel übernimmt, und du sollst den Betrieb hier ausbauen . . .«

Manni machte ein paar wilde Tanzschritte und versuchte dann einen Jodler, der mißglückte, weil seine Stimme umkippte. Er rannte auf Sarah zu, die sich gerade vom Straßenstaub befreite, und nahm sie in die Arme. Er wirbelte sie herum und stieß dabei Indianerschreie aus. Dann blieb er stehen: »Weißt du, wen du vor dir hast? Ich werde der Boß hier.«

»Du lieber Himmel«, sagte Sarah, »und wenn du der Boß bist, wer soll dir denn ab und zu in den Hintern treten, wenn du wieder deine verantwortungslose Phase hast? Brauchst du doch manchmal.«

Verzückt sah er sie an. »Würdest du bitte – ab und zu?« Er nahm sie in die Arme und küßte sie.

Auf dem Rückweg zum Hotel sahen sie auf einem Berghang einen Schafhirten und neben ihm ein Mädchen, das haargenau wie Isolde aussah.

»Ich denke, die ist bei Horck. Komm, wir schauen mal, Sarah.«

Isolde stand an der kleinen Reisestaffelei, die sie schon bei sich gehabt hatte, als Manni sie damals in den Bergen getroffen hatte.

»Hallo, Isolde – du malst wieder?«

»Wie du siehst. Bitte, Manni und Sarah, sagt Horck nicht, daß ihr mich hier gesehen habt. Das ist übrigens Alletas. Seit ich mich manchmal mit ihm treffe, hab' ich wieder Lust am Malen. Das reiche Leben ist mir nicht bekommen. Horck ist jetzt ein paar Tage verreist, und ich kann die Zeit mit Alletas verbringen. Ich male nach seiner Flötenmusik . . .«

»Weiß Horck von deiner Malerei?« Manni betrachtete das surrealistische Bild kritisch.

»Nein.«
»Dann versuchen wir mal was. Gibt mir zwei Bilder mit. Ich bringe sie meiner Mutter. Warte mal ab, Isolde, du wirst noch Karriere machen.«
»Dann kann ich wieder nicht malen.«
Manni rollte die Bilder zusammen, und sie verabschiedeten sich. Isolde sah ihnen nach, immer noch ein wenig neidisch auf Sarah, aber dann sagte sie zu Alletas: »Spiel mir ein Lied, Caballero . . .«
Alletas setzte die Flöte an den Mund.

Die Krise begann im überfüllten Flughafengebäude von Palma genau in dem Augenblick, als Evelyn – mit einem kleinen weiblichen Aufschrei – entdeckte, daß sie ihr Schminkköfferchen im Hotel hatte stehenlassen.
»Bist du ganz sicher?« fragte Uli.
»Ganz sicher. Ich hab es im Badezimmer stehenlassen. Ich sehe es genau vor mir, unter dem Waschbecken.«
»Keine Einzelheiten jetzt«, sagte Uli hastig. »Ich werde im Hotel anrufen und Bescheid sagen.«
Er rannte los, auf der Suche nach einer leeren Telefonzelle, Evelyn hinter ihm her. Als er nach zehn Minuten endlich eine gefunden hatte, waren offenbar die Leitungen alle besetzt. Er kam nicht durch. Die ganze Zeit stand Evelyn vor der Zelle und sah verständnislos, wie Uli wählte und wählte.
Wütend kam er heraus. »Das verdammte Telefon funktioniert nicht. Wir müssen mit dem Taxi zurück und das Köfferchen holen.«
»Das meinst du doch nicht im Ernst. Dann verpassen wir die Maschine. Und ob wir mit der nächsten mitkommen? Die schicken uns das Köfferchen schon nach, so wichtig ist das auch nicht.«
Da stand er also mitten im Gedränge, schweißüberströmt

vor Aufregung, und sie kapierte wohl ganz und gar nichts. Er schrie sie an: »Das ist nicht so wichtig, sagst du? Mensch, begreif doch mal: Die schicken das Köfferchen doch an meine Adresse, deine haben sie doch gar nicht. Und dann merkt meine Frau, daß ich mit dir auf Mallorca war und nicht auf einer geschäftlichen Rundreise in Spanien.«

»Moment mal, Uli, ich versteh nicht ganz.« Evelyn blieb ganz ruhig. »Wenn du heute deiner Frau sagst, daß du mich liebst und dich von ihr trennen willst, dann spielt es doch keine Rolle, wenn morgen oder übermorgen oder sonstwann mein Schminkköfferchen an deine Adresse geschickt wird.«

»Dann sagt sie, ich hätte gelogen.«

»Meinst du nicht, daß sie dir die Geschäftsreise nicht glauben wird, wenn du ihr sagst, daß du dich trennen willst?«

Er schwieg verbissen.

»Ich habe verstanden. Also fahren wir zurück.« Und fast heiter fügte sie hinzu: »Es spielt ja auch keine Rolle, ob wir eine oder zwei Maschinen später nehmen ...«

Im Taxi sagten sie beide nur noch wenig.

Vor dem Hotel ließ Uli das Taxi warten. »Ich regele das, gehe doch solange in die Bar.«

Aber es gab unvermutete Schwierigkeiten. Der Koffer war bereits als Paket unterwegs zum Postamt. So wurde Uli mitgeteilt. Also fuhr er mit dem Taxi zum Postamt, in immer größerer Panik.

Inzwischen erschien Manni, der das Paket hatte zur Post bringen sollen, es in seiner üblichen Nachlässigkeit aber noch nicht getan hatte. Er wollte es gerade im Büro abholen, als Opa Lindemann ihn aufhielt.

»Na, da ist ja der Koffer. Da war gerade der Herr Merz hier und hat sich benommen wie ein aufgekratzter Affe. Als hinge das Schicksal der Menschheit von diesem Köfferchen ab. Seine Freundin sitzt in der Bar. Bring ihr doch den Koffer.«

Minuten später stand Evelyn bei Carlos Riedmann am Empfang. »Herr Riedmann, kann ich das Zimmer 304 ein paar Tage länger haben, als Einzelzimmer? Ja, gut. Dann sorgen Sie doch bitte dafür, daß mein Koffer aus dem Taxi nach oben gebracht wird, wenn Herr Merz vom Postamt zurückkommt. Ich bleibe gern noch eine Woche. Geben Sie Herrn Merz bitte diesen Brief. Und ich möchte nicht gestört werden . . .«

Als Uli Merz kurz darauf zurückkam, übergab Carlos ihm den Brief. Uli riß den Umschlag auf, seine Hände zitterten, während er las: »Lieber Uli – das Schminkköfferchen ist zwar wieder da, was aber weg ist, das bin ich. Und zwar weg aus Deinem Leben. Für immer. Du wirst mich ja hoffentlich nicht fragen wollen, weshalb das so ist. Die Angst vor deiner Frau ist offenbar größer – viel größer als Deine Liebe zu mir. Das Schminkköfferchen hat es an den Tag gebracht: Du hattest in Wirklichkeit nie die Absicht, Dich scheiden zu lassen. Insofern bin ich eigentlich recht froh, daß ich mein Schminkköfferchen vergessen habe; dadurch habe ich es gerade noch rechtzeitig bemerkt. Leb wohl. Evelyn.«

»Verbinden Sie mich bitte mit Frau Haupt«, sagte Uli.

»Tut mir leid, Herr Merz – die Dame möchte nicht gestört werden.«

Carlos blieb hart. Ein Hotelmanager vom Scheitel bis zur Sohle.

Horck bezeichnete es gern als Sternstunde, wenn er einen neuen genialen Maler entdeckt hatte. Dies war so ein Tag der Sternstunden. Nach seiner Reise war er bei Lisa vorbeigegangen, und sie hatte ihm Bilder gezeigt, die ›phänomenal‹ waren. Aber den Maler wollte sie noch geheimhalten. Frauen! Immer geheimnisvoll tun. Er würde diesen Maler berühmt machen und einen Haufen Geld damit verdienen.

Jetzt saß er in seinem Garten und wartete auf Isolde. Ihr müßte er jetzt erst mal den Kopf waschen – bei ihm wohnen und in seiner Abwesenheit mit einem Schafhirten schlafen. Bei aller Toleranz, dies ging zu weit. Sein Butler George hatte ihn informiert, daß Isolde Stunden mit diesem Schafhirten zubrachte und anschließend den Schafsmist gewissermaßen in sein gepflegtes Haus trug ... Da erschien sie, schmuddelige Bluejeans, halboffene Bluse, eine Bildermappe unter dem Arm. Wahrscheinlich trug dieses kleine Biest ihm auch noch wertvolle Bilder aus dem Haus und verkaufte sie unter Preis auf der Straße. Das hatte man nun von seinen humanitären Bestrebungen – kleine Mädchen retten und dann bestohlen werden ...

Isolde kam direkt auf ihn zu und überraschte ihn mit einer Frage: »Ich wollte fragen, was ich Ihnen schuldig bin. Für zwei Wochen Unterkunft und Verpflegung.«

»Was soll die Frage? Du weißt doch genau, du warst eingeladen, ohne Bedingungen. Obwohl ich es manchmal nett gefunden hätte, wenn du ein bißchen entgegenkommender gewesen wärst.«

Sie lachte. »Ich glaube, im Grunde sind Sie gar kein so übler Mensch. Sie tun nur so. Irgendwie glauben Sie, daß Ihrem Image schuldig zu sein. Der große Verführer. Don Juan. Casanova – alles zusammen. Eigentlich haben Sie dazu aber gar keine Lust.«

»Mach dich nicht lächerlich. Hat dich dein komischer Schafhirte auf den Analysetrip gebracht?«

Isolde erschrak sichtlich. »Woher wissen Sie das?«

Horck kräuselte die Nase. »Ich rieche das zehn Meter

gegen den Wind. Du stinkst, mein Kind, wie eine ganze Schafherde. Wasch dir erst mal den Gestank ab, dann können wir weiterreden.«

»Gut«, sagte sie, dankbar für die Ablenkung. Blitzartig schlüpfte sie aus ihren Bluejeans, zog das Höschen aus und die Bluse und lief nackt über den Rasen zum Swimmingpool.

In diesem Augenblick kam der Butler George aus dem Haus. Er sah Isolde und wandte sich entsetzt ab. Er zupfte an seinen weißen Handschuhen.

»Chef«, sagte der nölig, »ich brauche eine Gehaltserhöhung.«

»Wieso denn das?«

Mit spitzen Fingern wies George auf das nackte Mädchen. »Für diesen Anblick brauche ich eine Ekelzulage.«

»Einfach gar nicht ignorieren, sagen die Berliner. Guck weg, mehr Geld gibt's nicht.«

Horck stand auf und ging zu den Kleidern von Isolde. Dort hob er die Bildermappe auf und betrachtete die Gemälde. Isolde stieg aus dem Swimmingpool, griff nach einem Handtuch, das auf dem Rand lag, band es sich locker um die Hüften und stellte sich neben Horck.

»Lassen Sie das bitte, das sind meine Bilder.«

»Wo hast du die geklaut? Warst du bei Lisa Lindemann? Ich kenne den Stil. Oder willst du etwa behaupten, daß du sie gekauft hast? Lisa Lindemann will hunderttausend Peseten pro Stück, soviel Geld hast du bestimmt nicht. Ich habe zehn davon bestellt.«

Isolde schwieg beleidigt.

»Zieh keine Babyschnute, Isolde. Hast du die Bilder mitgehen lassen?«

»Ich klaue nicht. Nur wenn ich Hunger habe. Aber Alletas hat ausreichend Brot und Schafskäse.«

Horck blätterte weiter, er sah jetzt die Zeichnungen. Einfache klare Tuschlinien. »Fast wie der frühe Picasso, mein Gott, ist das schön. Moment mal – das hier ist doch dein Schafhirte mit seiner Flöte, wie heißt er?«

»Alletas«, sagte Isolde leise.

»Alletas! George, bring mir das Telefon.« Und als George widerwillig, weil ihm das ganze Getue mit dieser schmuddeligen, unordentlichen und manchmal nackten Isolde nicht paßte, das tragbare Telefon nach draußen gebracht hatte, wählte Horck eine Nummer.

»Lisa, ich bin's, Horck. Eure Verschwörung ist geplatzt. Sag es auch Gabriele, die Malerin steht hier vor mir. Und ich sage dir noch was – Gabriele wird an dieser Malerin keinen Pfennig verdienen, so leid es mir tut. Ich werde Isolde hier ein Atelier einrichten und den Verkauf selber organisieren. Das wollte ich dir nur mitteilen.«

Er drehte sich um zu Isolde. »Einverstanden? Und bring gelegentlich mal deinen Alletas mit. Ich will doch wissen, wer dich mir weggenommen hat.«

Die Dame im Bus von der Anlegestelle des Schiffes zu den Hotels war etwa vierzig Jahre alt. Sie trug ein schlichtes, aber teures Kostüm von Rodier und ein kleines kesses Hütchen. Carlos Riedmann, der hinter ihr im Bus saß, schätzte sie mit dem geübten Blick des guten Hotelmanagers als eine Geschäftsfrau ein, die für einen Tag auf die Insel gekommen war, um irgend etwas zu verkaufen. Wahrscheinlich, dachte er, wird sie auch bei uns auftauchen, um uns Möbel oder Badezimmereinrichtungen oder sonstwas anzudrehen – in ihrem kleinen schicken Koffer hatte sie vermutlich die Prospekte. Aber Carlos beachtete sie nicht weiter, als er Frank einsteigen sah.

»Setz dich zu mir, Frank. Wo kommst du denn her?«

»Ich hab Frau Schmücker zum Flughafen gebracht. Eine reizende alte Dame.«

»Was man nicht von allen Gästen behaupten kann«, sagte Carlos. »Wenn ich an diesen Merz denke. Am liebsten würde ich ihn heute noch rausschmeißen. Aber dein Vater besteht darauf, daß auch ein Rabauke als Gast König ist.«

Die entzückende Dame vor ihm legte den Kopf zurück, offensichtlich fand sie das Gespräch interessant.

Die beiden unterhielten sich über diesen Uli Merz, als wären sie bei allem dabeigewesen.

Dieser Uli Merz, so erfuhr die Dame aus dem Gespräch, hatte offenbar seine Geliebte verloren – wegen eines Schminkköfferchens, haha – und war danach in einen Rausch von Alkohol und Aggressivität verfallen. Jedem, der es wissen oder nicht wissen wollte, hatte er an der Bar seine Geschichte aufgetischt, wehleidig und um Verständnis für seine furchtbare Lage werbend. Und dann hatte er im Rausch seine ehemalige Geliebte Evelyn belästigt und hatte sie angefleht, ihn doch wieder zu nehmen, er werde sich auch bestimmt von seiner Frau scheiden lassen – bis dieser Dame wiederum ein anderer Gast, ein Mann namens Brandis, zu Hilfe geeilt war und den Herrn Merz zwecks Abkühlung in den Swimmingpool geworfen hatte.

»Hoffentlich säuft er sich nicht wieder einen an«, sagte Frank. »Sonst gibt es noch einen richtigen Skandal.«

Der Bus hielt vor dem HOTEL PARADIES.

Frank und Carlos stiegen aus – und hinter ihnen die Dame im hellgrauen Kostüm.

Carlos wandte sich ihr zu. »Entschuldigen Sie, ich bin der Manager, Riedmann. Kann ich Ihnen behilflich sein?«

Sie lächelte ihn verschmitzt an. »Danke, Sie haben mir schon sehr geholfen. Ich bin Elfriede Merz, die Frau von Uli Merz. Mein Mann hat mich gestern angerufen und eine verworrene Geschichte erzählt, die mich mißtrauisch gemacht hat. Nach Ihrem Gespräch weiß ich, daß ich recht hatte.«

»Um Himmels willen, gnädige Frau, ich wußte ja nicht . . .«

»Keine Angst, ich petze nicht. Ich habe mich gleich ins Flugzeug gesetzt, und hier bin ich. Kann ich bei Ihnen ein Zimmer bekommen?«

»Selbstverständlich, gnädige Frau.«

Im Zimmer 304 hockte Uli Merz auf dem Bett, das auch mal sein Bett gewesen war (»Unser Bett, Evelyn, hast du denn alles vergessen?«), und versuchte zum hundertsten Mal in diesen Tagen, Evelyns Verzeihung zu erringen. Aber Evelyn saß vor dem Spiegel, kämmte sich, legte ein bißchen Rouge auf und sagte kühl: »Bitte verlasse jetzt mein Zimmer. Ich will mit Herrn Brandis ausgehen.«

»Ich will bei dir bleiben. Ich gehe nicht zu meiner Frau zurück. Lieber sterbe ich.«

»Dann stirb bitte nicht in meinem Zimmer. Geh in dein eigenes.«

Es klopfte und Brandis kam herein. Ein breitschultriger Mann, vielleicht fünfunddreißig Jahre alt; er zog seine buschigen Augenbrauen hoch.

Evelyn sagte: »Er weigert sich, mein Zimmer zu verlassen, tut mir leid. Ich wollte gerade runterkommen.«Uli stand vom Bett auf, er benahm sich jetzt wie ein trotziger kleiner Junge. »Weil es auch mein Zimmer ist. Hey du, guck nicht so blöd. Ich bleibe hier. Bis sie wiederkommt.«

Brandis blieb ganz ruhig, mit der Überlegenheit des Nüchternen gegenüber dem Trunkenen. »Schauen Sie, wir hatten ja schon gestern eine wenig erfreuliche Auseinandersetzung. Soll das so weitergehen?«

»Raus hier«, schrie Uli Merz. »Los, raus.«

»Wer hier rausfliegt, entscheide ich«, sagte Evelyn.
Schwankend bewegte sich Uli auf Evelyn zu, mit erhobenen Fäusten.
Brandis trat hinter ihn, packte ihn unter den Achseln, hob ihn hoch und beförderte ihn durch die Tür.
Uli fiel auf den Hintern, direkt vor die Füße seiner Frau, die mit Carlos gerade auf dem Weg zu ihrem Zimmer war. Uli sackte ohnmächtig in sich zusammen.
»Ich hole einen Arzt«, sagte Carlos.
Elfriede Merz sagte trocken: »Das macht er immer, wenn er nicht weiterweiß. Moment.«
Sie schlug ihm zweimal kräftig auf die Wangen, und Uli schlug die Augen auf. »Elfriede – du? Ich habe eben versucht – ich wollte mich nicht zwingen lassen – wegen einem Flittchen . . .«
»Nun ordne erstmal deine Gedanken. Danke schön, Herr Riedmann, mit diesem Fall werde ich alleine fertig.«
Sie schloß ihre Zimmertür auf, legte das Köfferchen aufs Bett und zog ihre Kostümjacke aus. Doch als Uli auch seine Jacke ausziehen wollte, sagte sie barsch: »Laß die Jacke an, du wirst dich hier nicht breitmachen. Das ist mein Zimmer.«
»Schön, daß du mich abholst, Elfriede.«
»Ich hole dich nicht ab. Ich bleibe eine Woche hier.«
»Dann bleibe ich auch.«
»Aber nicht hier . . .«
Wieder wurde er weinerlich. »Ich wollte Schluß machen mit ihr. Da hat sie mir gedroht, das Miststück. Und als ich sagte, meine Frau verlasse ich nie, nie, nie, lieber sterbe ich . . .«
Elfriede unterbrach ihn. »Ich kenne die ganze Wahrheit. Deine Verlogenheit ist grenzenlos, Ulrich.«
»O nein, das darfst du nicht sagen. Ich leugne ja nicht, daß ich vom rechten Kurs abgekommen bin – durch widrige

Umstände. Auf der Geschäftsreise habe ich eben dieses Mädchen, na ja, du weißt schon, aber ich bin doch nicht verlogen. Gut, ich will dir alles beichten, wie es wirklich war.«

»Es interessiert mich nicht mehr. Ich würde dir raten, so schnell wie möglich nach Hause zu fliegen, Ulrich. Erspar mir irgendwelche Einzelheiten.«

»Was soll ich denn zu Hause, wenn du hier . . .«

»Zu Hause wartet viel Arbeit auf dich. Und arbeiten wirst du müssen. Du brauchst eine neue Wohnung, du brauchst neue Möbel, du mußt Unterhalt für mich und die Kinder zahlen. Und nimm dir gleich einen Anwalt.«

»Das ist doch nicht dein Ernst, Elfriede, ich bitte dich.«

»Doch. Das ist mein Ernst. Du bist frei – so frei, wie du schon immer sein wolltest, mein lieber Ulrich. Zwei sind eine zuviel. Und jetzt hast du erst mal keine mehr – keine Frau, keine Geliebte. Eine ganz neue Zukunft liegt vor dir. Aber besprich sie nicht mit mir. Es ist deine Zukunft. Und jetzt laß mich bitte allein.«

Sanft drängte sie ihn zur Tür hinaus und schloß hinter ihm ab.

Es war schon nach Mitternacht, als Lisa und Max ins Bett kamen. Unten in der Bar war noch immer Leben, aber Manni und Frank würden das regeln. Natürlich war auch in der Bar das Tagesgespräch die Sache mit Uli, Evelyn und Elfriede.

Max streckte sich und gähnte. »Gerecht ist es ja nicht . . .«

»Was ist nicht gerecht?«

»Daß er jetzt gar keine hat.«

»Das ist sogar sehr gerecht. Er hat beide betrogen und beide servieren ihm die Quittung. Und es macht mich sehr nachdenklich, daß du da anderer Meinung zu sein scheinst.«

»Er tut mir einfach leid«, sagte Max. »Sogar meinem Vater tut er jetzt leid, und der hat ihn die ganze Zeit moralisch verurteilt. Du weißt, wie Vater über so was denkt. Es will was bedeuten, wenn ihm die Strafe zu streng erscheint.« Lisa beugte sich über ihren Mann. »Ja – Männer denken so. Männer. Das ist nur Selbstmitleid. Eine verlassene Frau: Pech gehabt. Ein von zwei Frauen verlassener Mann: Schicksal. Vom Schicksal zieh erst ab die eigene Schuld – was übrigbleibt, trag mit Geduld. Den Vers habe ich meinen Söhnen immer vorgebetet, wenn sie was ausgefressen hatten. Kann keinem Mann was schaden, wenn er mal daran denkt. Und bei der Gelegenheit, Max: Tu mir den Gefallen und laß dich von Renate und Ingo nicht wieder zum nächtlichen Saufen verleiten. Die beiden kommen morgen, um wieder mal nach Gold zu suchen.« Max drehte sich um und grummelte nur noch.

11

Gold

»Noch ein bißchen backbord. Ja, so. Hier müßte es sein.« Ingo Hartmann stand am Ruder, Renate Feller am Bug, den Anker in der Hand. »Wirf Anker, Renate . . .« Das schwere Eisen platschte ins Wasser, die Kette schnurrte, der Anker zurrte sich am Grund fest.
»Jetzt komm her, damit du genau weißt, was ich mache.« Sie beugten sich gemeinsam über die Grundrisse des Schiffes. Der gesunkene Frachter lag auf der Seite, wie Ingo von seinen vielen Tauchversuchen wußte. Er deutete mit dem Finger auf die Stelle, wo die Kiste mit dem Gold liegen sollte.
»Der Bruder meines Großvaters ist mit diesem Kahn gesunken. In seinen Papieren hat mein Großvater diese Skizzen gefunden. Hier das Kreuz. Es ist unter der hinteren Maschinenkammer, da muß ich rein. Ich hoffe, daß ich die Luke aufkriege.«
Renate sah ihren Freund bewundernd und skeptisch zugleich an. »Du bist besessen, Ingo. Ich hoffe, du hast Glück. Wenn nicht – mein Geld ist bald zu Ende, du mußt dir wieder Arbeit suchen.«
»Da unten liegt das Gold. Ich hole es mir.«
»Wir«, sagte sie. »Wir holen es uns. Ich hab jetzt so lange mitgemacht, jetzt will ich auch dabeisein.«
Sie legten ihre Taucherausrüstung an und ließen sich gemeinsam rückwärts ins Wasser fallen.
Wie Delphine schwammen sie zwischen den rostigen Überresten des alten Frachters, tasteten sich mit Hilfe ihrer Lampen, die am Kopfschutz angebracht waren, mühsam zur hinteren Maschinenkammer.

Eine heftige Handbewegung von Ingo: Dies war die Luke. Er versuchte sie zu öffnen, aber das Ding sperrte. Ingo hatte nicht genug Kraft, er paddelte mit seinen Schwimmflossen ein wenig hilflos im Wasser. Renate eilte zu ihm. Gemeinsam zerrten sie an der Luke, und plötzlich bewegte sich etwas. Offenbar waren die Türangeln rostig geworden, das Schloß zerbarst. Die Luke sprang auf, sie wurden zurückgeworfen.

Dann schlängelte sich Ingo ins Innere des Laderaums, in dem sich hauptsächlich Ölfässer und Ersatzteile für die Schiffsmaschinen befanden.

Ingo fuhrwerkte mit den Fässern herum, schob sie nach außen, wo sie gleich auf den Grund sanken.

Und da, auf einmal, verborgen hinter zwei Fässern – eine Kiste, überdeckt mit Muscheln und Sand.

Ingo holte das kleine Handbeil aus der Schlaufe an seinem Taucheranzug.

Ein Wink zu Renate, die jetzt auch in den Raum schwamm. Ingo faltete die Hände, als wolle er ein Stoßgebet ausstoßen. Renate drückte sichtbar ihren Daumen.

Das Beil in einen Spalt der stählernen Kiste.

Ein Ruck, sie flog auf. Schmutzig graue Dunstwolken zogen auf, die Renate und Ingo daran hinderten, überhaupt zu sehen, was in der Kiste war.

Dann wurde das Wasser wieder klar.

Die Kiste war gefüllt mit Metallklötzen, jeder einzelne überdeckt mit einer grünen Schicht. Vorsichtig versuchte Ingo, einen der Klötze herauszunehmen. Er war sehr schwer. Ingo schaffte es nicht allein. Renate faßte mit an. Gemeinsam schleppten sie den Klotz nach oben.

Erschöpft lagen Renate und Ingo einen Augenblick lang an Deck, dann begann Ingo mit einem Messer an dem Klumpen herumzukratzen. Es blinkte golden.

»Kupfer«, sagte Renate enttäuscht.

»Kupfer!« schrie Ingo. »Kupfer! Mensch, Renate, das ist Gold, Gold, Gold, Gold! Wir haben es geschafft. Wir sind reich, wir haben das Gold gefunden, richtiges Gold.«
Er packte Renate bei den Schultern und wirbelte sie herum.
Immer wieder schrie er: »Reich, reich, reich ...«
Dann wurde er ruhiger.
»Habe ich dir zuviel versprochen? Ich habe doch recht gehabt.«
»Nein, du hast mir nicht zuviel versprochen. Aber beruhige dich bitte – und schau mal, was dahinten kommt.«
Er fuhr herum. Von ferne näherte sich in rascher Fahrt das Patrouillenboot der Küstenpolizei.
»Verdammt«, sagte Ingo, »ausgerechnet jetzt.« Er nahm den Goldbarren und hielt nach einem guten Versteck Ausschau. In der Kajüte, unter den Segeln, nein ...
»Wir gehen kein Risiko ein, jetzt wo wir am Ziel sind. Dieses Gold nimmt uns niemand ab.«
Er lief mit dem Barren auf die andere Seite des Bootes, so daß die Polizei auch mit dem Fernglas nicht sehen konnte, was er vorhatte, und warf den Goldbarren wieder ins Wasser.
Als das Küstenschutzboot längsseits kam, wiederholte sich das alte Spiel. Wieder warnte der Kommissar die beiden Taucher, ausgerechnet an dieser Stelle ins Wasser zu gehen, wo »das Totenschiff, Señor« liegt. Wieder versprach Ingo, nicht mehr hier zu ankern, aber der Kapitän des Polizeibootes glaubte ihm offenbar nicht. Denn kaum war Ingo mit einem zweiten Goldbarren aus der Tiefe aufgetaucht, da schwebte dicht über der Jacht ein Hubschrauber – und wieder mußte Ingo den Goldbarren ins Wasser sinken lassen.
»Wir müssen uns was einfallen lassen«, sagte Ingo zu Renate, »die wittern irgendwas und werden uns nicht in

Ruhe lassen. Und außerdem, mit diesem Boot können wir die Masse Gold sowieso nicht bergen. Wir brauchen ein starkes Bergungsschiff, wir müssen nachts mit Scheinwerfern arbeiten – und wir brauchen ganz schnell viel Bargeld, um das alles zu finanzieren.«
»Wo willst du das Geld hernehmen?«
»Du hast noch fünfzigtausend Mark. Kannst du morgen hierhaben.«
Renate zögerte. Dann sagte sie: »Nein, Ingo. Wenn das alles schiefgeht, wenn du das Gold nicht herausholst, wenn die Polizei dir alles abnimmt, dann sind wir pleite. Ich will mit dem Rest meines Geldes eine Boutique in Bremen einrichten, davon können wir leben . . .«
»Dann gibt es nur einen Weg: Harald Kuhn, dein Exmann.«

Das große Sommerfest im Park der Villa Horck war in vollem Gange. In den weiträumigen Salons hingen die neuesten Bilder von Isolde. Horck stellte seine Entdekkung voller Stolz vor, erklärte den Journalisten, die um ihn herumstanden, die romantische Geschichte dieser Entdeckung – gespickt mit lauter Lügen. Natürlich übertrieb Horck seine Rolle als uneigennütziger Mäzen dieser wunderbaren jungen Künstlerin. Als er aber merkte, daß den Journalisten das Ganze nicht dramatisch genug war, erfand er die rührende Geschichte vom verlassenen Hippie-Mädchen, das von einem gutmütigen Schafhirten namens Alletas gerettet worden war, der, wie der gute Samariter persönlich, sie vor dem Hungertod bewahrt hatte. Den wollten die Journalisten natürlich kennenlernen.
Aber Alletas war nicht wiederzuerkennen.
Aus dem Schafhirten war ein Caballero geworden. In einem reichverzierten, spanisch wirkenden Partyanzug

ging er zwischen den Gästen hin und her und ließ sich interviewen. Selbst der Butler George behandelte ihn wie einen Herrn.

Das fiel auch Lisa und Gabriele auf.

Lisa sagte zu Horck: »George hat seine Verachtung gegen Alletas wohl überwunden?«

Horck lachte: »Na hör mal, Alletas stinkt nicht mehr nach Schafstall, trägt tadellos sitzende Anzüge und weiß, wie man ein Champagnerglas hält.«

»Das ging aber schnell«, warf Gabriele ein.

»Die Liebe ist ein guter Lehrmeister. Die beiden wohnen dort in dem kleinen Atelierhaus – und Isolde hat neben ihrer Arbeit genug Zeit, ihm alles beizubringen, was er wissen muß.«

»Und er spielt die Flöte?«

»Sonst kann Isolde nicht malen.«

Sie sahen nach Isolde. Sie sprach gerade mit einem amerikanischen Kunstkritiker über eines ihrer Bilder.

»Da ist der wichtigste von allen«, sagte Horck. »Berry – der Kunstpapst aus Amerika. Jung, aber trendy. Ich hoffe, daß Isolde ihm ordentlich Zucker gibt. Wenn der im Internationalen Kunstmagazin schreibt, daß Isolde der weibliche Picasso ist, dann frißt es jeder.«

Lisa und Gabriele sahen, wie Isolde mit Berry durch den Park wanderte und in der Dunkelheit verschwand.

»Da kommt Alletas«, sagte Lisa, »er sucht Isolde. Der hat gesehen, daß sie mit dem Berry abzieht. Ein richtiger Spanier, schau ihn dir an. Der hat das nicht gern, wenn seine Braut mit einem anderen in die Büsche verschwindet, auch wenn es ganz harmlos ist. Wenn das mal gutgeht.«

An diesem Nachmittag reparierte Manni gerade einen Wagen auf dem Hof der Autovermietung Kuhn, als Ingo

Hartmann mit einem Mietwagen der Firma Kuhn vor ihm hielt.
»Herr Hartmann«, sagte Manni, »ist was nicht in Ordnung mit dem Wagen?«
»Doch, aber ich muß privat etwas mit Herrn Kuhn besprechen.«
»Bitte, er ist im Büro.«
Seit der Affäre Stronk waren Manni die Begegnungen mit Ingo Hartmann immer suspekt. Er witterte Unrat. Was hatte dieser Mann mit Kuhn zu schaffen? Aber es ging ihn natürlich nichts an, also arbeitete er weiter an dem Auto und sah nur ab und zu zum Büro hin.
Doch nach einer Weile juckte es ihn.
Hinter dem Büro war ein kleiner Lagerraum, von dem aus man wenigstens Teile einer Unterhaltung mitkriegen konnte. Schließlich, dachte Manni, ist das ja eigentlich schon meine eigene Firma, ich muß doch wissen, was hier vorgeht.
Durch einen Spalt in der Wand sah er schattenhaft Harald Kuhn und Ingo Hartmann, sie saßen sich am Schreibtisch gegenüber.
»Ich bin ganz Ohr«, sagte Kuhn gerade.
»Um so besser. Renate und ich – wir benötigen zur Überwindung eines gewissen Engpasses 25000 Mark. Verstehen Sie mich recht, es geht nicht nur um meine Sicherheit, sondern auch um die von Renate. Und um Renates Sicherheit müßten Sie ja aus sehr naheliegenden Gründen interessiert sein.«
»Und wenn ich Ihnen diese 25000 nicht geben kann, weil ich sie nicht habe?«
»Ach«, sagte Hartmann, »wir müssen doch nicht um den heißen Brei herumreden, wir drei wissen doch, was Sache ist. Ungern, sehr ungern würde ich nachhelfen, besonders, weil Renate ja nur gut über Sie spricht. Aber ich

brauche das Geld morgen. Morgen mittag um zwölf Uhr komme ich vorbei. Auf Wiedersehen, Herr Kuhn, und denken Sie daran: Ich kann auch anders ...«

Manni sah ihn hinausgehen und hörte, wie der Wagen wegfuhr. Am liebsten hätte er jetzt Harald Kuhn gefragt, was denn da los war, aber dann hätte Kuhn ja erfahren, daß er gelauscht hatte.

Doch am Abend beim Essen mit der Familie erhielt er von seinem Vater Max einen neuen Mosaikstein dieses Puzzles.

»Unser Freund Kuhn«, sagte Max zu Manni, »hat mich heute ganz schön in Schwierigkeiten gebracht. Wir hatten ausgemacht, daß der Verkauf im Herbst geregelt wird. Heute nachmittag hat er mich angerufen und gesagt, daß er den Kauf unbedingt morgen vor elf abwickeln muß. Angeblich ist die Großmutter seiner Frau in Brasilien erkrankt, und er muß mit Bianca morgen dorthin fliegen. Ich bin nur froh, daß mir Mauritius schnell einen Kredit beschaffen konnte. Soviel Bargeld kann man normalerweise nicht auftreiben in ein paar Stunden.«

»Er braucht Geld, Vater. Heute war dieser Ingo Hartmann bei ihm und hat 25000 Mark verlangt – das klang wie eine Erpressung.«

»Das paßt zusammen«, sagte Max. »Aber die Frage ist: Womit kann Hartmann ihn erpressen? Was weiß er? Manni, du bist Haralds Freund, halt den Mund über diese Sache. Laß Kuhn nach Rio fliegen – und Sand drüber ...«

Isolde, die sich als Malerin jetzt Sonja Alletas nannte, das wollte der Marketingfachmann Horck so haben, Isolde also war in ihrem Element: Als Star der Party hatte sie ihren Ruhm genossen. Und dieser amerikanische Kunstkritiker Berry war gewissermaßen die Schlagsahne obendrauf.

Sie sah sich Seite an Seite mit Alletas schon Amerika erobern. Wie Salvador Dali in New York, umringt von den Koryphäen der amerikanischen Kunstszene, Talkshows, Pressekonferenzen, High Life. Seite an Seite mit Berry saß sie jetzt im Halbdunkel auf einer Parkbank.
»*Yes*«, sagte Berry, »New York, San Francisco – *why not? You are a beautiful girl and a very talented paintress* . . .«
»*I love Spain* . . .«
»*You love Spain* – aber ich denke, die Amerikaner müssen deine Bilder sehen, girl, und ich werde dir das Entree verschaffen. *Well*, denk darüber nach und ruf mich an. Horck findet es gut. Hier ist meine Karte. Ich warte . . .«
Er gab ihr das Kärtchen.
Dann küßte er sie auf beide Wangen. Nur ein Partykuß, nichts weiter. Aber für Alletas, der hinter einem Baum gestanden hatte, offenbar zuviel. Ein Mann mit seiner Isolde, ein Kuß und noch ein Kuß. Er stürzte aus der Dunkelheit hervor, plötzlich blitzte ein Messer in seiner Hand, und wie ein Wilder stach er auf Berry ein. Isolde schrie wie ein Tier.
Sofort wurden sie umringt von einer Schar von Journalisten und anderen Partygästen. Ein paar Männer rissen Alletas zurück, der um sich schlug. Sie entwanden ihm das Messer.
Ein Partygirl, blond, langbeinig und blöde, fragte: »Gehört das auch zur Show?«
Aber Berry lag wirklich blutend auf dem Boden und stöhnte. Horck beugte sich über ihn.
»Holt einen Arzt, holt Verbandszeug. George, beweg dich . . .«
Gabriele öffnete Berrys Hemd. Sie betrachtete die Wunden auf seiner Brust. »Es sieht schlimmer aus, als es ist. Die Einstiche sind nicht tief. Beruhigt euch mal, Leute . . .«
Für die meisten Gäste war dies wunderbar aufregend

nach all den faden Partys auf Mallorca, bei denen in immer gleich eingerichteten Häusern mit immer den gleichen Gästen immer die gleichen Gespräche bei immer dem gleichen Essen geführt wurden und immer die gleichen Paare in den Büschen verschwanden und immer die gleichen Männer zuviel tranken. Endlich mal ein richtiger Skandal – Eifersucht, Blut, Polizei.

»Nein«, sagte Horck energisch. »Keine Polizei. George, du verhinderst, daß sich hier Polizei einmischt. Das ist eine private Eifersuchtsgeschichte, und die lösen wir auch privat.«

Während George die Wunden des Kunstkritikers notdürftig verband und alle auf den Arzt warteten, besann sich Horck eines Besseren.

»George, ruf doch die Polizei. Es muß sein.«

Isolde klammerte sich an Horcks Arm. »Bitte nicht, bitte. Alletas hat doch geglaubt, daß Berry mich verführen will, das hat ihn rasend gemacht, er ist eben ein richtiger Spanier. Alletas wird sich entschuldigen, und wir zahlen Berry ein Schmerzensgeld.«

Horck legte einen Arm um Isoldes Schulter und zog sie von der Menge weg. Flüsternd erklärte er ihr seinen Plan: »Beruhige dich bitte, ja? Es ist alles halb so wild. Berry hat nur kleine Fleischwunden – aber das ist ein Riesentheater für die internationale Presse: Liebhaber der berühmten Malerin Sonja Alletas verhaftet. Ich sehe schon die Schlagzeilen. Fehlgeleitete Eifersucht, du verstehst? Das wird eine Riesennummer, etwas Besseres konnte uns gar nicht passieren.«

»Aber die Polizei wird Alletas einsperren.«

»Nur für ein paar Tage, das arrangieren wir schon. Ich kenne den besten Anwalt von Barcelona, der macht eine Riesenshow daraus. Jeder Spanier wird Alletas verstehen, auch die Untersuchungsrichter. Ich rede mit Berry, der frißt mir aus der Hand. Alletas wird sich entschuldigen, Berry verzeiht Alletas. Du besuchst als trauernde Geliebte Alletas jeden Tag im Gefängnis – und zum Schluß wird Versöhnung gefeiert.«

Als der Polizeiwagen vorfuhr, machten die Fotografen ihre rührenden Bilder: eine heulende Isolde, die sich an Alletas klammerte, Polizisten, die Isolde von Alletas loslösten, zwei Liebende, die einander die Hände entgegenstreckten, aber nicht mehr zueinander durften – ach, es war eine Show, wie Horck sie liebte, mit keinem Geld der Welt zu bezahlen.

Ingo stand unter der Dusche, als Renate zu ihm kam. Sie schmiegte sich an ihn und berührte ihn zärtlich.

»Nicht jetzt«, sagte Ingo.

»Hab mich lieb, Ingo. Denk nicht immer nur an das Gold, denk doch auch mal an mich.«

Er schob sie von sich. »Jetzt denke ich nur an das Gold, später denke ich wieder an die Liebe.«

Enttäuscht ging sie ins Zimmer zurück. Wie Männer sich verändern können, wenn sie etwas Bestimmtes im Sinn haben. Sie fragte sich, ob Ingo wirklich der richtige Mann für sie sein konnte. Immer ging es bei ihm um Geld, um Gold – dafür war er sogar bereit, zu erpressen. Oder stimmte es, was Ingo behauptete – daß Kuhn ihm ohne weiteres ein Darlehen zugesagt hatte? Renate glaubte das nicht, so wie sie ihren Exmann kannte. Der saß auf seinem Geld, der wollte auch nichts abgeben ohne Not.

Es war jetzt neun Uhr. Um zwölf wollte Ingo das Geld bei Harald holen.

»Zieh dich an«, rief Ingo aus der Duschkabine. »Wir müssen uns sputen. Heute nacht muß es geschehen, und bis dahin bleibt noch einiges zu tun.«

Zusammen fuhren sie zum Hafen.
Bei einem Bootsvermieter fand Ingo, was er suchte.
»Das ist ein Bergungsboot«, sagte der Mann unwirsch, »es wird nur an Archäologen und Meeresbiologen vermietet, die in offiziellem Auftrag nach antiken Fundstücken tauchen oder meeresbiologische Untersuchungen ausführen.«
»Sie machen sicher mal Ausnahmen?« Ingo machte eine Bewegung des Geldzählens. »Und wenn das Boot nur hier herumliegt, bringt's doch auch kein Geld, oder?«
»Wenn Sie mit Amphoren oder antiken Vasen oder ähnlichem erwischt werden, sind Sie dran. Und wenn Sie dieses Boot fahren, ist die Küstenwache nie weit entfernt; davon können Sie ausgehen.«
»Ich tauche nicht nach Amphoren«, sagte Ingo, »und außerdem werde ich nur nachts fahren. Also?«
Es lief darauf hinaus, daß der Mann sein Boot für runde 20000 Mark pro Woche vermieten wollte, obwohl es illegal war.
»Renate, wir haben es geschafft. Jetzt haben wir ein starkes Boot mit niedrigem Tiefgang und mit einem Kran. So können wir das Gold in einer Nacht raufholen mit dem geringsten Risiko. Die Polizei darf uns nicht erwischen. Um zwölf fahren wir zu Harald, holen das Geld und mieten das Boot. Das Gold verstecken wir dann erst mal irgendwo zwischen den Felsen – wie früher die Seeräuber.«
»Laß uns zurückfahren und erst mal frühstücken, ich habe Hunger.«
Aber Renate war jetzt auch angesteckt vom Goldfieber. Schon begann sie zu träumen, während sie auf der Terrasse des Hotels saßen. Heute abend, heute nacht würde es geschehen – und Ingo würde schon dafür sorgen, daß alles gutging. Sie vertraute seinem Geschick.

Punkt zwölf fuhren sie über die Schotterstraße zur Autovermietung Kuhn.
Schon von ferne sahen sie etwas Sonderbares.
Vor dem Schild AUTOVERMIETUNG KUHN stand eine Leiter. Auf der Leiter Manni in seinem blauen Overall. Er hatte einen Farbtopf an der Leiter hängen und war dabei, das Wort KUHN durch das Wort LINDEMANN zu ersetzen.
Ingo stieg aus dem Wagen.
»He – was soll das denn? Hat Kuhn verkauft?«
»Sehen Sie das nicht? Lindemann heißt die Firma jetzt.«
»Trotzdem möchte ich Herrn Kuhn sprechen. Wir sind verabredet.«
Manni malte weiter und sprach einfach gegen die Wand. »Da haben Sie Pech, Herr Hartmann. Das muß Kuhn wohl vergessen haben. Der ist verreist.«
»Wann kommt er zurück?«
Manni drehte sich um. »Das weiß ich nicht. Aber sicher nicht so schnell, denn sonst hätte er wohl nicht verkauft.«
»Verdammte Scheiße«, sagte Ingo und lief zum Auto zurück. Ein paar Minuten lang saß er stumm neben Renate, dann erzählte er, was er gehört hatte.
»Renate, du mußt ran. Dein Mann ist vor mir geflohen. Jetzt bleibt uns nur eine Chance: Laß 25000 Mark von deinem Konto telegrafisch überweisen, dann können wir morgen anfangen zu bergen. Sonst geht uns alles durch die Lappen.«
»Warum meldest du den spanischen Behörden nicht ganz offiziell deinen Fund? Dann brauchen wir nicht zu tauchen und bekommen zehn Prozent Finderlohn. Das reicht doch aus.«
Ingo schlug wütend auf das Steuerrad, so daß die Hupe zu dröhnen begann. »Warum in Teufels Namen sollen wir uns mit zehn Prozent zufriedengeben, wenn wir alles haben können?«

Sie sah ihn an, überlegte, zögerte, sagte dann: »Gut, ich mache es. Ich stecke schon viel zu tief drin. Aber wenn es schiefgeht . . .«
Stürmisch umarmte Ingo sie. »Es wird nicht schiefgehen, ich verspreche es dir. Morgen ist es soweit. Morgen abend sind wir reich.«

Es waren Tage wie Samt und Seide. Manni fühlte sich schon wie ein sorgender Ehemann mit eigener Firma. Den ganzen Tag hantierte Sarah in der Autovermietung herum, kochte für Manni und Rex Kaffee, vermietete Autos, sah die Rechnungen durch – und Manni konnte sich vorstellen, wie es sein würde, wenn Sarah seine Frau war. Ab und zu mal, wenn das Geschäft es zuließ, mit Sarah ins Hinterstübchen gehen und einen Quickie hinlegen, das war schon was.
Auch für Frank änderte sich in diesen Wochen einiges. Carlos nahm ihn hart in die Schule. Und auch Nathalie setzte ihm zu, sie war aus Hamburg gekommen, wollte nicht aufgeben. Ganz langsam gewöhnte sich Frank an den Gedanken, eine feste Bindung einzugehen. Er empfand doch mehr als nur Dankbarkeit gegenüber Nathalie.

Zu viert gingen sie zu einer Hochzeit. Es war das Happy-End einer komplizierten Liebesgeschichte, die Manni und Frank aus nächster Nähe mitbekommen hatten. Die Tochter des spanischen Kochs vom Hotel Paradies hatte sich in einen deutschen Touristen verliebt, der wegen Geldmangel als Küchenjunge im Hotel gearbeitet hatte. Für den spanischen Koch war es eine Tragödie, daß seine Tochter einen Deutschen heiraten wollte – aber zum Schluß hatte er doch zugestimmt. Jetzt waren die beiden also verheiratet . . .
Zu viert kamen sie aus der Kirche.

Nathalie hatte noch Tränen in den Augen. »Ich finde Hochzeiten immer so rührend. Schön ist das.«
»Na ja«, sagte Frank. Wenn Mädchen Hochzeiten rührend finden, wird es gefährlich.
Manni lachte. »Wenn das dicke Ende nicht hinterher käme, hätte ich auch nichts dagegen. Die Feier ist schön, aber dann kommt die Chose mit der Treue und so – als Mann opferst du deine Freiheit . . . Festliche Ouvertüre in der Kirche – endloses Drama im Alltag.«
»Hör gar nicht zu, Sarah«, sagte Natalie, »die wollen uns doch nur ärgern. Dabei machen sie die Rechnung ohne uns. Ich will schon mal heiraten, aber einen richtigen Mann, nicht solche Bübchen wie die zwei . . .«
Das war ein Stichwort für Manni. Er starrte begeistert zwei jungen Mädchen nach, die poposchwenkend in ihren kurzen Hosen über den Marktplatz schlenderten.
»Stell dir vor, Frank, wir hätten gerade geheiratet, und dann läuft uns so was über den Weg. Was machst du dann?«
Sarah schlug ihm scherzhaft auf den Mund. »Okay, Manni, du hast gezeigt, daß du wieder in Form bist. Was ist da los?«
Gegenüber dem kleinen Straßencafé, in dem sie saßen, befand sich das alte Stadtgefängnis. Vor der schmiedeeisernen Pforte versammelten sich jetzt Fotografen und Neugierige, die anscheinend ein Ereignis erwarteten.
Das erschien Alletas, wieder in seinem alten bunten Schäfermantel gekleidet, die langen schwarzen Haare wild und wirr. Gefängnisbeamte schüttelten ihm die Hand.
Und dann trat Horck auf, ein Regisseur vom Scheitel bis zur Sohle. Er führte Berry am Arm, der hatte sein weißes Hemd halb offen, so daß man die Verbände um seine Brust sah. Mit weitausgebreiteten Armen ging er auf Alletas zu und umarmte ihn.

Ein Blitzlichtgewitter, ein Rundfunkreporter mit seinem Mikrophon dazwischen, und dann Isolde, die über den Platz lief, als sei sie zu spät gekommen, und jetzt auf Alletas zusprang. Das alles war Horcks Idee gewesen. Alletas nahm Isolde in die Arme, sein Umhang flatterte, sie küßten sich innig.
Nathalie begriff überhaupt nichts.
»Das ist die publizistische Ausbeutung eines blutigen Mißverständnisses«, sagte Sarah. »Ich erklär's dir: Dieser Dunkle da hat den blonden Amerikaner mit einem Messer niedergestochen, weil er glaubte, der Ami wollte ihm die Braut wegnehmen.«
»Und wollte er das?«
»Keine Spur. Der hat ihr nur ein Küßchen gegeben, und schon war es passiert.«
In diesem Augenblick entdeckte Isolde auf der Caféterrasse Manni. Sie eilte auf ihn zu.
»Manni, mein Süßer.« Blitzschnell küßte sie ihn.
Manni hob erschrocken die Arme, sprang auf und rannte weg.
»Was hat er denn?« fragte Isolde erstaunt.
»Angst«, sagte Sarah lachend. »Bist du sicher, daß er nicht auch ein paar Messerstiche von Alletas fängt?«
»Ach, an die Küßchen wird sich Alletas auch noch gewöhnen. Der hat jetzt seine Lehre weg. Und wenn wir nach Amerika gehen, dann kann er nicht jedesmal eifersüchtig reagieren, wenn auf einer Party geküßt wird. Manni, komm zurück. Alletas tut dir nichts.«
»Das will ich ihm auch geraten haben«, sagte Sarah. »Das ist nämlich meiner.« Besitzergreifend legte sie den Arm um Mannis Hüfte.

In der Nacht lag das Bergungsschiff ›Gina‹ direkt über dem gesunkenen Frachter. Renate und Ingo hatten die

Lichter auf dem Schiff gelöscht, nur die Lampen unter Wasser brannten. Ein Scheinwerfer leuchtete den Meeresgrund ab, während Ingo tauchte. Diesmal hatte Ingo die modernsten Geräte, eine Funkverbindung zu Renate, die an Deck blieb, einen hydraulischen Kran, mit dem er die Goldbarren nach oben befördern konnte.
Es schien alles so problemlos.
Und weit und breit kein Polizeiboot.
An der Bordwand schichtete Renate die Goldbarren, einen nach dem anderen. Ab und zu tauchte Ingo auf und überzeugte sich, daß alles nach Plan verlief.
Eine Stunde war vergangen, Ingo klammerte sich an die Reling.
»Die See ist zu aufgewühlt, ich sehe nichts mehr. Ich muß mindestens eine Stunde warten, bis sich der Sand wieder gesetzt hat.«
Mühsam kletterte er über Bord.
»Das ist Gold im Wert von mindestens drei Millionen.«
»In Form von Hundertmarkscheinen wäre es mir lieber.«
»Mir auch.« Ingo hatte sich von dem Taucherzeug befreit und ließ die Maschinen an. »Wir suchen jetzt erst mal ein Versteck da hinten bei den Felsen in der Bucht.«
Das Boot tuckerte langsam vor sich hin. Ingo steuerte auf eine kleine Sandbucht zwischen den Felsen zu.
Renate war ängstlich. »Gibt's hier auch kein Riff? Fahr langsam, falls wir auflaufen.«
»Keine Angst, das Boot hat wenig Tiefgang. Und nach der Karte gibt's hier keine Riffe.«
»Das haben die Leute von der ›Titanic‹ auch gesagt. Keine Eisberge.«
Renate versuchte, fröhlich zu sein, aber sie hatte ein dumpfes Gefühl im Magen.
Und dann hörte sie dieses sonderbare schabende Ge-

räusch, das Bergungsschiff schien zu taumeln, drehte sich dann ein wenig, es krachte, und die Schraube lief ins Leere.
»Verdammt«, sagte Ingo, »wir liegen natürlich durch das Gold viel tiefer.«
Mit voller Kraft voraus und voller Kraft zurück versuchte er das Schiff wieder flottzumachen, aber das mißlang. Die ›Gina‹ legte sich höchstens mal auf die Seite, so daß die Goldladung zu rutschen begann.
»Ich nehme das Beiboot und schaffe das Gold in irgendeine Felsenhöhle. Die ›Gina‹ kriegen wir dann auch wieder los.«
Gemeinsam hievten sie die Goldbarren in das Beiboot, das am Heck hing.
»Du mußt ein paarmal fahren, Ingo, die ganze Ladung trägt das kleine Boot nicht.«
»Haben wir keine Zeit zu. Los, weiter . . .«
Das Boot schaukelte an der Halterung. Als sie die Barren verladen hatten, ließ Ingo das Beiboot zu Wasser und stieg ein.
Renate sah ängstlich, wie der Wasserspiegel bis an die Bordwand des kleinen Beiboots stieg. Ingo ließ den Außenbordmotor an, mühsam setzte sich das überladene Boot in Bewegung. Es fuhr vielleicht zehn Meter von der ›Gina‹ weg, dann sah Renate, wie Wasser in das Boot schwappte und es sich langsam zur Seite neigte.
Renate richtete den Scheinwerfer auf das Boot.
Atemlos vor Entsetzen mußte sie zuschauen, wie die Goldladung zu rutschen begann, wie das kleine Boot sich immer stärker zur Seite neigte und schließlich kippte. Mit beiden Händen griff Ingo nach den Goldbarren, und dann verschwand er unter Wasser, tauchte gierig ohne Ausrüstung, um die Goldbarren zu retten, anstatt sein eigenes Leben.

Es war sehr still. Renate hörte nur das Plätschern des Wassers gegen die Bordwand der ›Gina‹.
Jetzt drehte sich das kleine Beiboot, seiner Last ledig, wieder nach oben.
Hinter dem Beiboot sah Renate den leblosen Ingo, er lag auf dem Bauch, das Gesicht tief im Wasser . . .
Renate sprang ins Wasser und schwamm zu dem Beiboot hinüber. Mit der Kraft der Verzweiflung zerrte sie Ingo in das Boot, beugte sich über ihn und versuchte, ihn mit ihrem Atem wieder zum Leben zu erwecken.
Aber Ingo war tot.
Renate hatte jetzt keine Kraft zu weinen. Sie fühlte sich stumpf und tot. Tot wie Ingo.
Der Motor des Beiboots sprang nicht an. So schwamm sie zur ›Gina‹ zurück, fuhr mit dem leichter gewordenen Bergungsschiff zum Beiboot mit dem toten Ingo, hievte das Boot in seine Halterung und fuhr langsam zum Hafen zurück.
Als sie am Ruder stand und in der Ferne die Lichter des Jachthafens von Palma sah, wurde sie von einem endlosen Schluchzen geschüttelt.
Gold, dachte sie, Gold –. Ich wußte immer, daß dieses Gold uns kein Glück bringen würde.
Und nicht einmal eine letzte Zärtlichkeit hatte Ingo für sie übrig gehabt. Nicht einmal das.

12

Ehrlich währt am längsten

Ein Polizeiauto hielt vor dem HOTEL PARADIES. Der Kommissar stieg aus und beugte sich zum Hintersitz. Mühsam holte er die leblos wirkende Renate Feller heraus. Sie stand vor dem Hotelportal und taumelte.

Max stürzte hinzu. »Was ist geschehen?«

Der Kommissar erklärte es ihm. Die Küchenwache hatte das Bergungsschiff hilflos vor der Küste gefunden; die Motoren waren gestoppt, Renate hatte wie bewußtlos an Deck gelegen.

»Sie hat eine Spritze gegen den Schock bekommen. Bringen Sie die Dame bitte auf ihr Zimmer, Herr Lindemann. Ihr Begleiter ist ertrunken – nun ja, auf jeden Fall ist er tot.«

Der Kommissar sah in seinen Papieren nach: »Ingo Hartmann. Sie haben ihn gleich nach Palma zum gerichtsmedizinischen Institut gebracht. Wir müssen da noch einiges klären, wenn es Frau Feller wieder besser geht. Im Moment kann sie überhaupt nichts sagen ...«

Max und Manni nahmen Renate in die Mitte und führten sie auf ihr Zimmer. Lisa brachte sie ins Bett und blieb bei ihr sitzen.

An der Tür blieb Manni stehen.

»Das ist wie ein Verhängnis, Vater. Alle, die irgendwie was mit Kuhn zu tun haben – alle sterben. Der Stronk, jetzt der Hartmann. Ich glaube nicht mehr an Zufälle. Ich bin sogar sicher, daß es kein Zufall ist. Komm mit in mein Zimmer, bitte, ich muß dir was zeigen, was ich neulich gefunden habe.«

In seinem Zimmer holte Manni unter der Schreibunterlage auf seinem Schreibtisch ein vergilbtes Foto hervor. »Das habe ich neulich beim Aufräumen in der Werkstatt gefunden. Es gab erst keinen Sinn, aber jetzt begreife ich mehr.«

Max Lindemann nahm das Foto in die Hand – ein Hochzeitsfoto von Renate Feller und einem Mann, den er nicht kannte. »Was soll das für einen Sinn geben?«

»Halt mal die untere Gesichtshälfte zu und sieh dir genau die Augen an ...«

»Mein Gott«, sagte Max, »das ist ja Harald Kuhn.« Er drehte das Foto um. Da stand: ›Hochzeit Renate Feller – Klaus Feller.‹

»Begreifst du jetzt?«

»Versicherungsbetrug. Das ist die Lösung. Frau Feller hat mir mal erzählt, daß ihr Mann ertrunken sei. Aber er lebt. Und jetzt ist schon wieder ein Mann ertrunken. Ich fürchte, die Polizei wird dahinterkommen und vielleicht die falschen Schlüsse ziehen. Da kann Harald Kuhn nur froh sein, daß er weit weg ist. Wir sagen nichts, sonst werden wir nur da reingezogen.«

Fragen. Fragen. Fragen.

Wie aus einem Alptraum war Renate erwacht. Dies alles schien so unwirklich zu sein. Im Traum hatte sie immer wieder das Boot mit den Goldbarren gesehen, immer wieder hilflos zugeschaut, wie es langsam umkippte. Und dann immer wieder den leblosen Körper von Ingo ...

Aber am Morgen hatte schon der Kommissar an ihrem Bett gestanden. Dann das Polizeiboot. Wieder auf der ›Gina‹. Wieder die Stelle, an der Ingo verschwunden war. Und die endlosen Fragen des spanischen Kommissars, von Max Lindemann übersetzt. – Wieso hatte Ingo keine Taucherausrüstung an? Wonach hat er überhaupt

getaucht? Wo kommen die Kopfverletzungen her? Wie kommt das Wasser ins Beiboot?
Sie mußte sich konzentrieren auf ihre Geschichte, die sie sich am Morgen, bevor der Kommissar erschienen war, zurechtgebastelt hatte. Wie sie auf der ›Gina‹ geschlafen hatte, plötzlich von einem Schrei erwachte, an Deck ging und den heftig rudernden Ingo sah. Wie sie ihn erst als Leiche bergen konnte . . .
Denn eines wußte sie genau: Wenn sie die Wahrheit sagen würde, könnte sie das Gold niemals bergen. Das Gold, für das Ingo gestorben war.
»Und wieso hatte er denn überhaupt dieses Bergungsschiff gemietet? Wollte er irgendwelche Kunstschätze heben?«
»Nein, er wollte in Deutschland einen Bergungsbetrieb eröffnen und hier in aller Ruhe mit dem Boot üben. Deshalb haben wir auch das Wassern des Beiboots geprobt.«
Auf dem Weg zurück fragte der Kommissar: »Sollen wir die ›Gina‹ dem Besitzer zurückgeben, oder wollen Sie selber . . .«
»Nein, nein, ist schon gut.«
»Dann darf ich Sie jetzt bitten, mir Ihren Paß zu geben. Sie dürfen die Insel vorläufig nicht verlassen.«
Ziellos wanderte sie die folgenden Tage auf der Insel umher. Sie fühlte sich sehr allein. Die anderen Gäste des Hotels wichen ihr scheu aus, als hätte sie eine anstekkende Krankheit. Auch die Polizei meldete sich nicht. Schließlich mietete sie ein kleines Ruderboot und fuhr mit ihm, magisch angezogen von der Stelle des Unglücks, zu der kleinen Bucht. Dort blickte sie immer wieder ins Wasser, als könne sie die Goldbarren da unten sehen.
Aber das Wasser war viel zu tief.
Am nächsten Tag versuchte sie, die Bucht vom Land her

zu erreichen. Sie kletterte die Felsen hinunter, ein waghalsiges Unternehmen. Immer wieder rutschte sie ab, bis sie endlich an dem kleinen Sandstrand angelangt war. Sie zog sich aus bis auf den Bikini und wollte gerade zu der Stelle schwimmen, an der die Goldbarren verschwunden waren. Wenigstens ein paar Meter tauchen, vielleicht wußte sie dann mehr . . .
Da erst sah sie den Angler, der auf einem kleinen Felsvorsprung saß. Er stand auf und kam zu ihr hinüber.
»Ich rate Ihnen dringend ab, hier zu baden. Die Felsblöcke liegen hier dicht unter der Oberfläche. Sie könnten sich verletzen. Wollten Sie das gestern schon – vom Boot aus?«
»Was denn?«
»Hier schwimmen. Ich habe Sie gesehen. Übrigens halte ich es auch für ziemlich verwegen, hier den Felsabhang herunterzusteigen.«
»Wie sind Sie denn hergekommen?«
Der Mann, ein Vierziger mit einem fast hageren Gesicht und grauen Schläfen, wies auf das kleine Boot, das hinter einer Felsnase festgezurrt war.
»Wenn Sie zurückwollen«, sagte er, »nehme ich Sie gern mit. Ich möchte nicht, daß Ihnen auch etwas passiert.«
»Was heißt denn auch?«
»Entschuldigen Sie bitte, Frau Feller. Mein Name ist Jonas Redding. Ich wohne ebenfalls im Hotel Paradies und weiß, was Ihnen zugestoßen ist. Bitte fühlen Sie sich nicht belästigt – aber ich möchte Ihnen gern behilflich sein.«
»Na gut, fahren wir zurück.«
Im Boot saßen sie einander gegenüber. Jonas schwieg. Er zündete sich eine Pfeife an.
Renate beobachtete ihn. Er sah vertrauenswürdig aus, kein Schwätzer, kein Angeber, kein schneller Junge, wie Ingo es gewesen war. Er sprach bedächtig mit einem norddeutschen Akzent. Ob man ihm vertrauen konnte,

ob man ihn einweihen durfte – das mußte sie überlegen. Allein würde sie nie an das Gold kommen, allein war sie hilflos. Sie brauchte einen Mann, der zupacken konnte.
»Sie gefallen mir sehr«, sagte er plötzlich. »Schon wie ich Sie das erstemal gesehen habe, dachte ich, was für eine Frau. Ich wollte Ihre Bekanntschaft machen, aber da hörte ich von dem Unglück.«
»Sie sind der erste Mensch, der seither mit mir spricht.«
Sie lächelte ihn an. Er ist offen, ehrlich, sagt, was er denkt. Ich könnte mir schon vorstellen, daß . . .
»Alle anderen«, sagte sie, »meiden mich wie die Pest.«
Später, als sie in einem Café saßen, erzählte er ihr von sich. Er war Reeder mit einer eigener Firma in Bremen, ein vielbeschäftigter Mann, der seit Jahren einmal wieder Urlaub machte. Keine Frau zu Hause. Keine Freundin. Nie Zeit gehabt für so was.
»Verzeihung«, sagte er plötzlich, »als ob Sie das jetzt interessieren könnte. Ich bin taktlos.«
»Keineswegs. Sie bringen mich auf andere Gedanken. Das tut gut.«
»Das will ich gern öfter tun.«
Aber dazu sollte es nicht kommen.
Als sie mit dem Auto vor das Hotel fuhren und Renate ausstieg, traten zwei Männer hinter einer Säule hervor.
Der spanische Kommissar und ein dicker kahlköpfiger Mann von etwa fünfzig Jahren.
»Señora Feller, dies ist Herr Brest, Oberkommissar Brest aus Düsseldorf.«
Brest wischte sich mit einem großen bunten Taschentuch den Schweiß von der Stirn.
»Frau Renate Feller? Ich teile Ihnen hiermit mit, daß die Staatsanwaltschaft einen Haftbefehl gegen Sie erwirkt hat. Wegen des dringenden Tatverdachts des Mordes an Ihrem Lebensgefährten Ingo Hartmann. Bitte folgen Sie

mir. Ich werde Sie in Ihr Zimmer begleiten, dort können Sie ein paar Sachen einpacken. Morgen werde ich Sie vernehmen . . .«
Schweigend ging Renate mit dem Oberkommissar durch die Hotelhalle.

Oberkommissar Brest hatte ein Telex in der Hand, als Renate am nächsten Morgen hereingeführt wurde. Neben ihm stand eine große Kanne mit Kaffee.
»Bitte setzen Sie sich, Frau Feller.«
Er war ausnehmend höflich, fast galant. Auch der spanische Kommissar benahm sich heute zuvorkommend. Die Nacht hatte Renate in einer Zelle zugebracht, die so gar nicht an die Schreckensbilder von spanischen Gefängnissen erinnerte, von denen sie in den Zeitungen gelesen hatte. Es war wohl die Zelle, in der man korrupte Beamte und reiche Betrüger unterbrachte.
»Ich habe«, sagte Oberkommissar Brest, »hier ein paar Informationen für Sie, über Ingo Hartmann und über Ihren verstorbenen Mann, Frau Feller. Nur eine Frage: Sie wollen nicht vielleicht gleich ein Geständnis ablegen?«
»Nein. Ich habe ein gutes Gewissen.«
»Aber Sie räumen einem dummen Polizisten ein, daß wir aufmerksam werden müssen, wenn in verhältnismäßig kurzer Zeit zwei Männer, die in Ihrem Leben eine Rolle gespielt haben, ertrinken. Das Meer scheint für Sie doch eine besondere Bedeutung zu haben?«
Renate lächelte. »Ich räume das ein. Ich verbiete Ihnen ja nicht Ihre Aufmerksamkeit, ich verbitte mir allerdings Ihre Schlußfolgerungen.«
Brest goß sich eine Tasse Kaffee ein, wanderte um den Tisch herum, die Tasse in der Hand, so daß Renate ihm ständig mit dem Blick folgen mußte. Er blieb aber ganz gemütlich, voller Anteilnahme an ihrem Schicksal, als er

sagte: »Nun ja, unsere Aufmerksamkeit schlägt allerdings in höchste Skepsis um, wenn wir lesen, daß Klaus Feller kurz vor seinem Tode eine Lebensversicherung über 250000 Mark bei Unfall abgeschlossen hatte – und Ingo Hartmann . . .« Er sprang behende hinter den Schreibtisch und tippte mit dem Finger auf eine Stelle in dem Telex: »Hier steht es, eine Versicherung über 100000 Mark, bei Unfall das Doppelte. Und das erst vor drei Monaten, zu Ihren Gunsten, Frau Feller.«

»Davon wußte ich nichts«, log sie. Wie hatten sie das so schnell herausgefunden?

Endlos ging die Vernehmung weiter, endlos und ermüdend. Immer wieder die Fragen, wieso das Bergungsschiff, wieso das Beiboot, wieso die Versicherungen, wieso war da schon wieder ein Mann – und dieses Mal offenbar ein Reicher. Sie wußten alles, alles, alles. Renate fühlte sich wie in einem Spinnennetz, aus dem sie nie wieder entfliehen konnte.

Eine Mordverdächtige als Hotelgast – das war für die Urlaubsgäste ein gefundenes Fressen. Nirgendwo blüht der Klatsch so gut wie in einem Urlaubshotel. Es wurde auch getuschelt über diesen Jonas Redding (der sollte ja die Feller zu dem Mord angestiftet haben) – und Jonas Redding bemühte sich tatsächlich auffallend um die Inhaftierte. Er erwirkte eine Besuchserlaubnis, sagte Renate, er habe einen Anwalt aus Düsseldorf einfliegen lassen und gab ihr Ratschläge, wie sie ihre Aussage verweigern könne.

Er war es auch, der die Nachricht brachte, daß Renate Feller des zweifachen Mordes beschuldigt wurde. Das sagte er jedenfalls zu Manni, der ihn nach seiner Rückkehr befragte.

Manni war in Gewissensnöten.

»Vater, müssen wir jetzt nicht auspacken? Wir wissen doch, daß sie ihren ersten Mann nicht getötet haben kann. Harald Kuhn lebt . . .«
Max war dagegen. »Dann ist sie als Versicherungsbetrügerin entlarvt. Ich will daran nicht schuld sein. Ich bin überzeugt, daß der Anwalt, Dr. Schuster, sie schon da rauspauken wird.«
Es war um die Mittagszeit. Sie saßen zu dritt auf der Terrasse am Swimmingpool. Lisa tat gerade noch einen Tropfen Öl an den Salat, als plötzlich Oberkommissar Brest auftauchte.
»Herr Lindemann, ich müßte Sie noch einmal sprechen, Sie auch, Frau Lindemann. Es handelt sich um folgendes: Frau Feller und Herr Hartmann waren doch öfter ihre Gäste in diesem Sommer. Hat es zwischen den beiden Auseinandersetzungen gegeben?«
»Niemals ein böses Wort. Die beiden waren ein Herz und eine Seele«, sagte Lisa. »Eine Frau merkt so was. Sie war höchstens besorgt um ihn, weil er zu gefährlich tauchte. Einmal hat sie ihn aus einer sehr gefährlichen Lage retten müssen. Das hat er mir selber erzählt. Bringt jemand, der seinen Freund aus so einer Lage unter Lebensgefahr rettet, diesen Mann ein paar Wochen danach um?«
»Ja«, sagte Brest trocken. »Zum Beispiel, wenn ein anderer Mann aufkreuzt, der ihr besser gefällt – oder mehr bieten kann.«
»Herr Redding«, sagte Max, »ist aber erst hierher gekommen, als Ingo Hartmann schon tot war. Und vorher gekannt hat er Frau Feller nicht. Er hat mich nämlich gefragt, wer die Dame sei . . .«
Brest schwitzte wieder schrecklich und warf begehrliche Blicke auf den frischen Salat mit dem Stück Thunfisch obenauf. Lisa bemerkte es und lud ihn ein.
Während sie aßen, tauchte Jonas Redding auf der Terrasse

auf. Er kam in seinem Anglerzeug, die gelbe Plastikjacke über dem Arm, Gummistiefel, Angelrute in der Hand. Sehr aufgeregt.

»Herr Lindemann, ich komme eben von der Polizeistation. Mein Anwalt hat gute Arbeit geleistet. Der Staatsanwalt setzt Frau Feller außer Strafverfolgung.« Und ganz kühl zu dem dicken Brest gewandt: »Sorgen Sie bitte so schnell wie möglich für die Freilassung von Frau Feller, ich meine – sobald Sie Ihren Salat gegessen haben.«

Renate Feller war frei. Und da war ein neuer Mann, ein Mann, der sich tatsächlich Sorgen gemacht und alle Hebel in Bewegung gesetzt hatte, um sie aus dem Gefängnis herauszuholen.

Jonas Redding hatte ihr aus einer gefährlichen Situation geholfen, und jetzt wäre eigentlich alles gut gewesen – wenn nicht die Lügen zwischen ihnen gestanden hätten.

Nein, Jonas Redding wußte davon nichts. Er ahnte es nicht einmal, aber Renate litt. Der Verdacht der Polizei – was war das schon? Sie selbst wußte doch, daß sie weder ihren Mann noch ihren Freund umgebracht hatte. Aber diesen ruhigen, netten und besorgten Mann wollte sie nicht immer weiter belügen. Wenn sie mit ihm zusammen in seinem kleinen Boot zum Angeln fuhr, dann saß sie manchmal eine halbe Stunde lang und starrte versonnen ins Wasser. Soll ich oder soll ich lieber nicht . . .

Irgendwann fiel ihm ihr bedrücktes Schweigen auf.

»Du sollst dich wirklich zu nichts verpflichtet fühlen, Renate.« Das Du war ihnen beiden nach dem Empfang vor der Polizeistation ganz selbstverständlich über die Lippen gekommen.

»Ich fühle mich nicht unter Druck gesetzt. Ich bin gern mit dir zusammen, Jonas, nur . . .«

»Ich weiß«, sagte er leise, nahm die Pfeife aus dem Mund,

klopfte sie am Bootsrand aus. »Zwischen uns steht ein toter Mann – und ich akzeptiere das. Ich erwarte wirklich nicht, daß du vor lauter Dankbarkeit . . .«
». . . mit dir schlafe?« warf sie rasch ein, als er zögerte.
»Ja, das ist es vielleicht. Ich lasse dir Zeit. Soviel du willst. Tage, Wochen, Monate – nicht Jahre. Jahre zählen in meinem Alter. Aber drängen will ich dich nicht.«
Eine Weile überlegte sie.
Dann sagte sie plötzlich: »Rudere mich bitte mit dem Boot dort rüber – ja, noch ein bißchen weiter.«
Sie starrte ins Wasser. Heute war es klar und gar nicht so tief, wie sie gedacht hatte.
Ohne Ankündigung ließ sie sich ins Wasser gleiten und kam nach einer knappen Minute wieder hoch.
In ihren Händen trug sie einen Goldbarren. Sie ließ ihn über die Bordwand gleiten und stieg wieder ins Boot.
»Was ist das?«
»Gold«, sagte Renate. »Du wolltest wissen, was ich hier suchte. Ich sage dir jetzt die Wahrheit. Hier ist Ingo ertrunken, hier ist er mit dem ganzen Gold umgekippt. Da unten liegt für mindestens drei Millionen Mark Gold.«
Entsetzt sah er sie an. »Du willst dieses Gold doch hoffentlich nicht ein zweites Mal bergen?«
Und als sie ihn nickend anblickte, wurde er zornig. »Renate, natürlich kann man es heraufholen. Stück für Stück. Man kann sich sogar Zeit dabei lassen. Aber wie willst du es außer Landes bringen? Durch den Zoll? Und dann einfach zu einer Bank gehen und sagen: Hier habe ich für drei Millionen Goldbarren, bitte wechseln Sie mir das in D-Mark? Da spiele ich nicht mit. Ich habe einen guten Namen zu verlieren. In solche schmutzigen Geschäfte lasse ich mich nicht ein.«
»Verstehst du das nicht, Jonas, du edler Ritter?« rief sie

voller Spott. »Ingo ist für dieses Gold gestorben. Soll ich es da unten liegen lassen? Warum denn?«
»Weil es dir nicht gehört, darum. So einfach ist das.«
»Dann rudere mich bitte zurück. Ich habe dir nichts mehr zu sagen.«
Aber auf dem Rückweg lenkte sie ein. Nein, sie wollte nicht diesen Mann auch noch verlieren.
»Soll das Gold für immer da liegenbleiben?« fragte sie zaghaft.
Mit einem zufriedenen Lächeln blickte er sie an. »Nein. Du meldest einfach, daß du beim Tauchen Gold gesehen hast. Dann kriegst du einen ordentlichen Batzen Finderlohn und bist wieder unabhängig. Wahrscheinlich kriegst du auch noch einen schönen bunten spanischen Orden. Renate, glaub mir: Ehrlichkeit zahlt sich aus.«
»Meinst du? Wird man mir glauben, daß ich es erst jetzt gefunden habe?«
Er lachte. »Ich war doch dabei. Ich bin dein Zeuge. Außerdem – wenn man aufgrund deiner Angaben so viel Gold findet, fragt niemand weiter. Wer will schon wissen . . .«
Abrupt stand sie auf, so daß das Boot beinahe gekentert wäre, ging zu ihm und küßte ihn. Ganz zart . . .

Max Lindemann fertigte am Empfang einen Gast ab, der eine endlose Beschwerde darüber führte, daß das warme Wasser zu langsam lief. In den letzten Wochen vor Saisonschluß merkte Max, daß er oft nicht mehr die Geduld aufbrachte, mit den Gästen so heitergelassen umzugehen, wie er es von sich und seinem Personal verlangte. Vielleicht sollte ich mich doch zur Ruhe setzen, dachte er oft. Er sah, daß auch Lisa nervös war. Seit Wochen hatte sie kein einziges Bild mehr gemalt; das war immer ein Zeichen dafür, daß sie erschöpft war. Abends fielen sie todmüde ins Bett, kaum noch fähig, ein Gespräch zu führen.

»Max, komm doch bitte mal ins Büro«, rief Lisa. »Kuhn will dich sprechen.«

»Ist Kuhn wieder auf der Insel?«

»Nein, er ruft aus Rio an. Er hat gehört, was mit Ingo Hartmann passiert ist. Von Manni.« Sie hielt die Hand über die Muschel. »Manni hat ihm auch gesagt, daß wir Bescheid wissen. Und daß wir nichts sagen werden.«

Sie reichte ihm den Hörer.

»Ja«, sagte Max, »ich weiß alles, aber ich kann dir versichern, daß die Polizei in dieser Richtung nichts gefragt hat. Trotzdem würde ich mir die Sache noch mal gut überlegen. Ich kann ja verstehen, daß Bianca und du Sehnsucht nach der Insel habt – aber... Nein, nein, natürlich bist du uns willkommen. Ich reserviere dir gern ein Zimmer, nur du allein kannst wissen, wie gefährlich das für dich ist. Gut... Also telegrafiere mir dann den genauen Termin.«

Er legte den Hörer auf. »Urlaub will er hier machen. Ich weiß nicht – wer so etwas gemacht hat, der muß doch immer Angst haben. Na ja, es ist sein Risiko. Wenn er will...«

13

Abschied vom Hotel Paradies

Im Hotel Paradies herrschte Hochbetrieb: Ankunft neuer Gäste, der Hotelbus vor der Tür, Gepäck wurde hin und her getragen, am Empfang stauten sich die Gäste.
Harald Kuhn wartete mit Bianca vor dem Empfang.
In der Ecke der Halle auf einem der Sofas unterhielten sich Renate Feller und Jonas Redding. Auf einmal fiel Renates Blick auf Harald Kuhn.
Sie wurde bleich und begann zu zittern.
»Was hast du denn, Renate?« Jonas legte den Arm um ihre Schultern und preßte sie an sich, als könne er so dem Zittern Einhalt gebieten.
»Ich habe jemanden gesehen, Jonas. Und – und jetzt ist für mich die Stunde der Wahrheit, der ganzen Wahrheit gekommen. Wenn du mich liebst, wie du sagst, dann mußt du es jetzt beweisen.«
»Wenn du mich liebst, wie du sagst, könntest du mehr Vertrauen zu mir haben.«
»Also gut«, sagte Renate und faßte allen Mut zusammen. »Ich sage dir jetzt, was ich noch keinem gesagt habe außer Ingo. Du weißt, daß ich Ingo nicht umgebracht habe und auch meinen Mann Klaus Feller nicht. Beide Male war es ein Unglück, nicht wahr?«
»Ja. Ich weiß es.«
»Und doch ist es anders. Mein Mann ist gar nicht tot, er lebt! Jonas, wir waren damals in großen finanziellen Schwierigkeiten. Deshalb haben wir den Tod meines Mannes nur vorgetäuscht. Er lebt unter einem anderen Namen. Er hat eine Zeitlang auf dieser Insel gewohnt. Dort drüben steht er . . .«

Mißtrauisch blickte Jonas sie an. »Und warum lebst du nicht mit ihm zusammen? Wenn ihr die Sache gemeinsam geplant und ausgeführt habt?«
»Es ist eben anders gekommen. Ich habe mich in Ingo verliebt, Klaus hat sich in diese Frau verliebt, die kleine schwarze, die neben ihm am Empfang steht.«
Mit einem Ruck stand Jonas auf.
Mit raschen Schritten eilte er auf Kuhn zu, baute sich vor ihm auf und sagte: »Guten Tag, Herr Feller!«
Kuhn wandte sich blitzartig um. »Kuhn ist mein Name, Harald Kuhn. Sie verwechseln mich wohl . . .«
»Aber Ihre Frau hat mir gesagt . . .«
»Bianca, was hast du dem Herrn gesagt?«
»Ich kenne den Herrn überhaupt nicht.«
Inzwischen war Renate herangekommen. »Klaus – ich habe Jonas alles gesagt. Du kannst ihm vertrauen. Bitte gib zu, daß du mein Mann bist, bitte, sonst machst du mir alles kaputt.«
Kuhn wandte sich an Max. »Was ist das denn hier für ein Durcheinander, Herr Lindemann? Würden Sie bitte diesem aufdringlichen Herrn und dieser Dame bestätigen, daß hier eine Verwechslung vorliegt. Sie kennen mich doch: Harald Kuhn . . .«
»Natürlich, Herr Kuhn«, sagte Max lahm. Langsam ging ihm offenbar die Sache auf die Nerven.
Schmerzhaft packte Jonas Renate am Arm und zog sie in die Ecke, in der sie gesessen hatten.
»Was treibst du für ein Spiel mit mir? Sag mir endlich die Wahrheit.«
»Er ist mein Mann, du mußt mir glauben.«
»Erst wenn er es bestätigt, Renate. Du hast zu viele Geschichten erzählt – entschuldige bitte, aber . . .«
»Da kommt er«, sagte Renate.
Tatsächlich kam Kuhn auf sie zu und sagte hastig: »Ich

habe inzwischen nachgedacht. Vor lauter Schrecken habe ich zunächst keinen klaren Gedanken fassen können. Ich dachte, ein Polizist, ein Versicherungsagent, ein Erpresser ... Also es stimmt: Ich bin Renates erster Mann. Und ich lebe noch, wie man sieht. Jetzt können Sie mich anzeigen, verhaften lassen, was Sie wollen, mir ist schon alles egal. Aber bedenken Sie, daß Sie dann auch Renate mit hineinziehen ...«

Jonas erhob sich und gab Harald Kuhn die Hand. »Mir geht es um Renate. Ich werde Sie nicht anzeigen. Das verspreche ich Ihnen. Aber jetzt lassen Sie uns bitte allein.«

Besitzergreifend legte Jonas den Arm um Renates Schultern und ging mit ihr zusammen langsam zum Lift.

Bevor sich die Lifttüren schlossen, konnten die Gäste in der Halle ein Paar sehen, daß sich leidenschaftlich umarmte.

Es war ein langer, heißer Sommer gewesen. Die Tage wurden kürzer, aber die Saison war noch nicht vorbei. Frank in seinem Büro machte Striche durch die Kalendertage – jeder ausgestrichene Tag brachte sie näher an den 15. Oktober heran, den Tag, an dem das Hotel zur Renovierung geschlossen wurde.

Alle waren nervös. Man konnte das Lachen der Gäste nicht mehr hören, ihre Witze waren fad, die Gespräche so oberflächlich – es begann die Endsaison-Krankheit für alle ›Saisonarbeiter‹. Bei dieser Krankheit ist plötzlich ein Gast wie der andere, man steht müde auf und geht müde ins Bett, man kann den Geruch von Essen und Alkohol nicht mehr ertragen, man wartet auf den letzten Tag. So wie sich alle zu Beginn der Saison auf jeden Gast freuen, so erleichtert sind alle, wenn der letzte Gast Adieu, Auf Wiedersehen, Arrivederci sagt ...

Und dann knallte es.
Es knallte aus einem ganz harmlosen Anlaß. Ein unverschämter Boofke aus Berlin, der so stolz auf seine dicke Brieftasche war, hatte sich mit Manni angelegt. Weil angeblich das Mietauto unter aller Kritik war. Manni hatte sich gewehrt und war seinerseits unverschämt geworden. Das hatte wiederum Max gehört, er hatte Manni zur Rede gestellt.
»Gast ist Gast – und wenn du dich nicht benehmen kannst, dann verlierst du dein kleines Unternehmen. Vergiß nicht, daß ich der Boß bin.«
»Mit so einer Laus verhandele ich nicht anders«, sagte Manni.
»Sag nicht Laus zu einem Gast, auch nicht *über* einen Gast. Der ist bei uns König.«
»Scheiß auf diesen König.«
Und dann knallte es. Manni bekam eine fürchterliche Ohrfeige von seinem Vater.
Eine Stunde später fuhr Max vor dem Mietwagen-Unternehmen vor. Er stieg aus dem Wagen und ging langsam zu Manni. Der stellte gerade einen Vergaser ein.
»Manni . . .«
Keine Antwort.
Max legte eine Hand auf den Arm seines Sohnes. »Es tut mir leid, Sohn – meine Nerven sind lädiert, sonst wäre das nicht passiert.«
»Ist schon gut.«
»Vergessen?«
»Vergessen, Vater. Wirklich.« Er kroch unter der Motorhaube hervor, drehte sich um und umarmte seinen Vater. »Bist du wirklich extra deswegen gekommen?«
»Ja.«
»Du hast dich noch nie bei mir entschuldigt.«
»Einmal ist immer das erste Mal. Du bist erwachsen, hast

deinen eigenen Betrieb. Da gehört es sich für einen Vater nicht, daß ihm die Hand ausrutscht.«
Erleichtert fuhr Max ins Hotel zurück. Vor dem Hotel stand ein Krankenwagen mit Blaulicht. Opa stand da und hielt die Hintertür des Krankenwagens auf.
»Vater, ist was mit einem Gast?«
»Nein«, sagte Opa Lindemann, »mit Lisa. Sie ist ohnmächtig zusammengebrochen. Wir bringen sie sofort ins Krankenhaus, haben dich schon überall gesucht.«
Max fuhr mit. Lisa war ganz schwach nach einer akuten Kreislaufschwäche. Der Arzt saß neben ihr. Er sagte, daß Lisa mindestens eine Woche im Hospital bleiben müsse, um den Kreislauf zu stabilisieren. Max war entsetzt. Schon kamen wieder seine Magenkrämpfe. Hastig zog er ein Päckchen mit Magentabletten aus der Tasche und warf sich gleich drei Tabletten in den Mund. Der Arzt nahm ihm das Päckchen ab und fragte, ob er die immer nehme. Ja, immer. Dann werde er wohl bald ein Magengeschwür bekommen, meinte der Arzt. Und Lisa drohte ein Herzinfarkt. Ob sie beide nicht mal langsamer treten wollten – oder hätten sie noch immer nicht genug Geld?
Das war es also, da hatte das Schicksal an die Tür geklopft. Und wie in einer Vision sah Max das Haus, das weiße Haus am Berghang, das er sich immer als ihren ›Alterssitz‹ vorgestellt hatte.
»Es tut mir so leid«, sagte Lisa da ganz leise, »daß ich dich ausgerechnet jetzt im Stich lassen muß, Max. Ich werde auch ganz schnell wieder gesund.«
»Laß dir Zeit«, sagte er. »Laß dir viel Zeit, bitte, bitte . . .«
Und Lisa sah Tränen in seinen Augen.

Eine Woche später holte Max seine Frau aus dem Krankenhaus ab. Das Zimmer stand noch immer voller Blumen. Gabriele und Carlos hatten Blumen gebracht, Isolde

hatte aus New York einen Riesenstrauß geschickt und einen Brief, dem sie phantastische Kritiken amerikanischer Zeitungen beigelegt hatte.
»Du solltest auch wieder malen, Lisa.«
»Dafür haben wir jetzt keine Zeit.«
»Ich habe aber ein wunderschönes Motiv für dich. Da fahren wir jetzt mal hin . . .«
Sorgfältig verpackte er Lisa im Fond des Wagens, legte ihr trotz der Hitze fürsorglich eine Decke über. Vor dem weißen Haus am Berghang hielt er an. Es war eine Villa mit zwei Stockwerken; einem großen Swimmingpool und einem riesigen Garten mit Zypressen und Palmen und Rhododendron.
»Dieses Motiv kenne ich«, sagte Lisa.
»Komm mal mit rein. Von oben siehst du das Meer, den Strand, die Felsen und die Büsche. Und die weißen Segel auf dem Meer. Lisa, alles, was du immer so gern gemalt hast.«
Er führte sie auf die Terrasse. »Schau nur.«
»Wir können doch nicht einfach auf einer fremden Terrasse, auch wenn das Haus unbewohnt ist . . .«
»Du kannst, Lisa. Du kannst in deinem Haus machen, was du willst. Es ist auf deinen Namen eingetragen. Du kannst mich sogar rausschmeißen.«
»Das hättest du nicht tun sollen«, sagte sie vorwurfsvoll, »ohne mich zu fragen. Jetzt haben wir noch mehr Arbeit. Du willst das natürlich als Zweigstelle unseres Hotels. Max, du bist wirklich arbeitssüchtig.«
»Setz dich dahin, Lisa.«
Auf der Terrasse standen weiße Gartenstühle mit blauen Kissen, auf dem Tisch ein Kühler mit einer Flasche Champagner. Max schenkte die Kelche voll. Und dann sagte er Lisa, was er vorhatte. Immer hatte sie gesagt, sie wolle auch mal leben, nicht immer nur rackern. Immer hatte er

gesagt, es sei noch zu früh. Jetzt hatte er einen Plan. Schon hatte er mit Kroll vereinbart, daß Kroll das Hotel Paradies pachten würde – mit Übernahme von Frank als Jung-Manager und Manni als Chef der Autovermietung.

»Kroll ist jünger als wir und tatendurstig. Er kann das Hotel so lange pachten, bis Frank soweit ist, alles selbst zu übernehmen. Und Manni und Sarah werden sicher nächstes Jahr heiraten, dann sind wir mit Kroll richtig verwandt.«

»Mit deinem Freund Kroll.«

»Jawohl«, sagte Max, »mit meinem Freund Kroll. Ich habe ihm schon angedroht, daß ich dem Pächter meines Hotels auf die Finger schauen werde.«

Der Tag des Umzugs war lange vorher geplant. Manni und Frank, Sarah und Nathalie hatten es sich nicht nehmen lassen, die ganzen Möbel schon vor dem 1. Oktober in die Villa zu schaffen. Ein paar Tage wohnten Lisa und Max noch in der Fürstensuite ihres Hotels. Dann war es endlich soweit.

Max stand vor der weißen Villa. »Ein Traum ist wahr geworden, Lisa.«

Lisa umarmte ihn. »Ja, Max. Es ist wunderbar – das Riesenatelier mit den großen schrägen Fenstern, so was habe ich mir immer gewünscht.«

»Und wem verdanken wir das? Dem Autofahrer, der die Kurve geschnitten hat, als wir im Frühjahr da draußen vorbeifuhren. Dadurch haben wir dieses Haus entdeckt. Stimmt das etwa nicht?«

»Nun ja – so etwa.«

»Wieso denn nur etwa? Wenn er mich nicht von der Fahrbahn abgedrängt hätte, daß ich beinahe an der Mauer gelandet wäre . . .«

Lisa lächelte ihn an. Er war nun mal so. Männer wollen immer nur das eine, dachte sie, nämlich recht haben.
»Max, es ist ja nicht so wichtig, aber du hast die Kurve auch geschnitten.«
»Nein, das ist nicht wahr, ich schneide nie eine Kurve. Na ja, ich war höchstens fünf Zentimeter über der Mittellinie.«
»Er auch«, sagte sie und liebte ihn wie damals ganz am Anfang, diesen wahnsinnig netten, wahnsinnig sturen Rechthaber. »Aber wir wollen uns doch nicht zanken . . .«
Sie gingen den langen Kiesweg hinauf, öffneten die Tür.
»Max, willst du mich nicht über die Schwelle tragen?«
»Ist das nicht ein bißchen albern?«
»Nein, Liebe ist nie albern. Und ein Mann, der seine Frau liebt, trägt sie über die Schwelle des neuen Hauses.«
Plötzlich packte er sie, trug die zappelnde Lisa über die Schwelle bis ins Schlafzimmer, warf sie auf das noch unbezogene Doppelbett . . .
Lisa kreischte. »Nein, nein, hör auf!«
Einen Augenblick zögerte er, dann überschüttete er sie mit Küssen. »Ich hör nicht auf, wir müssen doch die Betten ausprobieren.«
»Ist das nicht ein bißchen albern?«
»Nein«, sagte er, »Liebe ist nie albern.« Seine Hände streichelten sie zärtlich.
»Was macht ihr denn?« An der Tür standen Sarah und Manni, Nathalie und Frank.
»Das seht ihr doch, wir probieren die Betten aus. Könnt ihr nicht läuten?«
Und dann war es für ein paar Stunden wie immer: Opa und Oma kamen auch noch dazu, die ganze Familie unter einem Dach. Sie teilten sich die einzige Flasche Wein, die im Haus war, und dann holte Manni Pizzas und brachte mehr Wein, und Opa schrie immer: »So ist es richtig, drei

Generationen feiern miteinander. Und bei dieser Gelegenheit möchte ich euch allen mitteilen: Sabine und ich werden bald Abschied von Mallorca nehmen, wenigstens für ein paar Monate. Wir ziehen in Hamburg zusammen. Lacht nicht, wir sind ein streitbares Liebespaar, das wißt ihr ja. Aber ein Liebespaar!«

Auf dem kleinen Türmchen der ›Villa Paradies‹ stand ein Mann mit einem Fernglas und sah hinunter auf das HOTEL PARADIES. Ein bißchen Sehnsucht hatte er schon, der Mann auf dem Türmchen. Schließlich ist er da unten aufgewachsen, hat sein halbes Leben da unten gearbeitet, hat die Gäste kommen und gehen sehen, wie jetzt.

Er sah den kleinen Bus vorfahren, er sah den Koch mit seiner Mütze, der ein Paket aus dem Bus entgegennahm, er sah ein flirtendes Paar am Swimmingpool.

Na ja, ein bißchen Heimweh hatte er schon, der Hotelier Max Lindemann. Vielleicht könnte man ja noch irgendwo einen kleinen Betrieb ... Nein, dann würde er Krach mit Lisa kriegen. Und mit Lisa wollte er keinen Krach haben.

Aber was hatte Kroll denn da für komische Blumen pflanzen lassen? Das paßte doch gar nicht ...

Der Mann auf dem Türmchen schüttelte den Kopf.

Auf der kleinen Treppe zum Türmchen erschien Lisas blonder Kopf.

»Na, Max?«

»Die neuen Gäste sind eingetroffen, mußt du sehen, Lisa«, sagte er eifrig.

Sie lachte zu ihm hinauf. »Bist du unruhig, daß es ohne dich nicht klappen könnte?«

»Nein, ich habe zwar das *Hotel* Paradies aufgegeben, aber das Paradies habe ich immer noch. Es fängt gerade erst an ...«

Ein Flugzeug war am Himmel zu sehen.

»Die neuen Gäste sind eingetroffen«, sagte Lisa, »die alten fliegen ab. Und du solltest jetzt essen kommen.«